KB254032

氷魔傳說
빙마전설

빙마전설 7
요도 김남재 新무협 판타지 소설

초판 1쇄 찍은 날 § 2009년 8월 7일
초판 1쇄 펴낸 날 § 2009년 8월 17일

지은이 § 요도 김남재
펴낸이 § 서경석

편집장 § 문혜영
편집책임 § 서지현
편집 § 정서진

펴낸곳 § 도서출판 청어람
등록번호 § 제1081-1-89호
등록일자 § 1999. 5. 31
어람번호 § 제2-1796호

주소 § 경기도 부천시 원미구 심곡2동 163-2 서경B/D 3F (우) 420-822
전화 § 032-656-4452 팩스 § 032-656-4453
http://www.chungeoram.com
E-mail § eoram99@chollian.net

ⓒ 요도 김남재, 2006

ISBN 978-89-251-1894-9 04810
ISBN 89-251-0461-X (세트)

氷魔傳說

빙마전설

요도 김남재 新무협 판타지 소설

Fatastic Oriental Heroes

7

[완결]

도서출판 청어람

목차

第一章

소문(所聞)

설무린의 하루는 너무나 단순했다.

하루 단 한 시진의 잠, 그리고 아침과 저녁 하루 두 끼로 간단한 식사를 해결한다. 그 외의 모든 시간을 설무린은 빙마무적삼초에 쏟아부었다.

지독하도록 단순한 일정에도 불구하고 하루가 너무 짧다. 빙마무적삼초에 모든 것을 던진 설무린에게 하루는 쏘아진 화살처럼 지나갔다.

설무린은 미친 듯이 몸을 움직였다.

생각을 할 틈조차 없을 정도로 하루 종일 몸을 굴리면 금세 밤이 되어버린다.

잠시 잠을 자기 위해 눈을 붙이면 어김없이 북설이 찾아오고, 그 잠에서 깨어나면 설무린은 찾아오는 깊은 상실감에 다시금 검을 잡았다.

그런 시간이 계속해서 흘러갔다.

그렇게 하루, 이틀… 보름이 지났다.

한 치의 변화도 없었던 그 보름.

한데 그 상실감에 젖어 있던 날들과 오늘의 설무린은 무엇인가가 달라 보였다.

잠에서 깨어난 설무린이 멍한 표정으로 자리에 앉아 떠날 줄을 몰랐다. 평소였다면 자리에서 일어나기가 무섭게 바깥으로 걸어나갔을 그다.

항상 꿈속에서 다소 형체를 알아보기 어렵게 뿌옇게 다가왔던 북설이다. 그런데 오늘은 왠지 모르게 그녀의 모습이 너무나 선명하게 다가왔다.

피투성이가 된 채 쓰러져 있는 북설의 모습에 설무린은 놀라 자리에서 일어났다.

입에서 절로 욕설이 흘러나왔다.

"젠장……."

자괴감에 빠진 얼굴로 설무린은 고개를 무릎 사이에 파묻었다.

지독한 악몽 때문인지 온몸이 식은땀으로 범벅이다.

설무린은 억지로 검을 잡고 바깥으로 걸어나왔지만 도저히 몸이 움직여지지 않았다. 북설의 모습이 머리에서 지워지지 않아 아무런 행동도 할 수가 없었다.

설무린은 도저히 버틸 수가 없어 털썩 주저앉았다.

한동안 자괴감에 빠진 채로 손가락 하나 움직이지 못하던 설무린이 자리에서 천천히 일어났다.

시간이 제법 지난 듯하다.

단 하루도 거르지 않고 광인이라도 된 것마냥 검을 휘두른 설무린이다.

간단하게라도 식사를 해야 또 몸이 버텨낼 게다.

설무린은 동굴 구석 한편에 있는 짐을 뒤졌다. 하지만 아무리 뒤져 보아도 말린 고기는 보이지 않았다.

몇 번이나 더 뒤적이던 설무린이 거칠게 짐을 내팽개쳤다.

"망할!"

거칠게 짐을 발로 걷어찬 설무린은 몰아쉬는 숨을 억지로 진정시켰다.

설무린은 변했다.

북설을 잃은 그날부터 냉정함과 침착함 모두를 잃어버렸다.

현재 설무린은 본연의 모습과 너무도 거리가 멀었다.

알면서도 원래 자신의 모습을 되찾기가 힘들었다.

설무린이 깊은 한숨을 내쉬었다.

훈련도 훈련이지만 우선은 끼니거리를 구해야 한다.

"어쩔 수 없군……."

먹을 것을 구하러 잠시나마 마을에 들르기로 마음먹은 것이다.

마을에 가기 위해 동굴 밖으로 걸어나온 설무린이 하늘을 올려다봤다. 강하게 내리쬐는 햇빛이 두 눈을 절로 찡그리게 만들었다.

잠시 표정을 구기고 있던 설무린은 말없이 손에 들고 있던 빙마몽환검을 허리에 찼다.

이제는 설무린을 주인으로 인정하게 된 빙마몽환검은 예전처럼 몸이 갈기갈기 찢겨져 나가는 듯한 고통을 선사하지 않았다.

검을 챙긴 설무린이 천천히 산을 타고 걸어 내려갔다.

아름다운 산의 정경조차 눈에 들어오지 않는다. 그의 눈에는 생기(生氣)가 없다.

설무린의 모습은 흡사 죽어버린 듯한 느낌을 풍긴다.

설무린은 예전 한 번 들렀던 기억을 더듬으며 마을 쪽으로 걸어갔다. 그리고 그런 기억이 정확했는지 산 아래로 내려온 지 얼마 되지 않아 마을에 도착할 수 있었다.

설무린은 마을 입구에 서서 말없이 안을 바라봤다.

그리 크지 않은 마을이다.

하지만 산 아래에 있는 탓에 이곳을 넘는 여행자들이 마지막으로 쉬어가는 곳이기도 했다.

객잔도 제법 있고, 음식점들도 많다.

마을 사람보다 오히려 여행객이 더 많다는 느낌을 풍기는 마을이었다.

마을 안에서 각양각색의 사람들의 모습이 보인다.

그렇지만…….

설무린이 휘적거리며 마을 안으로 들어섰다. 마을 대로를 걷던 수많은 사람들이 설무린을 불쾌한 시선으로 바라보며 양 옆으로 피했다.

그건 다 이유가 있었다.

지금 설무린의 행색 때문이다.

한 달이 넘는 시간을 산에서 뒹굴었다.

제대로 씻지도 않았고, 옷조차 갈아입지 않았다. 얼굴은 원래의 모습을 알아볼 수 없을 정도였고, 옷은 넝마였다.

주변을 지나가는 자들은 설무린의 몸에서 나는 악취에 코를 막기까지 했다.

알면서도 설무린은 내색하지 않았다.

"쯧쯧. 젊은 놈이 거지 짓이나 하고 말이야."

뒤편에서 들리는 노인의 질책 어린 잔소리도 설무린은 귓등 으로 흘려들었다.

'재미없어.'

사는데 모든 흥미를 잃어버렸다.

지금 당장 자신이 죽는다 해도 대수롭지 않을 것만 같은 기분이다. 물론 그럴 수는 없다. 아직 설무린은 해야 할 일이 있기 때문이다.

아버지 설군표의 해약을 구하는 일, 그리고 북설의 복수.

두 가지가 지금 설무린을 버티게 하고 있는 것이다.

한데… 그 두 가지 일이 모두 끝난다면?

살아갈 모든 이유를 잃어버리게 된다. 그때가 된다면 설무린 본인은 어떻게 되는 것일까?

설무린은 자신도 모르게 피식 웃었다.

'될 대로 되라지.'

모든 일을 마친다면 죽든 말든 상관없다.

하지만 그 임무를 수행하기 전까지는 결코 죽지 않을 것이다. 그러한 오기와 독기가 지금의 설무린을 앞으로 나아가게 만들었다.

휘적거리며 마을을 걷던 설무린이 가까이 있는 객잔으로 들어섰다. 황급히 달려오던 점소이가 설무린의 행색을 보자 급히 안면을 바꾸었다.

"뭐야?"

거친 목소리에 설무린이 힐끔 점소이를 바라봤다.

갓 서른이 넘었을 법한 점소이가 위협적인 표정으로 설무린의 양어깨를 강하게 밀어젖히며 버럭 소리쳤다.

"아아, 여기서는 너 같은 비렁뱅이 놈에게 줄 게 없으니 냉큼 꺼져라!"

"……."

설무린이 말없이 자신을 바라보자 점소이는 더욱 성을 냈다.

"내 말이 말 같지 않더냐? 곤죽이 되도록 맞은 후에야……."

점소이의 말은 이어지지 않았다.

설무린이 손바닥이 보이지 않을 정도의 빠른 속도로 점소이의 뺨을 후려친 것이다.

짝!

순간 두 눈에서 불똥이 확 하고 튀었다. 내공을 싣지 않은 일격이었지만, 두 다리에 힘이 풀려 털썩 주저앉은 것이다.

설무린이 주저앉은 점소이를 내려다보며 나지막한 목소리로 말했다.

"죽고 싶나."

순간 지독한 한기가 객잔 안을 뒤덮었다.

객잔 안에 있던 자들 모두가 꽁꽁 얼어붙은 것마냥 미동조차 하지 못했다.

음식을 먹던 사람들이 마치 석상이라도 된 것처럼 그 상태 그대로 딱딱하게 굳어버렸을 정도의 한기였다.

하물며 당사자인 점소이는 말할 필요도 없었다.

공포에 질린 얼굴로 점소이는 설무린을 올려다봤다. 그의 몸이 마치 풍에 들린 노인처럼 벌벌 떨었다.

위쪽과 아래쪽의 이가 부딪치며 딱딱거리는 소리가 났다. 설무린이 차가운 눈빛으로 점소이를 지나쳐 주방 쪽에 다가가서 안쪽을 향해 말했다.

"말린 고기 잔뜩."

"…예? 아, 예예. 그리하겠습니다."

경직되어 있던 주방장이 놀라 고개를 급히 끄덕였다. 그는 주방을 뒤져 말린 고기를 전부 커다란 자루에 담기 시작했다.

그 모습을 잠시 바라보던 설무린은 가까운 자리에 있던 의자를 획 하고 잡아당겨 자리에 털썩 앉았다. 설무린이 살기를 거두자 객잔 안에 있던 자들은 급히 숨을 몰아쉬기 시작했다. 그리고 누가 먼저라고 할 것도 없이 황급히 자리에서 일어났다.

"도, 돈은 여기 두고 감세."

"우리도 이만."

많은 사람들이 급히 탁자 위에 음식 값을 놔두고 꽁지가 빠질 정도로 빠르게 객잔을 뛰쳐나갔다.

설무린에게 한 대 맞고 쓰러졌던 점소이도 황급히 몸을 감췄다. 이곳에서 더 어물거리다가는 큰 사단이라도 일어날 것 같기 때문이다.

객잔 안은 순식간에 정적이 감돌았다.

의자에 앉은 채로 말린 고기를 기다리는 설무린의 시선이 옆으로 향했다.

일련의 무리가 설무린을 바라보고 있었다.

객잔에 있던 손님들 중에 무인들도 있었던 모양이다. 제법 어깨에 힘을 준 사내들이 헛기침을 하면서 설무린에게 다가왔다.

개중 맨 앞에 선 우락부락한 사내가 가볍게 인사를 건넸다.

"안녕하쇼."

“…….”

설무린은 의자에 앉은 채로 자신에게 다가온 다섯 명의 사내를 힐끔 바라봤다. 앞에 쭉 서서 자신을 내려다보는 그들의 모습에 설무린이 살짝 비웃음을 머금었다.

“우리는 용골패의 용혈오존(龍血五尊)이오.”

으스대듯 자신들의 정체를 밝혔지만 설무린으로서는 오히려 기가 찼다. 용골패라는 이름도 처음이거니와, 용혈오존이라는 거창한 별호와 이들은 어울리지 않았던 것이다.

한눈에 봐도 건달패라는 걸 알 수 있었다.

그냥 도망치면 되었을 것을 꼴에 한껏 용기를 낸 모양이다. 설무린이 피식 비웃음을 흘리며 입을 열었다.

“그런데?”

“흠흠, 외지(外地)에서 온 것 같은데 이 마을에서 머물 생각이오? 주먹 좀 쓰는 것 같은데 그럼 우리 용골패에 들어야…….”

“관심이 없어서.”

말을 마친 설무린이 자리에서 일어났다. 그리고 주방에 있던 주방장이 건네주는 자루를 받고는 은자를 건넸다.

한주먹 거리도 안 되는 자들이었지만 싸우기조차 귀찮다.

자루를 등에 짊어진 채로 설무린이 터벅터벅 걸어나가려고 할 때였다.

“이봐, 너무 건방진 거 아니야?”

“건방져?”

설무린이 힐끔 뒤를 돌아봤다. 설무린의 눈빛에 움찔하는 듯한 눈치였지만, 이내 머릿수를 믿어서인지 고자세로 대꾸했다.

"어디서 한가락 하던 놈인가 본데, 이곳에서는 안 통해. 이 마을은 우리 용골패가 휘어잡고 있다 이 말이야."

"…우습군."

설무린은 눈앞에 있는 다섯 사내를 바라봤다.

모두가 무공을 익힌 자들이다. 하지만 다섯 모두 겉핥기에 가까운 정도였다. 그들의 몸에서 느껴지는 내기는 거의 없다시피 했다.

굳이 손을 쓸 필요도 없는 자들.

설무린의 말을 들은 용골패의 무리 중 한 사내가 울컥하고는 걸어나왔다.

"우습다고? 감히 우리가?"

"그럼 내가 너희를 그리 보지 못하게 할 힘이라도 보여주시든지."

말을 마친 설무린의 손이 슬쩍 빙마몽환검을 쓰다듬었다. 설무린의 손끝에 검의 손잡이가 닿았다. 슬쩍 드러낸 빙마몽환검의 검신이 찬란한 빛을 토해냈다.

그 모습은 무공을 모르는 이들조차도 넋을 잃을 정도로 아름다웠다.

모두가 일순 정신을 놓았을 때였다.

슈아악!

갑작스럽게 뽑혀진 검이 빠르게 사방을 훑듯이 움직였다. 멍하니 서 있던 다섯 사내의 정신은 설무린이 검을 검집에 꽂아 넣는 소리와 함께 돌아왔다.

착.

"으음?"

무슨 일이 있었냐는 듯 다섯 사내는 서로를 바라봤다. 그 모습에 설무린이 더는 이야기할 것도 없다는 듯 몸을 돌렸다.

그리고…….

"허억!"

그들의 옷이 동시에 투두둑하며 떨어져 내렸다, 멋들어지게 기른 머리카락까지도.

놀란 용골채의 다섯 사내는 아무런 말도 하지 못했고, 설무린은 그런 그들을 뒤로한 채 객잔을 빠져나와 다시금 걷기 시작했다.

설무린의 발이 무공을 연마하기 위해 기거하는 암동으로 향했다.

'덥군.'

북해의 차가운 바람이 그립다.

이곳 중원을 하루라도 빨리 떠나고 싶다.

말린 고기를 잔뜩 담은 자루를 짊어진 채 설무린은 대로를 걸었다.

설무린이 평상에 앉아 대낮부터 술을 마시며 무엇인가 이야기를 하고 있는 자들을 막 지나칠 무렵이었다. 그들의 입에서 나온 말들이 설무린의 발걸음을 일순 잡아버렸다.

"거, 벽보 오늘도 붙었던데……."

"그러게 말이야. 대체 그게 뭔 뜻이래? 북쪽의 바람은 뭐고, 북쪽의 눈은 뭐야?"

주위의 시선 따위는 아랑곳하지 않고 걷던 설무린의 발을 일순 멈추게 한 것은 바로 그 북쪽에서 내린 눈이라는 부분에 서였다.

'북쪽의 눈?'

발걸음을 멈춘 채로 설무린은 멍하니 시선을 돌려 평상을 바라봤다. 자리에 앉아 있는 세 사내는 무공을 전혀 모르는 평범한 농사꾼 같아 보였다.

북쪽에서 내리는 눈이라는 말에 설무린은 신경을 바싹 세운 채 이야기에 귀를 기울였다.

셋은 설무린이 바라본다는 것은 신경도 쓰지 않은 채 이야기에 열을 올렸다.

"흐흐. 집 나간 마누라라도 찾는 모양이지 뭐."

"예끼, 농담도! 저토록 어렵게 말하면 나간 마누라가 알아나 듣겠어?"

"뭔지는 모르겠지만 지독한 놈이야. 아직까지 누군지 모르겠대? 떼어도 떼어도 계속해서 마을 곳곳에 저런 방이나 쳐 붙이고 다니는데, 용케도 아직까지 안 잡혔네 그려?"

"그러게 말일세. 잡히고도 남을 시간 아닌가. 밤새 보초를 선다는데 잡히지도 않고 이런 짓을 하는구만. 게다가 이 마을

뿐만이 아니라네. 이 부근에 있는 마을이란 마을은 죄다 저 방이 사방에 나부낀다는구만.”

“누군지 몰라도 지독한 놈이야.”

설무린은 그 자리에 선 채로 세 사내가 떠드는 이야기를 계속해서 들었다. 이야기가 진행되어 갈수록 설무린은 조금씩 떨기 시작했다.

‘보초들의 눈을 피해 방을 붙인다는 건 보통 사람으로는 불가능하다. 무인……!’

죽은 사람처럼 짙은 어둠만이 감돌던 설무린의 두 눈동자에 일순 활기가 감돌기 시작했다.

세 사내도 바보는 아닌지라 하나씩 자신들 근처에 가만히 서 있는 설무린의 정체를 알아차렸다.

사내 한 명이 귀찮다는 듯 말했다.

“뭐라도 하나 줘서 보내게.”

“에잉, 나도 먹고살기 힘든 판국에…….”

삐쩍 마른 사내가 자리에서 일어나더니 이내 술안주로 올려 놨던 음식 한 접시를 든 채로 말했다.

“가져가서 먹게. 그리고 거 사지도 멀쩡한데…….”

“…어디 있어.”

“뭐?”

설무린이 와락 사내의 멱살을 움켜잡았다. 아무렇지 않게 다가오던 사내는 손에 들고 있던 접시를 떨어뜨리며 숨을 몰아쉬었다.

“켁켁!”

“그 방이라는 거 어디 가면 볼 수 있냐고!”

버럭 소리를 지르는 설무린의 위세에 멱살을 잡히고 화를 토해내려던 사내는 일순 위축되어 버렸다. 설무린의 고함은 주변 대로를 지나가던 사람들까지 모두 놀라 이곳을 바라볼 정도로 컸다.

“커, 커억. 이, 이 손부터!”

설무린이 멱살을 잡은 손을 놓자 황급히 땅에 주저앉은 사내가 거칠게 숨을 쉬었다. 함께 대청에 앉아 술잔을 기울이던 두 사내가 다급히 옆으로 다가와 부축했다.

“자네, 괜찮은가?”

“마, 망할 놈이 힘은 아주 장사구만.”

숨이 턱 하니 막혀오면서 붉어진 얼굴로 삐쩍 마른 사내가 엉거주춤 자리에서 일어났다. 설무린은 여전히 뜨겁게 타오르는 눈동자로 사내를 노려보고 있었다.

절로 몸이 움츠러들었다.

“벼, 벽보야 이 마을 사방에 붙어 있지 않은가. 눈이 있다면 못 보기도 힘들 정도로 많을 텐데…….”

“…….”

설무린은 황급히 시선을 돌려 주변을 두리번거리기 시작했다. 그리고 그제야 설무린의 눈에 마을 곳곳에 붙어 있는 하얀 종이들이 보였다.

‘아무리 제정신이 아니었다고 해도…….’

주변의 작은 것들조차 주의 깊게 보던 설무린이다. 그런데 이토록 온 벽에 가득히 붙어 있는 방조차 보지 못했다니 우스울 따름이다.

설무린은 세 사내를 등진 채로 황급히 벽보를 향해 달려갔다.

벽에 붙어 있는 방 앞에 선 설무린의 눈이 빠르게 그 내용을 읽어갔다.

북쪽의 바람이 불지 않는 곳에서 북쪽의 눈이 녹아가고 있다. 돌려받고 싶다면 우리가 봤던 그곳으로 오너라. 시간은 길지 않을 것이다.

천(天).

부들부들.

벽보 앞에 선 설무린의 몸이 사시나무 떨 듯이 떨려왔다. 그는 떨리는 손을 천천히 뻗어 벽에 붙어 있는 벽보에 손을 가져다 댔다.

조용히 눈을 감은 채 설무린은 호흡을 가다듬었다.

이 방… 설무린에게 보내는 서찰이었다. 이 마을뿐만이 아니라 했다. 이 부근에 있는 마을이란 마을 모든 곳에 이 같은 방을 붙이며 설무린을 불렀던 것이다.

오랜 시간 산에 틀어박혀 있던 탓에 몰랐다. 만약 오늘 마을에 나오지 않았다면 아직까지도 몰랐을 게다.

설무린이 벽에 붙어 있던 벽보를 강하게 뜯어냈다.

부욱!

강하게 벽보를 움켜 쥔 채로 설무린이 이를 악하고 다물었다.

'천회주… 네놈이 보내준 서찰은 잘 받았다.'

천이라는 글자가 뜻하는 것이 무엇인지 모를 리가 없다. 천회주, 그 작자다. 그 노인이 지금 설무린에게 오라고 손짓하고 있는 것이다.

설무린의 두 눈동자가 뜨겁게 꿈틀거리기 시작했다.

'설아……!'

천회주에 대한 복수심으로 설무린이 생기를 되찾은 것이 아니다. 바로 북설, 그녀 때문이다.

확답할 수는 없다.

이 벽에 붙은 벽보의 내용이 전부 사실이라고 믿을 수는 없다. 그리고 이 내용은 전부 거짓일 수도 있다. 하지만… 만약 이 내용이 사실이라면?

북설이 죽지 않았을 수도 있다는 것이다.

설무린은 조용히 읊조렸다.

"그녀가… 살아 있다?"

그 한 가지 사실 앞에 설무린에게는 그 무엇도 중요하지 않았다.

아주 조금, 일말의 가능성이라도 있다면…….

설무린이 몸을 휙 돌려 발걸음을 옮겼다.

목적지는 정해졌다. 바로 일전에 천회주와 싸움을 벌였던 바로 그곳.

이토록 방을 붙이고 설무린을 기다린다는 것은 분명 천회주의 수족들 또한 기다리고 있다는 소리다. 아마 그들은 설무린을 죽이기 위해 빠져나오기 힘든 덫을 준비해 놓고 있을 것이다.

하지만 상관없다.

설령 그것이 설무린으로서 감당할 수 없는 커다란 덫이라 할지라도.

그곳에… 그녀가 있다면.

*　　　*　　　*

그리고 비슷한 시간.

설무린도 천회주도 예상치 못한 일이 벌어졌다.

다름 아닌 북설의 할아버지인 독왕 당가위가 움직였다는 것이다.

마을 방방곡곡에 붙었던 벽보는 모르는 이가 본다면 결코 알아볼 수 없는 말들이었다.

하지만 당가위는 달랐다.

설무린과 북설과 함께했던 세 명의 당문 무인. 그들이 이미 당문으로 돌아가 그때의 상황에 대해 보고를 올린 후였던 것이다.

북설이 죽었다는 말에 당가위는 드러누웠다.

그걸로 그치지 않고 그놈들과 북설을 사지로 몬 설무린까지 모두 찾아서 죽여 버리겠다고 방방 뛰었다.

사방으로 풀어둔 당문 무인들의 눈에 이 벽보가 걸리지 않 았을 리가 없다. 특히나 이 지역을 집중적으로 뒤지고 있던 사 천당문이었다.

당가위는 이 벽보의 내용을 단숨에 꿰뚫었다.

그리고 또 천회와 싸웠던 장소를 아는 이들까지 있지 않은가.

당가위가 벽보에 적힌 장소를 찾아가는 건 어려운 일이 아 니었다.

벽보에 적힌 내용을 전해들은 당가위는 당장에 자리를 훌훌 털고 일어났다.

그는 현 사천당문의 가주인 당패에게 명해 백에 달하는 인 원을 모았다. 뛰어난 독인으로 구성된 백 명의 사천당문 무인 이 세가를 빠져나갔다.

그리고 그 선두에는 오래전 무림에서 은퇴하다시피 한 독왕 당가위가 섰다.

"간다!"

죽지 않은 늙은 호랑이의 외침과 함께 사천당문이 움직였다.

第二章

인질(人質)

조용했다.

그리고 음산했다.

산중에 있는 암동 안은 폭풍 전의 고요함을 연상케 했다. 홀로 고고히 서 있는 노인, 그리고 그 바로 앞에는 무릎을 꿇고 있는 수하가 하나 있었다.

노인의 왼쪽 팔이 있어야 할 소맷자락이 텅텅 빈 채로 허공에서 흔들렸다.

외팔!

왼쪽 팔이 없다.

그렇다. 바로 이 노인이 일전에 설무린에게 왼팔을 잃은 천회주였던 것이다. 천회주의 두 눈은 잔잔했지만 그 안에는 감출 수 없는 흉포함이 꿈틀거렸다.

먹이를 놓친 맹수와도 같은 분노가 계속해서 천회주에게서 감돌았다.

분노가 가득한 눈.

천회주가 입을 열었다.

"그래서… 못 찾았다?"

"소, 송구합니다."

"송구하다라… 암, 송구해야겠지. 내 한 팔을 앗아가 버린 그 쥐새끼를 아직까지도 못 찾았는데 그래야지."

"조만간 반드시……."

"조만간? 조만간이라고?"

벼락처럼 천회주의 발이 부복하고 있는 사내의 가슴을 걷어 찼다. 내력마저 담긴 발길질에 수하는 버텨내지 못하고 피를 토하며 뒤로 나뒹굴었다.

"쿠, 쿨럭."

한 사발은 됨직한 피를 토해내면서도 사내는 급히 다시금 부복했다. 천회주의 두 눈이 분노로 인해 참을 수 없이 이글거 렸다.

"멍청한 놈!"

"용서하십시오!"

쿠웅!

사내는 동굴이 울릴 정도로 강하게 땅에 머리를 박았다. 이 마가 깨지면서 피가 팍! 하고 튀었다. 하지만 사내는 전혀 아랑곳하지 않고 연신 땅에 머리를 박았다.

그 모습을 가만히 바라보던 천회주가 불쾌하다는 듯이 말했다.

"멍청한 짓 할 시간 있으면 움직여라. 그놈을 반드시 잡아서 내 앞으로 끌고 와!"

"존명!"

수하 사내가 벌떡 일어나더니 암동 바깥으로 달려나갔다.

수하가 사라진 암동의 입구를 바라보며 천회주가 화를 삭혔다.

천회주가 말없이 자신의 왼쪽 소매를 바라봤다.

텅 비어버린 왼팔이 눈에 들어온다. 동시에 간신히 내리눌렀던 분노가 터져 나오기 시작했다.

"감히……!"

왼팔이 날아갔다.

그런 햇병아리 놈을 상대하다 팔 한쪽을 잃어버린 것이다.

"설무린……!"

설무린이라는 이름을 상기하는 순간 두 눈에서 불꽃이 인다.

그 망할 놈을 씹어 먹기 전까지는 욱신거리는 왼팔의 고통이 사라지지 않을 게다.

불구대천지원수(不俱戴天之怨讐)!

설무린과 천회주. 결단코 같은 하늘을 이고 살 수 없다.

이제는 텅 비어버린 왼팔, 그곳에서 느껴지는 아련한 고통.

천회주는 어두운 암동 더욱 깊은 곳으로 고개를 돌렸다.

그 암동 깊숙한 곳에 그녀가 있었다.

쇠사슬에 묶인 채 허공에 매달려 있는 아름다운 여인.

북설.

피투성이의 몸으로 북설이 쇠사슬에 몸을 맡긴 채 허공에 매달려 있다. 그런 그녀를 향해 천회주가 발을 옮겼다. 정신을 차리지 못하고 혼절해 있는 북설을 향해 천회주가 손을 내뻗었다.

천회주의 손이 북설의 갸름한 턱을 감쌌다. 그리고는 거칠게 들어 올렸다.

북설의 얼굴은 엉망이었다.

마구 흘러내린 피가 그녀의 얼굴에 딱딱하게 눌러붙어 있었다.

북설은 천회주의 행동에도 정신을 차리지 못했다.

그날…….

북설이 죽음을 각오하고 설무린으로 역용을 했다. 그녀는 홀로 천회와 싸웠다. 북설의 무공은 강했다. 북설을 상대로 천회는 커다란 피해를 입었다.

그녀의 손에 죽은 천회의 인원이 열 명이 넘는다.

당시 싸움터에 나타났던 천회의 인원이 이십 명가량이었다는 걸 감안한다면 반수 이상이 북설에게 죽은 것이다.

설무린을 위해 목숨을 포기한 북설의 검은 너무나 강했다.

　북설이 지쳐서 빈틈을 보이지 않았다면 천회는 더 많은 피를 쏟아야 했을지도 모른다.

　천회주가 혼절해 있는 북설을 바라보며 나지막이 중얼거렸다.

　"대단한 역용술이었지……."

　천회주 또한 깜빡 속을 뻔했다. 잡아온 설무린의 몸을 갈가리 찢어버리려던 천회주는 무엇인가 이상한 낌새를 차리고 흥분했던 마음을 가라앉혔다.

　그리고 이내 설무린이 아니라는 것을 알아차렸다.

　가장 먼저 검. 설무린이 항시 지니고 다닌다던 그 검이 없었다. 그리고 북설이 혼절하면서 흐트러진 정신력 때문에 역용술이 천천히 풀려가고 있었던 것이다.

　무엇인가 이상하다는 생각에 잠시 시간을 두자 설무린은 사라지고 그곳에는 북설이 모습을 드러냈다.

　처음엔 설무린을 놓쳤다는 사실에 길길이 날뛰었다. 그리고 당장에라도 북설을 죽여 그 분노를 풀려 했지만 이내 생각을 달리했다.

　설무린을 끌어들일 한 가지 묘안이 떠올랐기 때문이다.

　그건 바로 북설을 인질로 삼는 것이었다.

　물론 설무린이 반드시 올 거라는 증거는 없었다. 북설은 설무린의 호위무사일 뿐이고, 그러한 계집 하나 때문에 목숨을 건다는 건 있을 수 없는 일이었기 때문이다.

　하지만 왠지 모르게 천회주는 확신을 가졌다.

이 계집을 잡고 있다면 설무린은 올 거라고.

밑져야 본전이라는 생각에 천회주는 이 같은 일을 벌였다.

그리고 이곳에 함정을 파고 설무린을 기다렸다. 백방으로 수소문했지만 설무린의 모습은 보이지 않았다.

방법은 이제 설무린 스스로 자신이 붙여놓은 방을 보고 이곳으로 오는 일이다.

그리고 이곳에 다시 나타나는 그때,

'놈은 죽는다!'

설무린 생각에 이를 바득바득 갈면서 천회주는 북설의 턱을 잡고 있던 손을 놓았다. 북설의 머리가 다시금 아래로 축 하니 쳐졌다.

비록 숨은 붙어 있지만 오랜 시간 이토록 허공에 매달려 있는 상태였다. 거의 반쯤 시체라고 봐도 무방할 정도.

그런 북설을 내려다보며 천회주가 나지막이 중얼거렸다.

"큭큭, 재수도 없는 계집. 주인 하나 잘못 만나 죽게 생겼구나. 하지만 무서워 말거라. 네놈 주인을 길동무로 보내줄 테니까."

천회주는 비웃음 가득한 얼굴로 몸을 돌려 동굴 바깥쪽으로 걸음을 옮겼다.

그때였다.

여전히 혼절한 채 허공에 매달려 있던 북설의 입이 열리며 조그마한 목소리가 새어 나왔다.

"소궁주님……."

그 조그마한 목소리에 걸어나가던 천회주가 움찔하면서 멈추어 섰다. 그리고는 뒤로 시선을 돌려 북설을 바라봤다.

몸 하나 꿈쩍하지 않는다.

그리고 방금 천회주 스스로 보지 않았던가.

북설은 지금 정신을 차린 것이 아니다.

저 몸 상태로 살아 있는 것조차도 기적이라고 해도 좋을 정도다. 그러한 상태에서도 지금 설무린의 이름을 부르는 것이다.

"지독하구나, 네년도."

천회주의 목소리에는 내심 설무린에 대한 부러움이 감돌았다.

저런 수하를 찾는 건 쉬운 일이 아니다. 설무린을 대신해서 죽으려 했다. 숨이 끊어지려는 지금에도 설무린의 이름을 부른다.

그랬기에 천회주는 더 확신을 가질 수 있었다.

'놈은 온다.'

북설에게 설무린이 소중한 것처럼, 설무린에게 저 여인 또한 소중할 테니까. 그렇게 천회주가 확신을 가질 무렵이었다.

바깥쪽에서 황급히 달려오는 수하의 모습이 보였다.

천회주는 불편한 눈으로 수하를 바라봤다.

다급히 달려온 수하는 천회주 앞에서 부복했다.

"회주님을 뵙습니다!"

"무슨 일인데 그리 황급하게 달려오는 것이냐?"

“사, 산을 타고 백 명은 되어 보이는 일련의 무리가 올라오고 있습니다.”

“뭐야!”

천회주가 버럭 소리를 쳤다.

일련의 무리라는 말에 천회주는 믿을 수 없다는 표정을 지어 보였다. 설무린에게 무슨 힘이 있어 그 같은 인원을 동원한다는 말인가.

더군다나 이쪽에서는 북설을 인질로 삼고 있다.

그토록 대놓고 백에 달하는 인원을 끌고 온다는 건 상상할 수 없다. 그런 식으로 도발을 하다가 북설이 죽을지도 모른다는 생각을 하지 않았을 리가 없다.

‘이상해. 이 계집을 포기한 것인가? 그리고 북해빙궁에서 이토록 먼 곳에서 백에 달하는 인원을 그리 빨리 모았다?’

불가능하다.

백 명의 무인이라고 해도 어중이떠중이일 것이다. 잠시 생각에 잠겼던 천회주가 수하에게 물었다.

“놈들의 정체는?”

“그, 그것이…….”

“놈! 뜸들이지 말고 어서 말해라.”

“사천당문입니다.”

“…뭐?”

천회주가 표정을 구겼다.

사천당문이라니?

갑자기 뜬금없이 웬 사천당문이란 말인가. 동시에 그날 설무린을 죽이려 할 때 그 옆에 있던 당문의 조무래기 놈들이 생각났다.

'젠장, 그 일 때문인가?

천회주는 설무린과 격돌했을 때 옆에 있던 세 명의 당문 인물이 떠올랐다.

북설과 사천당문의 관계를 모르는 천회주로서는 그리 생각할 수밖에 없는 노릇이었다. 천회주는 입술을 잘근 깨물며 중얼거렸다.

"귀찮게 됐군."

하지만 그뿐이었다.

제아무리 오대세가의 하나인 사천당문이라고 할지라도 이곳에 있는 천회의 힘이라면 쓸어버리고도 남는다.

비록 설무린에 의해 인회가 완전히 무너졌고, 천회 또한 많은 피해를 입었다 하지만, 아직 벽력궁의 힘은 무시할 수 없는 수준인 것이다.

천회주가 수하에게 물었다.

"설무린은? 그 안에 있더냐?"

"그것은 잘 모르겠고… 그 무리를 이끄는 자가… 도, 독왕인 듯싶습니다."

수하의 말에 천회주의 눈동자가 화잔등만큼 커졌다.

사천당문이 왔다는 말에도 잠시 멈칫했던 천회주였지만 이번에는 달랐다.

독왕이라니?

사천당문의 전대 가주이자, 지금은 거의 은거라고 해도 좋을 정도로 무림 일에 간섭하지 않는 자가 아니던가. 그런 그가 직접 수하들을 이끌고 이 먼 곳까지 왔다는 말은 뭔가 앞뒤가 맞지 않았다.

천회주가 침중한 목소리로 말했다.

"확실한 것이냐?"

"예."

"그 작자가 망령이라도 났나… 이런 일에 독왕이 개입하다니."

겨우 사천당문 세 무인을 건드렸다고 독왕이 나왔을 리가 없다.

무엇인가 천회주가 모르는 일이 벌어진 것이 분명하다.

천회주는 앞에 부복하고 있는 수하에게 명했다.

"움직여라. 놈이 혼자 왔든 사천당문의 무인들을 이끌고 왔든 이곳에 묻힐 시체가 늘어난 것뿐이다."

"옙!"

자리에서 벌떡 일어난 수하가 포권을 취하고는 바람처럼 사라졌다. 천회주 또한 동굴을 완전히 걸어나와 천천히 걸음을 옮겼다.

머리가 복잡해졌다.

'독왕이라… 설무린과 독왕이 힘을 합쳤다?'

알 수 없는 노릇이다.

하지만 그렇다고 해서 변하는 건 없다. 조금 더 어려운 싸움이 되긴 하겠지만 전 중원을 상대로 싸우려던 벽력궁이요, 또 그런 벽력궁제일의 세력인 천회다.

사천당문?

"큭큭!"

비웃음이 흘러나온다.

애초에 안중에도 없는 놈들이었다.

독왕이 끼어든 것이 의외이기는 하지만 그것이 승패를 바꿀 수는 없다.

천회주가 휘적거리면서 준비된 장소를 향해 걸어갔다.

비어 있는 왼 소매가 펄럭거린다.

그리고 덩달아 괜스레 설무린에게 당한 상처가 욱신거리기 시작했다.

그 욱신거림은 설무린이 가까이 있다고 말해주는 것만 같았다.

'오너라!'

천회주의 두 눈에서 짙은 살광(殺光)이 터져 나왔다.

그가 보보(步步)를 내걸을 때마다 터져 나오는 기운으로 인해 산이 점점 숨을 죽이기 시작했다.

초절정고수!

이 말로밖에 표현할 수 없는 무위였다.

천회주가 가는 길을 따라 모든 것들이 길을 비켰고, 모습을 감췄다.

동물 소리, 벌레 소리… 아무런 것도 들리지 않는다.

그렇게 천회주가 목적지에 도착했다. 수많은 천회의 무인들이 이미 그곳에 서 천회주를 기다리고 있었던 것이다.

"충!"

선두에 선 사내의 외침과 함께 뒤에 있던 자들은 모두 무릎을 꿇으며 천회주에게 예를 취했다.

바로 이곳에 있는 삼십 명의 천회 무인.

설무린에게 당한 이후 천회주는 급히 모을 수 있는 모든 이들을 이곳으로 불러온 것이다. 바로 이들이 천회의 정예들이요, 모든 것이라고 해도 될 정도의 무인들이었다.

천회주는 수하들을 바라보며 입을 열었다.

"지금 이곳에 쥐새끼 하나와 그 쥐새끼를 도우러 사천당문의 무인 백 명 정도가 오고 있다고 한다."

사천당문의 무인들이 대거 등장했다는 말에도 천회 무인들은 두려워하지 않았다. 천회의 무인들과 사천당문의 무인들은 수준이 달랐다.

숫자가 부담이 되기는 했지만 승패는 이미 정해져 있다고 생각하는 것이다.

그리고 천회 그들은 그런 자신감을 가지기에 부족하지 않은 자들이었다.

"이곳에서 우리는 놈들을 맞이한다."

짧은 한마디를 마친 천회주가 수하들을 찬찬히 한 명씩 바라봤다.

그리고 핏빛 어린 목소리로 소리쳤다.

"단 한 놈도 이곳에서 살려 보내지 마라!"

"명 받듭니다!"

우렁찬 소리와 함께 천회의 무인들 모두가 자리에서 일어났다.

천회주는 몸을 돌려 멀리 바라봤다.

멀리서 검은색 무복을 입은 무인들의 모습이 들어오기 시작했다. 그리고 맨 앞 선두에는 새하얀 백발을 흩날리는 한 노인이 서 있었다.

독왕 당가위였다.

당가위가 눈을 꿈틀했다.

앞에 있는 일련의 무리를 발견한 탓이다.

북설을 찾기 위해 단숨에 이곳까지 달려온 당가위다.

그런 그의 눈에서 강한 독기가 흘러넘쳤다. 마음 같아서는 당장에 당문 무인들을 이끌고 놈들을 쓸어버리고 싶은 기분이다.

하지만 상황이 그렇지 않다.

우선 저쪽에 인질이 있다. 그리고 멀리서 봤을 때부터 독왕 당가위는 상대방들이 심상치 않음을 느꼈다. 숫자는 이쪽이 압도적으로 많았지만 상대 하나하나에게서 느껴지는 기운은 무척이나 위험했다.

'절정고수들이다.'

예상은 했지만 이 정도 수준이라니… 더군다나 선두에 서서 자신을 내려다보는 노인. 독왕 자신과 비슷한 연배로 보이는 그 작자의 몸에서 풍기는 기도는 말로 형용하기 힘들 정도였다.

입가에 미소를 머금은 채로 자신을 내려다보는 노인.

힘든 싸움이 될 거라 독왕 당가위는 직감했다.

어느 정도 거리가 가까워지자 당가위가 멈추어 섰다.

당가위는 눈앞에 서 있는 천회의 패거리를 강하게 노려봤다.

천회주는 빈소매를 휘휘 저으며 앞으로 나서며 조롱하듯이 죽거렸다.

"늙어 움직일 힘도 없어 사천당문에 박혀 있다던 독왕이 어인 일로 이곳까지 왔는지 모르겠군."

"몰염치한 놈이 입은 있다고 짖어대는구나. 나이 어린 여인을 인질로 삼다니. 그것이 사내대장부가 할 짓이란 말인가!"

독왕 당가위가 질세라 반격했다.

두 노인의 눈이 서로를 잡아먹을 듯 쏘아보았다. 천회주는 그런 당가위에게서 시선을 뗀 채로 외쳤다.

"설무린! 어디 있느냐? 이런 한물간 퇴물 뒤에 숨고 싶은 게냐?"

"그놈을 여기서 왜 찾아!"

당가위가 버럭 소리쳤다.

설무린이라는 이름에 분노가 솟구친 것이다. 북설 하나 지켜주지 못하고, 사지로 몰았다는 사실에 당가위 또한 설무린에게 좋은 감정이 있을 턱이 없었다.

그런 당가위의 고함에 천회주가 의아한 표정을 지었다.

하지만 이내 그런 의문스러운 표정을 지우고 오히려 비웃으며 말했다.

"큭큭, 오지도 않은 모양이구나. 사천당문이 이제는 북해빙궁 소궁주의 수족처럼 움직이다니… 우습지도 않군!"

"자꾸 헛소리를 지껄이는데, 우리가 왜 그놈을 지켜준단 말이냐? 나 또한 그놈에게 원한이 많은 몸이다."

"……."

천회주가 독왕 당가위를 한번 바라보고는 이내 뒤편에 서 있는 사천당문 사람들을 살폈다. 수많은 자들이 있었지만 천회주의 눈은 하나도 놓치지 않고 그들을 하나씩 확인했다.

'없다!'

설무린은 없었다.

천회주가 발을 쿵 굴렀다.

그 가벼운 움직임 하나에 마치 지진이라도 난 듯 천하가 흔들렸다.

천회주의 입에서 내공이 가득 담긴 음성이 터져 나왔다.

"이놈들! 날 조롱하는 것이냐!"

쩌렁 쩌렁!

산천초목마저 그 내공을 버텨내지 못하고 사방으로 흔들렸다.

그 내공을 그대로 받아야 했던 당문 무인들의 안색이 새파랗게 변해 버렸다.

그때 독왕 또한 내공을 움직였다.

"갈(喝)! 정신들 똑바로 차리지 않느냐!"

그 외마디 고함 소리에 내상을 입을 뻔했던 사천당문 무인들은 간신히 호흡을 가다듬을 수 있었다.

천회주가 이를 부드득 갈며 물었다.

"설무린에게 원한이 있다고? 그런데… 이곳에 온 게 말이 되느냐? 설무린을 도우려는 게 아니라면 이곳에 달려올 리가 없지. 그것도 은거했다던 독왕이 직접 말이야!"

"난 그저 한 아이를 돌려받으러 온 것뿐이다."

"한 아이?"

너무나 의외의 대답이었다.

생각지도 못한 말이었기에 일순 알아차리지 못했다. 천회주가 잠시 멈칫하다가 물었다.

"설마 그 계집을 이야기하는 게냐?"

"그래. 그 아이… 그 아이를 돌려받으러 왔다."

"허, 허허허! 독왕이 온 이유가 고작 그거라고? 그걸 나보고 믿으라는 것이냐?"

"믿든 안 믿든 그건 네 몫이다. 하지만 난 반드시 그 아이를 돌려받아야겠다."

대답을 하는 독왕 당가위의 눈동자가 강하게 꿈틀거렸다.

그 모습에서 천회주는 지금 당가위가 하는 말이 거짓이 아님을 알게 됐다.

정말로 당가위는 북설 한 명을 돌려받으려 당문의 무인 백 명을 이끌고 이리 온 것이다. 천회주의 머리로는 도저히 이해가 되지 않았다.

당가위가 다시금 말했다.

"설아를 돌려준다면 그냥 돌아가지."

"…후후!"

천회주는 낮게 웃었다.

돌려준다면 지금 당장은 사천당문과의 싸움을 피할 수도 있다. 하지만 북설은 설무린을 이곳으로 끌어들이기 위한 미끼다. 거기다 북설을 돌려보낸다면 그녀는 정신을 차리고 다시금 이곳으로 향할 것이 분명했다.

설무린을 위해 목숨을 던지려던 그녀다.

그런 북설을 그냥 놓아준다?

차라리 사천당문과 설무린 두 힘이 손을 잡기 전에 끝내는 것이 낫다.

몇 명의 피해가 있을 수는 있다.

하지만 천회가 입을 피해는 사천당문에 비한다면 아무것도 아니다.

'이곳에 온 놈들은 정예 중의 정예일 터.'

북설을 구하기 위해 달려온 사천당문의 무인들이 모두 전멸 당하게 된다면, 그들은 이루 형용할 수 없는 타격을 입게 되는 건 불 보듯 뻔한 일이다.

간단하게 계산해도 지금 이곳에서 사천당문의 정예들을 끝장내는 것이 이득이었다.

그리고 무엇보다 천회주는 설무린과 관련된 자는 단 하나도 살려둘 생각이 없었다.

사천당문 또한 마찬가지였다.

"크크!"

천회주가 비웃음을 흘렸다.

비어버린 왼팔이 자꾸만 움찔거린다. 등 뒤에 매고 있는 천회주의 병기인 묵창 또한 피를 원한다며 낮게 속삭이고 있는 듯했다.

애초부터 천회주는 사천당문의 무인들을 살려 보낼 생각이 없었다.

"잘됐군. 어차피 네놈들 또한 언젠가는 죽여야 할 놈들."

천회주의 등 뒤에서 검은 기운이 꿈틀거리며 솟아오르기 시작했다. 그의 투기에 사천당문 무인들은 움찔하고 뒷걸음질을 쳤다.

당가위조차 마른침을 꿀꺽 삼켰다. 하지만 당가위는 애써 침착함을 유지한 채 입을 열었다.

"역시나 순순히 설아를 내어줄 생각은 없나 보군."

"굳이 대답할 필요는 없을 것 같은데."

"결국 피를 봐야 한다면."

당가위가 손을 들어 올리자 뒤편에 서 있던 당문의 무인들이 급하게 사방으로 퍼졌다. 적당한 거리를 벌린 채로 그들은 당가위의 명을 기다렸다.

그런 그들을 바라보는 천회주의 입가에는 여전히 비웃음만
이 감돌았다.

'애송이들.'

무섭지 않다.

한 팔을 잃었다 하지만 호랑이는 호랑이다. 거기다가 주위
에 천회의 무인들이 있다.

천회주가 입을 열었다.

"다 쓸어버려라. 독왕 당가위는 내가 상대하겠다."

"존명(尊命)!"

천회주의 뒤편에 있던 천회가 병기를 꺼내 들었다.

스르룽.

날카로운 쇳소리가 귓전을 울린다. 쇳소리일 뿐이거늘 스산
한 느낌이 주변을 뒤덮었다.

먼저 선공을 펼친 것은 바로 천회였다.

"흐압!"

고함 소리와 함께 천회가 사천당문 무인들을 향해 날아들었
다. 그들의 손에 들린 병기들이 사방으로 빛을 토해내기 시작
했다.

창창!

병장기끼리 부딪치며 불똥이 튀었다.

진한 핏줄기들이 사방에서 솟아오르기 시작했다.

그리고…….

당가위가 천천히 발을 옮겼다.

원을 그리듯 옆으로 한 걸음씩 걷는 당가위의 손이 소매를 움켜잡았다.

'오랜만이군.'

무림에서 은거한 지 횟수로 십 년이 넘은 듯하다. 제대로 된 싸움을 해본 것이 언제였던가. 하지만 독왕 당가위는 죽지 않았다.

비록 실전을 겪지는 않았지만, 오히려 은거하기 전보다 훨씬 더 강해졌다고 자신하는 그다. 은거하는 시간 동안 당가위는 혼자만의 시간을 가지며 새로운 경지에 올라섰다.

상대의 강함은 느껴진다.

하지만…….

'지지 않는다!'

파라락!

소매를 잡았던 손이 빛살처럼 앞으로 뻗어졌다. 그러자 소매를 통해 안쪽에 숨겨두었던 암기통이 작동했다.

만뢰침(萬雷針)!

만 개가 넘는 침이 단 한 명 천회주를 향해 날아들었다. 그리고 그 만뢰침에는 당문이 자랑하는 극독 중 하나가 발라져 있었다.

제아무리 날고 긴다 하는 고수들조차도 이 만뢰침에 당한다면 사지가 굳어 절명하게 된다.

그런 만뢰침이 날아들거늘 천회주의 입가에는 오히려 웃음이 감돌았다.

"어딜!"

부웅!

강하게 휘둘러지는 창에서 매서운 바람이 일었다. 그리고 동시에 허공을 수놓았던 독침들이 그대로 터져 나갔다.

"큭!"

너무나 수월하게 막아내는 상대의 모습에 당가위는 놀라면서도 재차 움직였다.

'파고든다!'

상대인 천회주의 주 병기는 창이다.

요기를 머금은 듯이 타오르는 묵창을 상대하기 위해서는 간격을 줄여야 했다. 빠르게 당가위가 안으로 파고들면서 손가락을 튕겼다.

타악!

조그마한 단환 하나가 천회주에게 날아들었다.

퍼엉!

천회주의 가슴팍에 닿은 단환이 그대로 폭발하면서 어마어마한 굉음을 토해냈다. 더불어 천회주의 몸 또한 뒤로 몇 걸음 물러났다.

천회주는 말없이 자신의 가슴 부분을 내려다봤다.

옷이 터져 나갔다. 하지만······.

"큭큭, 독왕이라는 이름값은 하는군그래."

폭렬환(爆裂丸)이라 불리는 암기에 천회주가 당했거늘 당가위는 웃음이 나오지 않았다. 그건 폭렬환에 당하고도 가벼운 상처만을 입은 천회주 때문이다.

"…괴물이군."

"그래도 제법 아팠어."

당가위는 놀란 눈으로 천회주를 바라봤다.

이 폭렬환은 무척이나 위험한 물건이다. 어느 정도 이름난 자들이라 할지라도 이 폭렬환 한 방이면 사지 중 하나가 날아가 버린다.

사지 중 하나를 날리지는 못했어도 커다란 외상은 입혔어야 했다. 하지만 겨우 조금 붉어진 피부만이 당가위의 눈에 들어올 뿐이었다.

부웅 부웅!

날카로운 창의 울음소리가 당가위의 귓가에 들렸다.

'아차!'

파악!

다급하게 뒤로 몸을 날렸지만 창이 이미 가슴께를 훑고 지나간 후였다.

가슴에 상처를 입으며 핏줄기가 허공으로 솟구쳤다.

순식간에 뒤로 거리를 벌린 당가위가 입술을 깨물며 가슴팍을 손으로 움켜잡았다.

"으음."

손바닥이 피로 흠뻑 물들었다.

가슴에 입은 상처가 제법 깊다. 상대의 무위에 놀라 잠시나마 넋을 잃은 것이 실수였다.

마른침을 삼킨 당가위가 천회주를 노려봤다.

그리곤 차가운 목소리로 말했다.

"네놈의 정체가 궁금하군."

"안 됐군. 그 궁금증을 저승까지 가져가야 할 테니까 말이야."

말과 함께 천회주의 창에 창기(槍氣)가 어렸다. 당가위 또한 지지 않겠다는 듯 육장에 진기를 끌어모으기 시작했다.

묵빛의 천회주의 창기와 당가위의 녹색 장력이 상대방을 향해 날아들었다.

콰앙!

커다란 힘의 충돌하며 사방으로 미친 듯한 바람이 휘몰아쳤다. 그리고 그 바람 사이로 이미 둘은 서로를 향해 달려갔다.

"흐압!"

당가위의 육장이 다시 한 번 움직였다.

녹색의 기운이 넘실거리는 당가위의 독장이 매섭게 천회주의 안면으로 쏘아졌다.

"어딜!"

부웅!

간단하게 창 뒷부분으로 당가위의 손바닥의 방향을 틀어버린 천회주는 바로 창날로 공격해 들어갔다. 그리고 그럴 줄 알았다는 듯 훌쩍 뛰어오른 당가위는 그대로 얼굴을 향해 독분을 터뜨렸다.

흰 가루가 확 하고 천회주의 안면을 덮었다.

치명적인 극독임에도 불구하고 천회주는 오히려 득의양양
한 미소와 함께 당가위를 향해 묵창을 휘두르며 소리쳤다.

"흐흐흐! 허튼짓!"

타악!

다시금 거리를 벌린 당가위는 재차 손가락 사이에 낀 비도
를 날렸다. 하지만 그것은 애초부터 타격을 주려고 한 행동이
아니라, 시간을 벌기 위한 움직임이었다.

당가위의 생각대로 천회주는 날아드는 비도를 막느라 잠시
발걸음을 멈추었고 그 덕분에 숨 돌릴 틈을 벌었다.

당가위는 얼굴에 화색을 띠며 천회주를 바라봤다.

'성공했다!'

천회주의 안면을 뒤덮은 독분(毒粉)은 사천당가에서 자랑하
는 당문십독(唐門十毒)의 하나인 마황산(魔皇散)이었다.

천회주가 어림없다는 듯이 소리쳤지만 그건 그 독의 정체를
몰라서다.

마황산은 지독한 극독이다.

피부에 닿는 순간부터 이미 중독되어 버리는 독으로, 단숨
에 폐에까지 독기가 뻗쳐 검붉은 피를 토하고 죽게 만드는 무
서운 독이다.

얼마나 지독하면 사천당문이 자랑하는 십독(十毒)에 들겠는
가.

하지만 금세 안색을 굳힐 거라고 생각하며 천회주를 바라보

던 당가위의 표정이 오히려 딱딱하게 변해갔다.

피부에 닿았다.

그뿐만이 아니라 아예 뒤집어썼다고 말해도 좋을 정도였다.

그런데 천회주는 전혀 아무런 변화도 보이지 않았다. 믿을 수 없는 일에 당가위가 중얼거리듯 말했다.

"마, 말도 안 돼. 당문십독의 하나인 마황산이거늘……."

"당문십독도 별게 아니군그래."

말을 마치기가 무섭게 천회주는 땅으로 침을 퉤 하고 뱉어냈다. 검은 피에 하얀 가루가 잔뜩 섞여서 입 밖으로 배출된 것이다.

입맛을 다시며 천회주가 말했다.

"맛 한번 지독하군."

"……."

당가위의 표정이 일그러질 대로 일그러졌다.

지금 천회주는 흡수된 독을 끌어모아 단 한 번에 뱉어버린 것이다. 그 모습을 보는 순간 당가위의 머릿속으로 빠르게 한 가지 단어가 스쳐 지나갔다.

만독불침지체(萬毒不侵之體)!

그 어떠한 독도 범접할 수 없는 신체를 일컫는 말이다. 그리고 만독불침지체의 신체를 지닌 자라면 독인에게는 최악의 상대가 아닐 수 없다.

독인의 주 무기는 독이다.

한데 그러한 독이 통하지 않는 자다.

독이 통하지 않는 상대를 만나 당혹스러워하는 당가위를 향해 천회주의 창이 움직였다.

번쩍!

“이익!”

번개 같은 빛을 토해낸 천회주의 창이 이번에는 어깨를 스치고 지나갔다. 계속해서 입는 부상으로 인해 독왕 당가위의 옷이 피로 범벅이 되어버렸다.

이를 꽉 깨무는 당가위의 두 눈에서 독기가 이글거린다.

하지만 그뿐이다.

당가위는 한 시대를 흔들던 절정고수 중 한 명이다.

그런 그이기에 천회주의 강함이 더욱더 강하게 느껴질 수밖에 없다.

분에 떠는 당가위를 보며 천회주의 미소는 더욱 짙어졌다.

“까부는 것도 여기까지야, 독왕.”

“닥쳐라!”

“이해가 안 가는군.”

천회주가 혀를 찼다.

수많은 상처로 인해 엉망이 되어버린 독왕 당가위다. 그리고 그를 따라왔던 사천당문의 정예들 또한 천회에게 일방적으로 밀리고 있는 상황이었다.

천회와 사천당문의 무인들. 무공 실력으로만 본다면 상대조

차 되지 않는다. 그나마 독을 사용하기에 이 정도나마 버티고
있는 것이다.

천회주의 입장에서는 이해가 안 가는 것은 당연했다.

"이름조차 들어보지 못한 계집인데 말이야. 그런 계집 하나
때문에 사천당문이 평생을 씻을 수 없는 치욕을 안으려 하다
니."

"……."

상대의 도발에도 당가위는 침묵했다.

인정하고 싶지는 않지만, 지금 사천당문은 절체절명의 위기
에 빠진 것은 사실이기 때문이다. 이곳에서 모두 전멸당한다
면 사천당문은 표현하기 힘들 정도의 타격을 입게 된다.

그리고 그러한 타격은 사천당문이 오랫동안 유지해 왔던 오
대세가의 위치에서 끌어내려질 수도 있을 정도였다.

'허허.'

당가위는 허탈한 마음으로 쓴웃음을 지었다.

자신있게 출발한 길이었다. 설아를 납치한 놈들을 혼쭐내
주고, 되찾고 돌아오려 했다. 하지만 너무 섣부르게 움직였
다.

상대는 독왕 당가위가 생각했던 것보다 배 이상으로 강한
자들이었던 것이다.

더군다나 눈앞에 있는 이 노인은…….

"후우……."

당가위는 깊은 숨을 내쉬었다.

　분명 상대는 강하지만, 이대로 무너질 수는 없는 노릇. 겨우 이 정도에서 포기하기에는 독왕이라는 별호가 용납지 못할 것이다.

　당가위의 몸 주변을 맴돌던 녹색의 기운이 이제는 점점 그 색이 짙어지기 시작했다. 진해지기 시작한 녹색은 이제는 점점 검은색에 가까운 빛깔을 토해냈다.

　부들부들!

　당가위는 마치 경련이라도 든 듯이 떨기 시작했다.

　어마어마한 힘이 자신을 짓눌렀기 때문이다.

　그 모습을 바라보던 천회주는 창을 슬며시 들어 올렸다.

　천회주의 창끝에도 서릿발 같은 강기가 서서히 고개를 치켜들었다.

　천회주의 창이 잔 떨림을 울리며 살기를 터뜨렸다.

　"흐흐, 그래도 마지막 한 수가 있었다?"

　한 손으로 창은 쥔 채로 기수식을 잡고 있는 천회주였지만, 그 기백은 이루 말할 수 없을 정도였다. 커다랗고 무거운 창을 한 손만으로 잡고 있는 천회주의 모습은 흡사 전신(戰神)을 빼다 박은 듯했다.

　두 눈까지 이제는 녹색의 기운을 머금은 당가위가 입을 열었다.

　"내 이십 년이 담긴 장법이다. 어디 받아보거라."

　"큭큭. 그 이십 년이라는 세월 얼마나 보잘것없었는지 보여주지."

“크악!”

피맺힌 비명과 함께 꾹 눌러놓았던 당가위의 힘이 폭발했다.

파라락!

미친 듯이 휘몰아치는 바람 속에서 당가위의 두 손에 놀라울 정도의 기운이 집약됐다. 그리고 그 기운은 기다릴 수 없다는 듯이 맹렬한 빛을 토해냈다.

그 기운이 얼마나 강했는지 옆에서 싸우고 있던 천회와 사천당문의 무인들 모두 싸움을 멈추고 바라볼 정도였다.

“독황신장(毒皇神掌)!”

외마디 외침과 함께 독왕 당가위가 숨겨두었던 최고의 절초를 펼쳤다.

양손을 감싸 안았던 독장이 그대로 천회주를 향해 날아들어 갔다.

별다른 변화도 없는 단순한 장법이었지만 그 위력은 말로 형용할 수 없을 정도였다.

천회주가 창을 든 채로 발을 움직였다.

“만뢰강기(萬雷剛氣)!”

지지 않겠다는 듯 휘두른 천회주의 창에서 강기의 가닥들이 쏟아졌다. 하늘을 일순 뒤덮어 버리는 하얀 강기의 가닥들에 주변에 있는 사람들은 절로 넋을 잃고 그 광경에 모든 신경을 빼앗겨 버렸다.

거대한 두 개의 기운이 얽혔다.

그리고 승패는 단숨에 갈렸다.

콰아앙!

어마어마한 강기의 가닥들이 독황신장의 기운을 갈기갈기 갈라 버렸다. 그리고 미약해진 힘이 천회주를 강타했다.

"크으!"

천하에 그 적수를 몇 찾을 수 없는 천회주였지만, 독왕 당가위의 절초는 만만치 않았던 모양이다. 강기로 인해 그 힘이 무척이나 미약해졌음에도 불구하고 천회주는 뒤로 물러나며 피를 토해냈다.

순간 몸에 스며드는 지독한 독기에 치를 떨었지만 단숨에 그 기운을 제압해 버렸다.

뒤로 밀려난 채로 피를 뿜었던 천회주가 천천히 자리에서 일어나 앞을 바라봤다.

그곳에는 독왕 당가위가 서 있었다.

하지만…….

부들부들.

눈에 보일 정도로 다리가 부들부들 떨리고 있었다. 그리고 그 순간 갑작스럽게 당가위의 전신에 있는 모든 구멍에서 피가 터져 나왔다.

"커, 커윽."

당가위가 천천히 주저앉았다.

얼굴부터 해서 온몸에 성한 곳이 없다.

마치 칼에 난자라도 당한 것마냥 전신이 피로 젖어버린 것

이다. 거칠게 숨을 몰아쉬며 당가위는 자리에서 일어나려고
했다.

하지만 부들부들 떨리는 발은 그런 당가위의 의지를 배신했
다.

'…졌다.'

당가위의 안색이 변했다.

많은 양의 피를 쏟기도 했지만, 이십 년이 넘는 시간을 보내
며 만든 자신의 절기가 너무나 쉽사리 무너진 것에 대한 충격
도 와 닿았다.

수많은 생각이 머릿속을 맴돌았다.

그리고… 오늘 이후 사천당문의 미래에 대한 두려움도.

당가위 자신은 움직일 수도 없을 정도의 치명상을 입었다.
한데 상대는 내상을 입기는 했지만 거동하는 데 전혀 문제가
없어 보였다.

승패는 정해진 것이나 다름없었다.

당가위는 허망한 듯이 하늘을 올려다봤다.

선조들을 뵐 면목이 없었다.

어찌 가문을 이토록 위기에 빠지게 하고 편안히 눈을 감을
수 있겠는가.

'내가 모자라서다. 내가 모자라 조상님들이 일구어놓으신
사천당문을 이토록 위기에 빠지게 하였구나.'

허탈한 마음에 당가위는 모든 전의를 잃어버렸다.

그러는 틈에 잠시 호흡을 가다듬은 천회주가 창을 든 채로

다가왔다. 싸움을 멈춘 것은 독왕 당가위와 천회주뿐만이 아니다.

목숨을 걸고 싸우던 사천당문의 무인들 모두 싸울 의지를 잃은 채 멍하니 서 있을 뿐이었다.

천회주는 그런 모두를 바라보며 입가에 미소를 머금었다.

"크하하! 오대세가의 하나인 사천당문이 고작 이 정도란 말인가!"

"……."

천회주의 조롱에도 그 누구 하나 입을 열지 못했다.

천회주와 마찬가지로 천회 또한 득의양양한 모습으로 사천당문의 무인들에게 다가갔다.

당가위는 자신의 코앞까지 다가온 천회주를 바라봤다.

주저앉은 채로 움직이지 못하는 당가위를 내려다보던 천회주가 피식 비웃으며 말했다.

"늙었으면 조용히 살지, 괜히 뛰어나와서 명을 단축했구나."

"…죽여라."

당가위가 어렵게 꺼낸 한마디는 그게 전부였다.

손가락 하나 꿈틀할 수 없는 상황, 더 이상은 반항할 기운조차 남아 있지 않았다. 눈을 지그시 감은 채로 당가위는 자신의 인생을 되돌아보았다.

나이만큼이나 기억에 남는 일들은 수도 없이 많았다.

하지만 마음에 얹힌 하나. 그것이 자꾸 당가위를 슬프게

했다.

사랑했던 딸 당미진. 그 아이를 그토록 보낸 자신이 너무나 원망스러웠다. 그랬기에 당미진을 대신해 그녀의 딸인 북설을 위해 살기로 마음먹었다.

한데 또 지키지 못했다.

딸인 미진이도, 손녀인 설아도.

두 눈을 꼭 감고 있던 당가위의 눈에서 한줄기 눈물이 주르륵 흘러내렸다.

회한의 눈물이었다.

'미안하구나, 널 지켜주지 못해서. 그리고 너로 모자라 네 딸조차 지켜주지 못한 이 아비를 용서치 말거라.'

그렇게 회한의 눈물을 흘리는 당가위를 향해 천회주가 창을 들어 올렸다.

사천당문의 가주는 당가위가 아닌 그의 아들이다.

하지만 당가위와 사천당문의 정예들이 이곳에서 죽는다면 사천당문은 끝이나 다름없다.

오대세가 중 하나의 몰락은 곧 무림맹의 힘이 약해지는 걸 의미한다. 중원을 노리는 벽력궁의 입장에서 그것은 환영할 일이다.

천회주가 비릿한 미소를 지으며 말했다.

"외로워 마라. 곧 사천당문의 놈들도, 무림맹의 떨거지들도 네 뒤를 따를 테니까."

말과 함께 천회주의 손이 움직였다.

그때였다.

막 창을 휘두르려던 천회주의 안색이 새파랗게 변했다.

태산과도 같은 압박감이 일순 천회주의 전신을 감싸 안았다.

'이, 이건!'

채 생각을 이을 시간도 없었다. 천회주가 다급히 몸을 뒤편으로 날리며 소리쳤다.

"피햇!"

하지만 이미 늦어버렸다.

하늘에서 나타난 거대한 하얀빛이 사방을 휩쓸어 버렸다. 그리고 그 기운은 거짓말처럼 천회의 무인들에게만 날카로운 이를 드러냈다.

"크아악!"

찰나였다.

그 말이 아니고는 정말 표현할 수 없을 정도의 짧은 순간이었다. 순간에 이루어진 일에 천회주는 놀란 듯이 입을 닫을 수가 없었다.

갑작스럽게 날아든 강기들이 천회의 무인들을 덮쳤다.

다행스럽게 피한 자들도 있었지만, 그 일격 하나로 천회 무인의 반은 죽거나, 움직이지 못할 정도의 부상을 입었다.

'대, 대체 이게 무슨……'

압도적인 힘에 천회주는 입을 열 생각조차 하지 못했다.

경천동지(驚天動地)!

그 말이 아니고서는 도저히 표현할 수 없는 무력(武力)!

정신을 차리지 못할 정도로 놀랐던 천회주가 고개를 들어 정면을 바라봤다.

해가 떨어져 내리는 산등성이를 뒤로하고 한 사내가 서서히 모습을 드러내고 있었다.

단 한 명이었다.

하지만 그 한 명에게서는 그 누구도 범접하기 힘들 정도의 기운이 꿈틀거렸다. 붉은 태양조차도 단숨에 집어삼킬 것만 같은 기백이 걸음걸음에서 느껴졌다.

마치 태양이 이자를 두려워하여 뒤편으로 모습을 감추는 것이 아닐까 하는 말도 안 되는 생각이 고개를 치켜들었다.

이 사내가 바로 방금 전 천회를 단 일격에 뒤집어 버린 자라는 건 굳이 말하지 않아도 알 수 있을 정도로 명확했다.

산발을 하고, 엉망인 행색.

누가 봐도 걸인이라고 생각될 모습을 하고 있는 사내에게서 천회주는 죽음이라는 공포를 느꼈다.

지척까지 다가온 사내를 바라보며 천회주는 애써 마음을 가다듬으며 입을 열었다.

"네놈은… 누구냐."

기백에 눌려서일까?

천회주의 말투는 절로 눌려 있었다. 그런 천회주를 향해 사내가 입을 열었다.

"네가 가져간 걸 돌려받으러 왔다."

“이 목소리는… 설마 너, 넌!”

익숙한 사내의 목소리에 천회주가 놀라 두 눈을 부릅떴다.

비렁뱅이 행색을 한 사내가 딱 부러지게 말했다.

“그 아이, 네놈이 데리고 있을 아이가 아니거든.”

산 아래로 모습을 감추던 태양이 마지막 빛을 쏘아냈다.

비렁뱅이를 연상케 하는 지저분한 행색. 하지만 흔들리는 머리카락 사이로 드러난 타는 듯한 두 눈동자.

설무린이었다.

第三章

변화(變化)

　상대의 정체를 확인한 천회주의 안색이 급격하게 바뀌었다. 갑작스러운 괴한의 등장에 긴장을 하고 있던 표정은 이제는 경악에 가깝게 변했다.

　그토록 기다리던 설무린이다.

　이놈을 이곳으로 부르기 위해 덫까지 치고 기다리지 않았던 가. 설무린을 만나면 분노를 참지 못하고 찢어 죽이겠다고 생각했다.

　하지만… 지금 천회주는 움직일 수조차 없었다.

　너무나 커져 버린 압도감이 천회주를 짓눌렀다. 설무린이라는 사내에게서 풍기는 기도가 천회주를 숨조차 쉴 수 없게 만들어 버린 것이다.

분노는 거짓말처럼 사라지고, 그 자리를 두려움과 놀람이 채워졌다.

'이놈은… 누구냐?'

분명 설무린이다.

행색이 남루해 순간 알아보지 못했지만, 자세히 본다면 단숨에 알 수 있는 외모다.

알면서도 천회주가 의문을 품을 수밖에 없는 것은 불과 얼마 전과는 확연히 다른 설무린의 모습 때문이다. 그리 오랜 시간이 흐른 것도 아니다.

한 달? 채 그 정도의 시간도 흐르지 않았다.

고작 한 달이다. 그런데 그 한 달이라는 시간이 사람을 바꿔 놓았다.

여유롭던 얼굴에는 독기가 가득하다.

그리고 변해 버린 기세는 가히 다른 사람이라고 착각이 들게 할 정도다.

천회주의 앞에 선 설무린이 입을 열었다.

"내놔."

"내가 왜 네놈의 말을……."

"내놓으라는 말이 들리지 않는가!"

내면에 쌓인 두려움을 억지로 밀어내며 말을 잇던 천회주는 설무린의 벼락같은 고함에 움찔했다.

처음이다.

벽력궁의 수장인 뇌운성을 제하고 천회주는 그 누구에게도 이 같은 감정을 느껴본 적이 없다. 그런 그가 한낱 새파랗게 어린 북해빙궁의 소궁주에게서 위축되고 있는 것이다.

화가 치솟았다.

겨우 이런 놈에게 공포를 느끼는 자신이.

"…닥쳐라, 이놈!"

천회주가 버럭 소리쳤다.

지지 않겠다는 듯이 천회주의 몸에서 살기가 폭사했다. 그리고 그 살기는 순식간에 주변을 뒤덮었다. 그런 살기 속에서 천회주의 내공이 꿈틀거리기 시작했다.

"무슨 기연을 얻어 이리 변했는지는 모르겠지만, 그 정도로 네가 내 상대가 될 성싶더냐!"

천회주의 외침에 설무린이 비웃듯 대꾸했다.

"예전부터 넌 내 상대가 아니야."

"뭐, 뭐라고?"

"귀찮으니 빨리 끝내지."

말이 끝나기가 무섭게 설무린의 육장이 움직였다.

파앙!

"윽!"

번개처럼 휘두른 육장에서 한기 가득한 장법이 터져 나왔다. 내공을 일으킨 상태라 어렵지 않게 막기는 했지만, 급하게 시작된 싸움에 천회주는 기선을 제압당했다.

'이런……!'

예상외의 일격에 놀라기는 했지만, 천회주 또한 쉽지 않은 상대였다.

황급하게 정신을 차린 천회주는 다시금 달려드는 설무린을 향해 자신의 창을 흔들었다.

콰르릉!

날카로운 흑색의 기운이 일직선으로 뻗어나갔다.

다급하게 쏘아낸 일격이기는 했지만, 그렇다고 해서 우스운 공격이 아니다. 묵직하게 실린 내력이 단숨에 설무린을 짓이겨 버릴 듯이 다가왔다.

쾅!

묵직한 충격에 설무린은 공격을 멈추고 뒤로 물러났다.

그러한 모습에 천회주는 잃어버렸던 자신감을 일순 되찾았다.

'암, 제깟 놈이 아무리 강해져 봤자지. 고작 이십 일뿐인데 내가 너무 겁을 집어 먹었군.'

의외의 일격에 수하들이 순식간에 쓰러져서였을까?

괜한 걱정을 했다고 생각하는 천회주였다. 하지만 잠시 멈추었던 설무린이 천천히 검을 들어 올렸다.

그 순간 매서울 정도로 차가운 한기가 주변을 뒤덮었다. 그리고 동시에 솟구쳐 오르던 천회주의 용기 또한 싸늘하게 식어버렸다.

믿을 수 없었기에 천회주의 목소리는 자신도 모르게 떨려왔다.

"대체……."

"네놈은 실수를 했다."

설무린의 차갑고 냉정한 목소리.

그리고 한 걸음 걸어오는 것과 동시에 설무린이 다시금 입을 열었다.

"머리카락 한 올조차 보이지 않을 정도로 꼭꼭 숨었어야지. 그랬으면… 며칠은 더 살았을 텐데 말이야."

"감히!"

"월파(月破)."

설무린의 입에서 말이 떨어지기가 무섭게 손에 들린 검이 움직였다.

검이 요동쳤다.

검신을 감싸 안는 하얀 기운은 세상 그 무엇보다 날카로운 얼음이 되었다.

베지 못할 것이 없을 것만 같은 날카로움.

설무린의 검에서 검강이 마치 검기처럼 날아왔다. 무지막지한 기세를 쏟아내며 날아오는 검강을 본 천회주의 눈이 일순 멍해졌다.

이 무공……!

'내 팔 한쪽을 날려 버렸던 그 무공이다!'

순식간에 정신이 돌아오며 천회주는 다급하게 몸을 날렸다.

이 무공에 당해 천회주는 한 팔을 잃었다. 그때 천회주는 자신이 자랑하는 최고의 무공인 염마소혼창(炎魔燒魂槍)을 펼쳤지만 오히려 한 팔을 내줘야만 했었다.

잘못 본 것이라 생각했다.

그때 그 힘은 말로 표현할 수 없는 불가능에 가까웠던 힘.

그랬기에 뭔가 오해라 생각했다. 하지만 다시 한 번 설무린의 검에서 펼쳐진 날카로운 검강을 보자, 그것이 결코 착각이 아니었음을 알았다.

"커억!"

너무나 날카로운 검강이 천회주의 옆구리를 스치고 지나가 뒤편에 있던 천회의 무인 한 명을 반으로 갈라 버렸다.

"판단은 좋았군."

놀라 뒤를 바라보던 천회주는 설무린의 목소리에 정신을 차리고 그를 바라봤다.

믿기 어려웠다.

어렸을 때부터 설무린에 대해서는 일거수일투족을 감시했다.

그랬기에 그에 대해 모르는 것은 없다고 생각했거늘…….

아니, 생각해 보면 설무린은 처음부터 그랬다. 자신들이 생각했던 모든 것들을 뛰어넘었다. 실력을 감추고 있었고, 그것이 예상보다 훨씬 컸다.

예상했던 것보다 항상 그 앞에 서서 설무린은 자신들을 곤란에 빠뜨리곤 했다.

하지만… 이건 아니다.

평생이다. 평생을 걸려 만들어낸 무공이 바로 염마소혼창이다. 그런데 그 염마소혼창은 지금 설무린이 펼쳤던 검강에 그대로 뭉개졌다.

문제는 지금 설무린은 그때와 달리 너무나 멀쩡하다는 거다.

그때의 설무린은 이 무공을 펼치고 혼절했다.

한데 지금은 아니다. 유일한 약점이었던 부분이 이제는 사라져 버렸다.

믿을 수가 없었다.

"북해빙궁에 이런 무공은 없는데……."

천회주가 중얼거렸다.

"아니, 북해의 무공이다."

"지금 이게 북해빙궁의 무공이라고? 하하! 누굴 속이려 드느냐! 여태까지 살며 북해의 무공이란 무공은 모두 견식해 본 몸이다. 하지만 그 어떠한 무공도 이 같은 위력을 지니지 못했다!"

천회주의 음성에는 확신이 차 있었다.

그리고 그건 당연했다.

북해빙궁을 무너뜨리려 수십 년을 준비해 온 벽력궁이고, 그런 벽력궁의 모든 것을 담당하는 천회주다.

북해의 무공이라면 얼핏 스치듯이 봐도 단숨에 알아차릴 수 있다고 자신하는 그다. 그런 천회주가 모르는 북해빙궁의 무공이라고?

그런 건 없다!

북해빙궁제일의 검공이라는 빙령신검(氷靈神劍)조차도 지

금 설무린의 일격에 미치지 못한다. 그리고 천회주는 알고 있다. 설무린이 익힌 검공은 설풍수라마검(雪風修羅魔劍)이다.

북해 이대 검공의 하나지만 환검인 설풍수라마검은 이런 웅장한 힘을 지니지 못한다.

믿지 못하고 있는 천회주를 향해 설무린이 아무렇지 않게 내뱉었다.

"참 대단하군. 북해의 모든 걸 안다고 떠드는 걸 보면 말이야. 하지만 어쩌지? 이제는 알게 됐을 텐데, 네가 아는 것이 북해빙궁의 모든 게 아니라는 것 정도는."

"……."

설무린의 말에 천회주는 아무런 대꾸도 하지 못했다.

지금 설무린의 무공이 어떠한 것인가가 중요한 것이 아니기 때문이다.

버틸 수 없다.

실제로 보지 못했다면 믿기조차 어려운 엄청난 무공이다. 이런 무공을 연신 쏟아낸다면, 천회주로서는 몇 번 버티지도 못하고 무너질 것을 알기 때문이다.

온몸이 평생 낫지 않을 상처로 가득하다.

얼마 전에 잘려서 떨어져 나간 한 팔. 그리고 지금 칼에 베이며 피가 쏟아져 나오는 옆구리는 평생을 가도 씻을 수 없는 상처로 남을 게다.

'…그전에 살 수나 있을지 의문이로군.'

천회주는 창으로 간신히 몸을 지탱하며 자리에서 일어섰다.

분명히 힘든 상대다.

하지만 무인과 무인의 싸움, 결과는 끝날 때까지 알 수 없는 것이다.

자신의 묵창을 들어 올린 천회주의 시선이 설무린에게 박힌 채 떨어지지 않았다.

어떻게 이토록 짧은 시간 동안 완전히 다른 사람이라는 착각이 들 정도로 강해질 수 있는 것인가.

설무린을 바라보던 천회주의 눈동자가 갑자기 흔들렸다.

설무린의 손에 들린 검의 검날에 적힌 자그마한 글자가 눈에 들어온 탓이다.

믿을 수가 없었다.

설무린의 손에 믿을 수 없는 물건이 들려져 있었던 것이다. 천회주는 더듬거리며 입을 열었다.

"비, 빙마몽환검(氷魔夢幻劍)?"

북해빙궁에 대해 모르는 것이 없다고 자부하는 천회주가 그것이 어떠한 물건인지 모를 리가 없다.

북해빙궁의 신물이자, 전설로 전해져 내려오는 최고의 명검.

북해빙궁의 궁주가 아니라면 뽑을 수 없다고 전해져 오지만, 실제로 북해빙궁의 창시자인 설자생 이후 그 누구도 뽑을 수 없어 모습을 감춰 버린 물건이다.

비록 북해빙궁 내부에서는 설자생 이후 누구도 빙마몽환검을 뽑지 못했다는 사실을 쉬쉬하고 있지만 수뇌부 사이에서는 은연중에 이미 알려져 있는 일이다.

그리고 그러한 사실은 천회주 또한 알고 있다.

그런데 그 물건이 지금 설무린의 손에 들린 채로 자신의 모습을 뽐내고 있다.

설자생 이후 수백 년을 그 누구도 뽑지 못한 신검.

빙마몽환검을 보고서야 천회주는 한 가지 전설을 떠올렸다.

빙마몽환검에는 북해빙궁 최고의 무공이 숨겨져 있다는 허황된 전설 말이다. 어느 문파에나 있는 그러한 전설이기에 아무렇지 않게 넘겼던 일이다.

한데 지금 설무린의 손에 들린 빙마몽환검과 짧은 시간 동안 압도적으로 강해진 그의 모습이 겹쳐졌다.

믿을 수 없는 전설, 그리고 지금 그 전설이 현실이 되어버렸다.

천회주는 멍하니 전설을 떠올리며 중얼거렸다.

"천하제일검공(天下第一劍功)이라 불렸던 빙마무적삼초(氷魔無敵三招)……."

지금은 거의 사라졌다시피 한 이름이다.

북해빙궁에 대해 속속들이 조사하지 않았다면 알지 못할 이름.

천회주가 설무린을 바라보며 착잡한 표정으로 물었다.

"방금 네가 펼쳤던 빙마무적삼초의 몇 초식이냐."

"일초."

"……."

천회주는 입을 굳게 닫을 수밖에 없었다.

빙마무적삼초.

이름만 알고 있을 뿐, 실존된 무공이라 천회주 또한 자세히 알지 못한다.

하지만 하나 알고 있는 사실은 있다.

적어도 그 뒤에 있을 두 가지 초식이 결코 방금 전 설무린이 펼쳤던 빙마무적삼초의 일초식보다 못하지 않을 거라는 걸.

천회주가 탄식하듯 말했다.

"빙마몽환검에 빙마무적삼초라… 네놈은 참으로 운이 좋군. 최고의 병기와 무공을 고작 소궁주라는 이유 때문에 얻을 수 있었다니."

"무슨 헛소리야?"

"아닌 듯싶더냐."

"당연하지."

설무린은 고개를 끄덕이며 말을 이었다.

"내가 찾은 게 아니라, 바로 이놈이 날 찾은 거니까. 오히려 운이 좋은 건 바로 이놈이지."

설무린은 빙마몽환검을 가볍게 흔들며 대꾸했다.

"오만방자하군."

"어릴 때부터 지겹도록 들은 말이라서."

설무린의 아무렇지 않은 대꾸에 오히려 기가 차는 것은 천회주였다.

이를 부득 갈았지만 그뿐이었다.

지금 천회주는 설무린에게 함부로 달려들 수조차 없었다.

천회주는 손가락으로 창의 표면을 가볍게 쓸듯이 만졌다. 솔직히 말해서 지금의 설무린을 이길 수 없다.

천회주가 펼칠 수 있는 최고의 무공은 염마소혼창(炎魔燒魂槍)이다.

'겨우 이런 햇병아리에게……'

천회주는 답답해서 미칠 것만 같았다.

이놈이 대체 무엇이기에 벽력궁의 오랜 숙원들을 모두 망쳐 버린단 말인가. 인회도 무너졌고, 지금 자신이 쓰러지는 순간 천회도 끝장난다.

지회라고 해봤자 그들의 힘 자체는 그리 크지 않다.

거기다 지회주 적운강은 믿을 수 있는 사내가 아니다.

천회가 무너지면, 벽력궁도 궁지에 몰린다. 천회주가 진심 어린 목소리로 말했다.

"네놈을… 예전에 죽였어야 했다."

그 어떠한 피해를 감수하고서라도 설무린 이놈만 죽였다면, 지금 상황이 이토록 최악으로 치닫지는 않았을 게다.

하지만 후회를 해봤자 이미 너무 늦어버렸다.

천회주가 창을 들어 올렸다.

"한 번 깨졌지만 내 최고의 무공으로 상대해 주지."

"염마소혼창이로군."

천회주는 대꾸하지 않았다.

하지만 대답은 입이 아닌 그의 묵창이 대신했다. 모여드는 내력이 주변의 공기마저 뜨겁게 만들었다.

천회주의 창에 불꽃이 일렁이기 시작했다.

주변에 있는 모두가 침묵했다.

설무린의 갑작스러운 등장 이후 독왕 당가위와 사천당문도, 천회주를 따라온 천회의 무인들조차 아무도 손가락 하나 제대로 움직이지 못하고 둘만 바라보고 있었던 것이다.

처음 설무린을 봤을 때 버럭 화를 내려던 당가위였지만, 그러기에 설무린의 모습이 너무나 섬뜩했다.

처음부터 살기가 풀풀 풍기는 설무린의 모습은 말없이 둘을 지켜보게 만들었다.

성난 호랑이.

그랬다.

설무린은 화가 나도 단단히 난 한 마리의 맹수와도 같은 기운을 연신 뿜어내고 있었던 것이다.

'이토록 강했을 줄이야…….'

상대는 독왕 당가위 자신을 유린하다시피 한 자였다.

그런 자가 설무린 앞에서는 한없이 초라하기만 하다.

강하다는 건 알았지만 당가위가 파악하기에 설무린이라는 사내는 너무나 커다란 자였다.

'반드시 이겨라, 이겨서 그 아이를 찾아야 한다!'

독왕 당가위는 두 눈을 부릅뜬 채 설무린을 바라봤다.

간절한 당가위의 마음을 알아서일까.

설무린을 힐끔 그를 한 번 바라보고는 이내 빙마몽환검을 들어 올렸다.

염마소혼창(炎魔燒魂槍).

한 번 견식해 본 적이 있다.

비록 그때도 막아내기는 했지만 빙마무적삼초의 일 초식인 월파로 상대를 죽이지는 못했다. 설무린이 모자라서가 아니다. 그만큼 염마소혼창이라는 무공은 강했다.

설무린은 지금 자신이 펼칠 수 있는 최고의 초식을 다시 한 번 상기했다.

—하지만 피부로 와 닿는 차가움만이 차가움은 아니다. 정광전탄살상성진(停曠纏彈殺常晟鎭).

빙마무적삼초의 이초식.

아직 마지막 초식은 설무린에게 무리였기에, 지금 펼칠 수 있는 최고의 초식이다.

뜨겁게 일렁이는 천회주의 창이 당장에라도 폭발할 듯이 꿈틀거린다. 설무린의 눈이 꿈틀하는 순간 천회주의 몸이 튕겨져 나왔다.

"키얏!"

천회주의 창끝이 흔들리며 주변의 모든 것들이 무너져 내렸다.

설무린이 가볍게 빙마몽환검을 움직였다.

“일무(日舞).”

말과 함께 설무린의 몸이 화려하게 움직였다. 그리고 이내 설무린의 몸 주변을 하얀빛이 감싸 안았다.

너무나 커다란 힘이었지만 천회주는 멈추지 않았다.

'지금 돌파하지 못하면 죽는다!'

멈추는 것이 오히려 나아가는 것보다 못하다.

천회주는 모든 내력을 창에 모으며 그대로 설무린을 향해 내질렀다.

“죽어라!”

파앙!

커다란 두 개의 힘이 충돌하면서 세상이 지진이라도 난 듯이 흔들렸다.

쿠오오!

천회주의 창이 하얀빛 속으로 빨려 들어갔다.

그리고…….

'이건?

하얀빛이 천회주를 감싸 안으며 그는 일순 혼동이 일기 시작했다. 미친 듯이 춥다. 한데, 또 온몸이 타버릴 것같이 뜨겁다.

추운지, 뜨거운지 그것이 분간이 되지 않는다.

갑작스럽게 하얀 기운들이 천회주의 몸으로 흡수되듯 빨려 들어왔다. 그리고 그제야 알았다. 너무나 차갑기에, 오히려 뜨겁다고 느껴진다는 말의 의미를.

하얀빛이 몸에 잠식당하며 천회주는 자신도 모르게 웃음을 흘렸다.

'역시 이놈은 예전에 죽였어야… 궁주님.'

파악!

빛이 사라지며 천회주의 몸이 무너져 내렸다. 천회주의 몸은 이미 얼음처럼 딱딱하게 굳어버렸다. 차가운 한기에 잠식당한 그는 이미 시신이 되어버린 것이다.

당가위는 너무나 놀라 아무런 말도 하지 못했다.

믿을 수 없는 무공이다.

절정고수이기에 오히려 당가위는 다른 이들보다 더욱 큰 두려움을 느낄 수밖에 없었다. 지금 이 무공은 도저히 무엇이라고 표현해야 될지 모르는 그러한 부류였다.

그때 쓰러지는 천회주를 아랑곳하지도 않고 설무린이 손을 뻗었다.

그러자 멍하니 서 있던 천회의 무인 한 명이 거짓말처럼 설무린을 향해 끌려 들어왔다.

"어, 어어!"

놀람이 채 끝나기도 전에 설무린의 손아귀에 목젖이 잡힌 천회의 무인은 마른침을 꿀꺽 삼켰다.

대단한 허공섭물이다.

설무린이 차가운 눈으로 사내를 응시하며 말했다.

"어디 있어, 그 아이?"

"위, 위쪽 동굴에 있소."

“당연히 살아 있겠지?”

“그건 잘⋯⋯.”

설무린은 대답이 끝나기도 전에 사내를 휙 하니 집어 던지고는 경공을 펼쳐 허공을 날아올랐다.

그리고 그 모습을 멍하니 바라보던 당가위는 퍼뜩 정신을 차렸다.

“놈들을 모두 포박해 놓고 기다려라!”

말과 함께 당가위 또한 빠르게 설무린의 뒤를 쫓았다.

사천당문은 천회의 상대가 되지 못했지만 지금은 아니다. 이미 처음 설무린이 나타나면서 펼쳤던 일격에 반 수 이상의 천회의 무인들이 죽었고, 큰 부상을 입었다.

제대로 운신할 수 있는 자는 몇 되지 않았다.

거기다가 지금 그들은 천회주를 잃어 전의를 상실한 상태. 사천당문의 무인들로도 충분했다.

설무린은 경공을 펼치면서 급하게 주변을 두리번거렸다.

‘어디냐, 어디 있느냐.’

심장이 미칠 듯이 두근거렸다. 천회주와 싸울 때도 냉정했던 설무린이었지만, 지금만큼은 도저히 평정심을 유지할 수가 없었다.

북설이 살아 있다는 것을 확인하기 전까지는 도저히 마음을 가라앉힌다는 건 불가능에 가까웠다.

‘살아만 있어다오. 제발.’

설무린의 마음은 너무나 간절했다.

천회주가 남긴 글만 보고 무작정 찾아온 길이다. 그녀가 살아 있을 거라는 생각만을 가지고 찾아왔다. 혹시라도 북설이 죽지는 않았을까 하는 걱정은 하지 않았다.

아니, 하지 않으려고 애썼다.

조급하게 주변을 두리번거리던 설무린의 눈에 동굴의 입구가 들어왔다.

설무린은 바람처럼 동굴 입구를 향해 날아올랐다.

뒤편을 빠르게 따라오던 당가위는 설무린의 움직임을 도저히 쫓지 못하고 숨을 헉헉거리며 뒤쫓았다.

휘익!

허공에 솟구치며 동굴 앞에 도착한 설무린이 움찔하며 멈추어 섰다.

'숨소리가… 있다!'

설무린의 두 눈동자에 일순 생기가 감돌았다.

숨소리를 확인하는 순간 설무린은 다급하게 안쪽으로 걸어 들어갔다. 동굴 안으로 급히 뛰어들어 갔던 설무린이 갑작스럽게 멈추어 섰다.

습기가 가득하고, 어두운 암굴.

그곳에… 그녀가 있었다.

"…설아."

쇠사슬에 묶인 채 허공에 매달려 있는 북설을 설무린이 발견했을 무렵, 뒤늦게 독왕 당가위가 도착했다.

급히 안쪽으로 뛰어들어 온 당가위는 손녀딸의 모습에 놀라 발을 멈칫했다. 피투성이의 모습으로 쇠사슬에 대롱대롱 묶여 있는 모습이 당가위를 움찔하게 만들어 버린 것이다.

그때였다.

스르릉.

쇳소리에 놀라 정신을 차려 옆을 바라봤을 때, 이미 설무린이 움직였다.

파악!

촤라락!

순식간에 북설의 사지를 묶어두었던 단단한 쇠사슬들이 잘려 나갔다. 동시에 설무린은 떨어져 내리는 북설을 양손으로 가볍게 받아 들었다.

설무린은 북설을 안아 든 채로 조심스럽게 허리를 굽혔다.

북설을 바라보는 설무린이 입가에 미소를 머금으며 말했다.

"바보 같은 녀석……."

북설을 조용히 안은 채로 응시하고 있는 설무린을 뒤에서 바라보던 독왕은 아무런 말도 하지 못했다.

만나기만 하면 당장에라도 씹어 먹어도 시원치 않을 거라 생각했다.

갈가리 찢어버리겠다고 실제로 날뛰지 않았던가. 한데 지금 북설을 안은 채 미소를 짓고 있는 설무린을 보고 있자니 이상하게도 화가 나지 않는다.

북설을 안은 채 미소 짓고 있는 설무린은 아까 보았던 그 무서운 사내가 아니었다.

광기(狂氣)에 휩싸인 것만 같았던 짙은 살기가 거짓말처럼 사라지고, 온화한 기운만이 감돈다.

솔직히 말해 당가위는 설무린이 북설을 찾기 위해 단신으로 나타날 거라고 생각지도 못했다.

함정일지도 모르는 데 멍청하게 머리를 들이밀 리가 없었다.

그것도 수하 하나를 구하기 위해서라면 더더욱.

북설을 바라보는 설무린의 눈빛을 보며 당가위가 헛웃음을 삼켰다.

'허허, 설마…….'

당가위는 아무런 말도 하지 못한 채 그저 설무린의 뒷모습을 바라만 보고 있었다.

그때 설무린의 품 안에 안겨 있던 북설이 꿈틀했다. 그리고는 그녀의 눈이 슬며시 떠지기 시작했다. 눈을 뜬 북설은 설무린을 바라보며 힘없는 얼굴로 미소를 지었다.

그녀가 미소를 머금은 얼굴로 어렵사리 입을 열었다.

"다시는 못 뵐 줄 알았는데……."

"무슨 소리냐, 난 꼭 다시 볼 줄 알았다."

"지금 이 순간은 꿈이겠지요? 그렇다면 전 지금 행복한 꿈을 꾸고 있나 봅니다, 소궁주님……."

슬픈 미소를 머금고 있는 북설을 바라보던 설무린이 그녀를 와락 안았다. 북설을 안은 설무린의 두 눈가가 갑작스럽게 붉어지기 시작했다.

가슴이 미어질 듯이 아팠다. 그리고 살아 있는 북설을 보니 여태까지의 괴로움들이 눈 녹듯이 사라졌다.

북설을 품에 꼭 안은 채 설무린이 중얼거렸다.

"만약 이게 꿈이라면… 나는 영영 꿈에서 깨지 않으마."

第四章

청혼(請婚)

짧은 시간 동안 수많은 일이 벌어졌다.

설무린은 북설을 구해서 사천당문으로 숨어들었고, 천회주의 죽음 또한 벽력궁으로 흘러들었다.

벽력궁주 뇌운성은 단상에 앉은 채 부들부들 떨고 있었다.

너무나 커다란 분노가 온몸을 뒤덮었기에, 뇌운성은 도저히 참을 수가 없었다. 그리고 그런 그의 앞에 천회의 무인 한 명이 머리를 조아리고 있었다.

뇌운성이 아무런 말도 잇지 못하고 분에 떨고 있을 때 옆에 있던 지회주 적운강이 믿을 수 없다는 듯이 천회의 무인에게 되물었다.

"천회주가 죽었다고?"

"그렇습니다."

"이놈! 이곳이 어디라고! 허튼소리를 지껄인다면 그 목이 성치 않을 터!"

"제가 어느 안전이라고 망언을 지껄이겠습니까. 똑똑히 확인했습니다."

고개조차 들지 못하고 말하는 천회 무인의 목소리에 거짓은 느껴지지 않았다.

지회주는 깊은 한숨을 내쉬었다.

천회주, 마음에 들지 않는 노인네였다.

솔직히 언젠가 자신이 죽여 버리겠다고 이를 갈았던 상대다. 하지만 지금은 아니었다. 적어도 북해빙궁을 무너뜨리고, 세외세력을 통합할 때까지는 천회주는 죽어서는 안 되는 것이다.

그리고 그뿐이 아니다.

천회주가 죽었고, 천회도 무너졌다.

인회에 이어 천회까지… 벽력궁을 지탱하는 기둥 세 개 중에서 두 개가 무너진 셈이다. 그리고 부끄럽지만 천회, 지회, 인회 중에서 가장 약한 곳이 바로 적운강이 이끄는 지회다.

지회는 북해빙궁을 감시하는 곳.

그리 크지 못한 세력이었다.

인회가 무너진 것도 큰 타격이었지만, 천회가 무너진 것에 비하면 그건 아무것도 아니다.

세외세력을 모두 규합하기는커녕 북해빙궁 하나 상대하기

어려워진 것이다.

부들부들 떨고 있던 뇌운성이 자리에서 일어났다.

휘장 안에 있던 뇌운성이 바깥으로 걸어나오며 허공을 응시했다.

"천회주… 그가 가다니."

어린 자신을 살리고 지금의 벽력궁을 만들기까지 천회주는 모든 것을 받친 자다. 그가 없었다면 지금의 뇌운성 자신도, 벽력궁도 없다고 해도 과언이 아니었다.

유일하게 뇌운성이 믿을 수 있던 자.

그가 바로 천회주였다.

"흐, 흐흐흐!"

뇌운성은 흡사 미친 사람처럼 광소(狂笑)를 터뜨렸다. 한 번 터진 웃음은 멈출 줄을 모르고 계속됐다.

"하하하! 천회주, 이 영감, 겨우 그깟 어린애 하나 상대하지 못하고 죽었다고? 이거야 원… 푸하하!"

미친 듯이 웃기만 하던 뇌운성의 웃음소리가 점점 작아지기 시작했다.

그리고는 차가워진 눈동자로 중얼거렸다.

"꼴이 우습지 않습니까, 할아범?"

천회주라면 설무린 정도는 죽이고도 남을 거라고 생각했다.

설무린은 대체 어떤 놈이기에 인회주를 죽이고, 벽력궁주 뇌운성의 오른팔인 천회주까지 죽일 수 있단 말인가.

뇌운성이 말없이 고개를 땅에 처박고 있는 천회의 무인을 바라봤다.

그리고는 이내 인자한 목소리로 입을 열었다.

"그래, 천회주가 죽은 게 확실하다 이거지."

"그렇습니다."

"그런데 왜… 넌 살아 있느냐?"

"예?"

"네 주인이 죽었거늘, 왜 네놈은 살아 있냐고 물었다."

"그, 그건 궁주님께 이 사실을 알리기 위해서……."

놀란 무인이 버벅거리며 대답하자 이해가 간다는 듯 뇌운성이 고개를 끄덕였다.

"나에게 알리기 위해 살아왔다, 이 말이렷다?"

"그, 그렇습니다."

"그럼 이제 알렸으니 죽어도 되겠군."

말과 함께 뇌운성이 손가락을 쫙 펴더니 주먹을 쥐었다. 그러자 놀라운 일이 벌어졌다.

퍼억!

마치 수박처럼 사내의 머리통이 으깨지며 그 자리에 풀썩 쓰러진 것이다. 차가운 눈으로 죽은 시신을 바라보며 뇌운성이 입을 열었다.

"더러운 피 냄새가 배지 않도록 치워라."

"아, 알겠습니다."

뇌운성이 이 같은 일을 벌일 줄 몰랐던 적운강은 놀라 황급히 고개를 조아렸다.

다급히 시신을 처리하러 다가간 적운강은 절로 미간을 찌푸렸다.

머리통이 터져 버린 자의 시신은 보기만 해도 구토가 밀려올 정도로 역겨웠다.

하지만 적운강은 애써 내색하지 않으며 황급히 시신들을 모으기 시작했다.

그때 다시금 자리에 앉은 뇌운성이 작은 목소리로 물었다.

"자, 이제 어떻게 할 생각이냐?"

"무엇을 말씀이십니까?"

"북해빙궁, 북해빙궁을 내게 줘야지."

웃음기 어린 얼굴로 내뱉는 말에 적운강은 딱딱하게 굳어버렸다.

방금 전 광기 어린 행동에 이미 바짝 겁을 집어 먹은 적운강이었기에 쉽사리 대답을 하지 못했다.

하지만 아무리 머리를 굴려도 딱히 대답할 말이 떠오르지 않았다.

천회와 인회가 무너진 지금 적운강 혼자의 힘으로 어찌 북해빙궁을 빼앗을 수 있단 말인가. 애초에 그만한 힘이 있었다면 이토록 벽력궁의 아래로 들어오지도 않았을 것이다.

적운강은 생각할 것도 없이 바로 무릎을 꿇었다.

쿵쿵!

살기 위해서 다른 방도는 생각도 나지 않았다.

무릎을 꿇은 채로 적운강은 피가 터질 정도로 강하게 머리를 땅에 박았다.

피에 젖은 목소리로 적운강이 호소했다.

"죄송합니다, 궁주님. 소인이 모자라 도저히 궁주님께 북해빙궁을 가져다 드릴 방도가 없습니다."

"호오, 방법이 없다?"

뇌운성이 웃으며 턱을 손가락으로 쓰다듬었다. 살짝 자란 수염이 까끌까끌하다.

뇌운성은 턱을 만지던 손가락을 자신의 머리로 가져다댔다.

"머리를 써, 머리를. 지금 네가 가진 힘으로 북해빙궁을 차지하라고 내가 시킬 것 같더냐? 그게 불가능하다는 걸 누구보다 잘 아는 나다."

"…하오면?"

"쯧쯧, 한심한 놈."

혀를 차던 뇌운성이 천천히 말을 이었다.

"북해빙궁 궁주에게 여식이 하나 있다 했지?"

"예, 설수진이라고……."

"혼인도 안 했고."

"그렇습니다."

적운강은 고개를 끄덕였다. 그런 그를 바라보며 뇌운성이 빙긋 웃으며 말했다.

"그 아이를 데려와."

"서, 설수진을 말입니까?"

"힘으로 말고, 절차를 밟아서."

　그제야 적운강은 뇌운성이 무슨 말을 하는지 알았다. 그리고는 놀란 눈으로 뇌운성을 바라봤다.
　뇌운성이 미소를 머금은 채로 말을 이었다.
　"네 아들도 이제 혼인을 해야 하지 않겠어? 그리고 그 상대가 북해빙궁주의 여식이라면… 여러 가지로 좋겠지?"
　웃고 있는 뇌운성을 보며 적운강은 소름이 오싹 돋았다.
　설수진을 혼인을 빙자해 태양궁으로 데리고 오고, 그녀를 인질로 삼아 북해빙궁을 부수려는 것이다.
　태양궁이 북해빙궁의 설수진을 인질로 잡는다면 설군표가 가만히 있지는 않을 터. 북해빙궁에서 설군표가 나온다면 그 후의 일은 뇌운성이 알아서 할 것이다.
　적운강이 깊이 고개를 조아렸다.
　"명을 받들겠습니다."
　그리고 그날 밤 태양궁의 사람 한 명이 북해빙궁을 향해 떠났다.

＊　　　＊　　　＊

　북해빙궁은 평화로웠다.
　아니, 겉으로 보기에만 그랬는지도 모른다. 실제로 북해빙궁의 몇몇 인물들은 무척이나 바쁜 하루하루를 보냈다.
　북해빙궁주의 모습으로 역용을 한 북해 또한 그러한 사람 중 하나였다.

설군표의 모습으로 업무를 처리하고 있던 북해는 기척을 느끼고 고개를 들었다. 문 앞에서 조심스러운 야율초재의 목소리가 들렸다.

"궁주님, 야율초재입니다."

"아아 야율, 어서 들어오게."

문을 열고 들어온 야율초재가 가볍게 목례를 하고는 또다시 퉁명스레 말했다.

"제 이름 부르는 게 그리 어려우십니까? 야율초재라는 이름이 뭐가 그리 어렵다고 매일 야율이라 부르십니까."

"껄껄, 뭐 그리 대수롭지 않은 일가지고."

"휴, 이젠 저도 포깁니다."

"그런데 어쩐 일로 찾아왔는가?"

"아참, 지금 태양궁의 사신이 당도했다고 합니다."

"태양궁의?"

북해는 의아하다는 듯이 물었고, 야율초재는 가볍게 고개를 끄덕였다. 겉으로 하는 대화는 그게 다였지만 실상 둘의 대화는 여기서 끝이 아니었다.

"시기가 이상합니다, 북해. 뭔가 꿍꿍이가……."

"만나보면 알 일이지요. 우선 사신을 영접하겠습니다."

"부탁하지요."

간단한 전음으로 대화를 마친 둘은 겉으로 보기에는 영락없는 궁주와 그의 충실한 수하였다. 둘은 가벼운 농담을 나누며 태양궁의 사신을 만나러 발걸음을 옮겼다.

북해와 함께 걸음을 옮기는 야율초재의 속마음은 무척이나 복잡했다.

비록 확실한 증거를 잡은 것은 아니지만, 이미 설무린이 보내온 정보를 토대로 이 일에 태양궁 또한 개입되어 있을 거라는 확신이 있는 야율초재다.

거기다 최근 갑자기 설무린과의 연락이 두절되어 야율초재는 내심 불안해하고 있었다. 그럴 리는 없겠지만 혹여나 설무린이 중원에서 무슨 일이라도 당했다면…….

'후우, 아무런 일도 없으셔야 할 터인데.'

걱정이 태산 같아 자신도 모르게 한숨을 내쉰 야율초재는 이내 고개를 저었다. 눈앞에 태양궁 사신의 모습과 양쪽으로 정렬해 있는 북해빙궁 무인들의 모습도 보인다.

북해와 함께 문을 들어서려고 하자 옆에 있는 무인이 소리쳤다.

"북해빙궁주님 납십니다!"

그 외침과 함께 모두가 자리에서 일어나 예를 취했다.

일사불란하게 움직이는 북해빙궁 무인들의 모습에는 강인한 기질과 절도가 느껴졌다.

천천히 단상 위에 오른 북해가 자리에 앉으며 가볍게 손을 움직였다. 그러자 북해빙궁 무인들은 다시금 원래의 자리로 가서 부복했다.

북해는 아래에 고개를 조아리고 있는 태양궁의 사신에게 친근하게 말을 걸었다.

“그래, 태양궁주께서는 건강하신가?”

“물론이시지요. 궁주님께서 걱정해 주신 덕분입니다.”

“하하, 내가 무엇을 했다고. 그나저나 이런 시기에 사신이라니… 무슨 일이라도 있으신 겐가?”

“소인은 모르옵고 이 서찰에 적으셨다 하옵니다.”

태양궁의 사신은 품속에 넣어두었던 서찰을 공손하게 양 손으로 들어 올렸다. 그러자 야율초재가 아래로 내려가 서찰을 대신 전해 받고 단상 옆으로 걸어가 북해에게 건넸다.

야율초재가 고개를 조아렸다.

“궁주님, 서찰입니다.”

“그래.”

야율초재에게서 서찰을 건네받은 북해가 웃으면서 묶인 실을 풀었다. 만면에 웃음 띤 채로 서찰을 읽어 내려가던 북해의 얼굴이 일순 굳었다.

하지만 서찰로 가려져 있어 그 모습을 본 것은 바로 옆에 있는 야율초재뿐이었다.

아주 짧은 순간이었지만 굳어지는 북해의 얼굴을 보며 야율초재는 머리가 지끈거리기 시작했다.

‘왠지 예감이 좋지 않다더니…….’

무슨 일인지 알기도 전이지만 이미 사신이 왔다고 했을 때부터 뭔가 사단이 벌어질 것을 예상했다. 하지만 북해의 표정을 보니 생각보다 더욱 큰 일이 벌어진 것이 분명했다.

억지로 웃음을 되찾은 북해가 서찰을 내리며 허허롭게 웃었다.

"허허, 이런. 생각도 못한 일이거늘……."

그때 아래에 있던 회천대(回天隊)를 이끄는 십자검(十字劍) 왕천악이 입을 열었다.

"무슨 큰일이라도 벌어졌습니까?"

"음……."

북해는 잠시 뜸을 들였다.

생각지도 못한 일이라 선뜻 다음 행동을 정하지 못하는 것이었다. 하지만 이 같은 일을 숨길 수도 없는 노릇. 북해는 마음을 정했다.

"태양궁에서 우리에게 혼사를 하자는군."

"혼사라면……."

"수진이와 태양궁 소궁주 적사문을 혼인시키자는군."

"오오! 경하드리옵니다!"

십자검 왕천악이 고개를 조아렸다.

하지만 그 모습을 보는 북해의 표정은 곱지 않았다.

서찰의 내용을 알게 된 야율초재는 애써 표정을 감췄다. 하지만 그 속내는 전혀 달랐다.

'혼인이라니, 이게 무슨…….'

북해와 야율초재는 서로의 얼굴을 바라봤다.

굳이 말을 하지 않았지만 서로가 서로의 생각을 어렴풋이나마 느낄 수 있었다.

그리고 그렇게 둘이 서로를 바라볼 때, 단상 아래도 점점 소

란이 일기 시작했다

태양궁의 갑작스러운 혼인 이야기에 북해빙궁의 사람들 또한 분분히 자신의 의견들을 이야기하고 있었다.

소란스러운 아래의 모습을 잠시 바라보던 북해는 깊은 한숨을 내쉬고는 이내 손가락으로 가볍게 의자를 툭툭 두드렸다.

하지만 그 조그만 소리에 시끄러워지던 단상 아래의 무인들의 입이 일순 모두 닫혔다.

사방이 조용해지자 그제야 북해가 입을 열었다.

"이 일은 나 혼자 결정할 일이 아니니 잠시 시간을 두지."

"그게 무슨 소리십니까, 궁주님? 이 같은 혼사 자리는 다시 없사옵니다. 고민하시고 할 것도 없이 바로 승낙하시지요. 더군다나 태양궁에서 정식으로 청한 혼례인데 거절하신다면…… 서로 꼴이 우습지 않겠습니까?"

빙파무쌍(氷破無雙)이라 불리는 노인이 웃으며 말했다.

하지만 그것은 단순한 조언이 아니었다.

마치 하지 않으면 안 될 거라는 강압적인 어투. 북해의 미간이 꿈틀했다.

'망할 노인네.'

북해빙궁 내에 있는 설군표 반발 세력 중 한 명이 바로 이자다.

하지만 워낙 북해빙궁에서 커다란 비중을 차지하는 인물이기에 함부로 대할 수 없을 뿐이다.

북해는 애써 웃으며 말했다.

"내 딸의 일이네. 함부로 정할 수는 없지."

"이 혼사를 반대할 이유도 없으신데 굳이 시간을 끄실 이유가 어디 있으신지."

빙파무쌍이 웃으면서 다시금 북해의 기분을 건드릴 때였다.

"감히 궁주님 말씀에 토를 다는 건가."

한기 어린 목소리가 뒤편에서 흘러나오자 빙파무쌍은 황급히 뒤를 돌아봤다. 그곳에는 한 사내가 서서 빙파무쌍을 응시하고 있었다.

"…진하기로군."

북황검위대의 대주, 북해마성(北海魔星) 진하기(陳夏期)의 등장에 장내가 다시금 일순 술렁였다. 원체 모습을 보이지 않는 자였기에 이 같은 등장에 모두가 놀란 것이다.

북해빙궁 궁주의 직속단체 북황검위대의 대주는 그 누구에게도 물러서지 않는 인물이다.

제아무리 빙파무쌍이라고 해도 진하기는 버겁다.

"궁주님 말씀에 토를 달고 싶은 자가 있다면 앞으로 나서라."

"클클."

빙파무쌍은 헛웃음을 흘릴 뿐이었다.

북해가 가볍게 진하기를 향해 눈빛으로 고마움을 표하고는 이내 말했다.

"내가 말한 대로 이 일은 잘 생각해서 결정할 터이니 더 이상 왈가왈부하지들 말게. 태양궁 사신에게 머물 거처로 안내해 드리도록 하게. 난 이만 업무가 많아서 가보지.”

말을 마친 북해는 자리에서 벌떡 일어나 발걸음을 옮겼다.

그리고 그 뒤로 말없이 야율초재와 진하기가 쫓았다.

밖으로 나오니 벌써 해가 지고 있었다. 북해는 조용히 하늘을 올려다봤다.

해가 지는 북해빙궁의 모습은 참으로 아름답다.

하얀 눈들이 뒤덮인 천산.

그곳에 있는 북해빙궁은 마치 세상에 있다는 것이 신기할 정도로 아름다운 곳이다.

북해의 옆으로 다가온 야율초재가 조심스럽게 말했다.

“저녁에 궁주님 거처로 모이겠습니다.”

“알겠네.”

“그럼 저희는 이만…….”

말을 끝나고 두 사내가 사라지자 북해는 홀로 서서 하늘을 올려다보았다.

‘무사하십니까.’

한 사내가 떠오른다.

물러설 줄 모르고, 하고자 하면 반드시 이루고 말았던 한 사내가.

그리고 그의 옆에 있을 자신의 딸 북설도.

상황이 점점 북해빙궁에게 좋지 않게 돌아가고 있다. 그리고 이러한 북해빙궁의 모든 문제를 해결할 수 있는 사람은 단 한 명뿐이다.

북해는 두 눈을 감았다.

'소궁주님…….'

늦은 밤, 궁주의 방으로 비밀스레 야율초재와 진하기가 찾아왔다. 그리고 그곳에는 이미 기다리고 있던 북해와 설군표의 아내 매여령이 있었다.

이미 이야기를 전해들은 탓에 매여령의 표정 또한 좋지 못했다.

넷이 한 탁자에 모여 앉았지만 먼저 말을 꺼내는 이가 없었다. 그만큼 이 일은 중요했고, 딱히 좋은 방도도 없는 상황이었다.

가장 먼저 말문을 연 것은 야율초재였다.

"생각지도 못한 일인데… 이건 분명 무슨 계략이 있을 겁니다."

"나 또한 그리 생각한다."

진하기는 야율초재의 말에 동감했다. 태양궁의 혼인 이야기는 너무나 뜬금없었다. 오래전부터 이야기가 오간 것도 아니고, 설군표와 적운강의 사이가 좋지 않음을 이곳에 있는 이라면 모두 알고 있다.

북해가 걱정스레 입을 열었다.

"후우, 문제는 지금 이 혼사를 거절할 수도 없다는 겁니다."

다른 곳도 아닌 태양궁이다.

남들이 보기에도 북해빙궁주의 하나뿐인 여식에게 그만한

배필은 없다는 생각이 들 것이다.

차라리 야수궁 궁주에게 아들이 있었다면 핑계라도 댈 수 있었겠지만… 야수궁 궁주에게는 사도혜라는 외동딸 한 명만이 존재했다.

혼사를 거절할 것이라면 그만큼 합당한 이유가 있어야 한다.

그렇지 않다면 북해빙궁의 처사는 태양궁을 무시하는 것밖에 되지 않는다.

매여령이 괴로운 얼굴로 입을 열었다.

"무슨 방법이 없을까요? 수진이를 그런 곳으로 보낼 수는 없어요."

"저도 그렇게 생각합니다만 쉽지가 않습니다. 거기다가 내부에서도 당연히 혼례를 시켜야 한다고 떠드는 작자들이 있으니……."

야율초재는 한숨을 길게 내쉬었다.

북해빙궁 내부에 간자들이 숨어 있다는 것을 알고 있었다. 그리고 그들은 분명 계속해서 이 혼사를 반드시 해야 한다고 떠들어댈 것이다.

당장에라도 숙청을 해버리고 싶지만 증거가 없다.

진하기가 야율초재를 바라보며 물었다.

"소궁주에게서 연락은?"

"그날 이후로 없습니다."

한 달 반 정도 전에 마지막 연락이 온 후부터 설무린에게서 아무런 연락조차 오지 않는다.

넷의 수심이 깊어질 수밖에 없었다.

마지막 보루인 설무린의 생사조차 장담할 수 없다. 이런 상황에서 시간을 더 끄는 것이 현명한 선택인지 도저히 답이 나오지 않는다.

그렇게 자리에 모인 네 명 모두 침묵하고 있을 때였다.

누군가가 걸어오는 발자국 소리를 눈치챈 진하기가 손가락으로 입을 가리켰다.

모두의 시선이 문으로 향했을 때였다.

"들어가도 되겠습니까?"

차분한 여안의 목소리, 그 목소리의 주인공이 누구인지 모르는 이는 없었다. 매여령이 급히 대답했다.

"그, 그러렴."

매여령의 대답이 떨어지자 문이 열리며 아름다운 여인 한 명이 모습을 드러냈다. 그곳에는 북해빙궁주의 여식인 설수진이 있었다.

단아한 옷차림을 한 설수진은 모두에게 먼저 인사를 건넸다.

매여령은 그런 설수진을 보며 애써 태연한 척 말했다.

"이 늦은 시간에 무슨 일이니? 어서 자지 않고."

"어머니, 그리고……."

설수진이 북해를 바라보며 말을 끌었다.

그리고는 조그맣게 미소 지으면서 말했다.

"왜들 이렇게 모이셨는지 알아요. 제 혼사 이야기 때문에 이
토록 모이신 거라는 걸."

설수진은 말을 잠시 멈추고는 모여 있는 네 사람을 한 번씩
바라봤다.

설수진이 환한 미소를 지으며 말을 이었다.

"제가 가겠습니다."

"수진아!"

"그건 아니 되실 말씀입니다."

놀란 매여령이 소리쳤고, 야율초재도 급히 그래서는 안 된
다고 딱 잘라 말했다. 하지만 설수진 또한 비장한 목소리로 말
을 이었다.

"제 오라버니는 아버지가 그리되시고 바로 중원으로 나가
북해빙궁을 위해 싸웠어요. 하지만 전 이곳에서 편히 지내며
시간만 보냈어요. 여인이라고 하지만 저도… 북해빙궁의 사람
입니다."

설수진은 북해빙궁의 상황이 어찌 돌아가는지 모든 것을 알
지 못한다. 하지만 그녀 또한 눈이 있고, 귀가 있다. 지금 태양
궁의 일이 단순한 혼인이 아닐 거라는 것 정도는 설수진 또한
알고 있다.

설수진의 목소리에는 흔들림이 없었다.

"시간을 끌게요, 오라버니가 돌아오실 때까지. 그 정도는 할
수 있어요."

설수진의 목소리에 어린 단호함에 그 누구도 입을 열지 못

했다.

여인이라지만 아버지인 설군표처럼 고집이 있다.

여인으로서 결단코 쉬운 결정이 아니었을 게다.

한데도 이 같은 말을 했다는 건 이미 확고한 결심이 섰다는 걸 의미한다.

매여령은 목이 막혔는지 아무런 말도 하지 못했다.

그저 두 눈에서 방울방울 눈물을 흘리고 있을 뿐이었다.

괴로운 표정으로 야율초재가 설수진을 바라보며 말했다.

"소궁주님이 돌아오시는 데 오랜 시간이 걸릴지도 모릅니다. 그리고 정말 만약이지만… 영영 돌아오시지 못할 수도 있습니다."

"제가 아는 오라버니라면… 결코 죽을 분이 아니지요."

설수진의 목소리에는 믿음이 있었다.

죽으러 가는 길이 될지도 모른다. 여인으로서의 모든 인생이 이대로 끝날지도 모른다. 그럼에도 불구하고 설수진은 이 같은 결단을 내렸다.

북해빙궁을 위해서.

매여령은 다 커버린 설수진을 보며 참지 못하고 왈칵 눈물을 흘렸다.

第五章.

각오(覺悟)

때엥! 땡!

사천당문에 울리는 종소리를 듣고 사내가 조용히 눈을 떴다. 침상에서 일어난 사내가 창밖을 바라봤다. 아직까지 어둠이 걷히지 않은 하늘이었지만 사내는 자리에서 일어났다.

문을 열고 바깥으로 걸어나가자 차가운 바람이 폐부를 훑고 지나갔다.

"슬슬 이곳 중원도 추워지는군."

북쪽을 바라보는 사내의 두 눈동자에서 날카로운 이채가 흘렀다. 사내의 정체는 얼마 전 비밀스럽게 사천당문으로 숨어든 설무린이었다.

북설의 몸을 치료하기 위해 설무린은 사천당문으로 돌아

왔다.

물론 북설의 치료뿐만이 아니라 해약을 받기 위해서라도 사천당문에서 기다려야만 했다.

독접 당화화가 언제 연락을 줄지는 모른다.

하지만 왠지 모르게 조급한 마음이 들지 않는다. 조만간 곧 연락이 올 것만 같은 느낌 때문이다. 북쪽에서 불어오는 바람이 자꾸만 설무린에게 곧 돌아오게 될 것이라고 말해주는 것만 같았다.

새벽녘의 공기를 깊게 들이마시던 설무린이 고개를 돌렸다.

그곳에 북설이 있었다.

"더 쉬지 않고."

"괜찮습니다."

질책하는 듯한 설무린의 한마디였지만 그 목소리에는 애정이 가득했다. 그리고 마찬가지로 대답을 하는 북설 또한 왠지 모를 쑥스러움에 고개를 쉬이 들지 못했다.

설무린은 조용히 고개를 돌려 북쪽을 바라보며 입을 열었다.

"북해빙궁을 떠난 지도 참으로 오랜 시간이 흘렀군."

설군표의 해약을 찾기 위해 나선 중원행.

수많은 일을 겪었고, 어려움도 많았다. 하지만 그만큼 설무린은 변했다.

북해빙궁에서 나올 때보다 훨씬 강해진 그다.

아직 당화화에게 해약을 받은 것도 아니다. 그녀가 아니라

면 세상에 흡혈잠마지독의 해약을 만들 수 있는 자는 없다 해
도 과언이 아니니, 당화화가 실패한다면 더는 방도가 없을 것
이다.

하지만 설무린은 믿었다.

당화화라면 해약을 만들 수 있을 거라고.

당화화가 말한 대로 한 달이 걸릴지, 일 년이 걸릴지는 모르
겠지만 그녀는 분명 해약을 만들어낼 것이다.

북쪽의 바람을 느끼며 설무린은 이런저런 생각들이 떠올랐
다.

"후후, 다들 잘 있는지 모르겠군."

빙관에서 깊은 잠에 빠져 있을 아버지, 그리고 어머니와 수
진이. 언제나 아버지의 오른팔처럼 모든 일들을 떠맡아 하느
라 매일 지쳐 사는 야율초재와 북해마성이라 불리는 진하기가
생각났다.

그리고 북해도.

설무린이 잠시 상념에 잠겨 있을 때 뒤쪽에 있던 북설이 조
심스레 말했다.

"한동안 연락을 취하지 않으신 것 같은데 한 번쯤 서신을 보
내보시는 게 좋을 것 같습니다."

"그래야지. 너무 정신이 없어서 그것조차 잊어먹고 있었으
니."

설무린이 피식 웃었다.

북설을 잃었다 생각한 후부터 설무린은 죽을 듯이 빙마무적

삼초에만 빠져 살지 않았던가. 북해빙궁에 연락을 취한다는 생각도 하지 못했다.

"그게 다 한 사람 때문 아니겠느냐."

설무린이 웃으며 말했다.

북설이 자신에게 중요하다는 건 예전부터 알았다. 하지만 그녀가 죽었다고 생각한 후 흔들리던 설무린 자신의 모습은 예상보다 더욱 심했다.

그리고 그제야 알았다.

설무린 자신이 북설을 어떻게 생각하고 있는지.

설무린이 따뜻한 표정으로 북설을 바라봤다. 두 눈이 마주 치자 북설은 애써 담담한 척하려 애썼지만 심장이 두근거리는 건 도저히 어쩔 수 없었다.

다시 만난 그날 설무린의 품에 안겼던 것이 머리에서 떠나 질 않았다.

사천당문에서의 하루는 참으로 단순했다.

숨어 있는 입장에 외출을 하거나 활개 치면서 다닐 수도 없 는 노릇 아닌가. 마치 없는 사람처럼 당가위가 정해준 거처에 서만 온 종일 시간을 보내야만 했다.

답답할 법도 했지만 설무린은 오히려 그 시간이 지루하지 않았다. 그만큼 자신의 무공을 다듬을 시간을 가질 수 있었기 때문이다.

빙마무적삼초.

그 막강하던 천회주조차 단숨에 숨을 끊어버릴 정도의 무공이다. 천하제일검공이라는 이름이 붙을 만한 충분한 자격이 있었다.

일 초식, 월파(月破).

이 초식, 일무(日舞).

그리고 마지막 초식인 설화(雪花).

일 초식 월파를 처음 펼쳤을 때, 설무린은 그 위력에 놀랐다. 월파는 강력한 강기의 공격이다. 검강을 마치 채찍처럼 자유자재로 사용할 수 있는 초식이 바로 월파다.

그리고 이 초식 일무는 주변에 있는 모든 것을 파괴하는 강기의 집합체다.

두 가지 무공만으로도 이미 천하를 흔들 어마어마한 위력이라 할 수 있었다.

그랬기에 항상 마지막 초식 설화가 궁금했다.

대충 머리로는 상상이 갔지만 몸으로 구현을 할 수가 없는 초식이 바로 설화다.

아직 빙마무적삼초를 익힌 지 얼마 되지 않아서인지 마지막 초식만큼은 아직 설무린에게는 무리였다.

오늘도 깊은 명상에 빠져 있던 설무린은 천천히 눈을 떴다.

"후우……."

깊게 숨을 한 번 내뱉은 후에야 설무린은 가부좌를 풀고 자리에서 일어났다. 가만히 앉아 명상에 잠겼을 뿐이거늘 피곤

한 기색이다.

　비록 머릿속에서이기는 하지만 설무린은 수십, 수백 번 대결을 펼쳤다. 상상속의 상대는 바로 북해였다.

　피곤한 기색은 역력했지만 설무린은 천천히 허리춤으로 손을 가져다댔다.

　스르릉.

　날카로운 소리와 함께 모습을 감추고 있던 빙마몽환검이 천천히 모습을 드러냈다.

　검날에서 아름다우면서 섬뜩한 예기가 번뜩였다.

　―진정한 차가움은 바로 뜨거움으로부터 비롯되는 것이다. 반류허쇄악활극(反流許碎惡活極).

　빙마무적삼초의 마지막 초식의 요결을 되뇌며 설무린이 움직였다.

　파라락!

　허공으로 날아오르며 동시에 손에 들린 검이 요동쳤다. 하지만 검끝은 결국 자신의 자리를 찾지 못했다. 온몸을 휘감던 내공이 오히려 역류하듯이 터져 나온다.

　"컥!"

　허공에서 검을 움직이던 설무린은 그대로 땅으로 나뒹굴었다.

　연무장에 나뒹구는 설무린의 입에서 피가 한 사발은 터져 나왔다.

"소궁주님!"

멀찍이 앉아서 구경을 하고 있던 북설이 황급히 달려왔다.

그녀는 놀란 눈으로 다급히 설무린을 바라봤다. 땅을 나뒹굴던 설무린과 북설의 눈이 마주쳤다.

눈이 마주치는 순간 설무린이 씨익 웃었다.

"놀라기는."

"…매번 이러시다가 몸이 상하실까 걱정입니다."

"괜찮다."

최근 들어 매번 피를 토하는 설무린이 북설은 계속해서 걱정스러웠던 모양이다. 북설의 걱정스러운 표정에 설무린이 다시금 웃으며 말했다.

"이까짓 피 몇 번 토하는 것이 널 잃는 고통에 비할 수 없지. 더는 설이 너를 잃지 않으려고 하는 게다."

말을 마친 설무린이 자리에서 벌떡 일어났다.

가볍게 입가에 묻은 피를 닦아낸 설무린이 북설에게 말했다.

"슬슬 식사나 하러 가자. 또 늦으면 난리를 피울 테니."

사천당문에서의 설무린과 북설은 하루의 전부를 자유롭게 보냈지만 저녁 식사 만큼은 예외였다. 손녀를 보고 싶은 마음에서인지 독왕 당가위는 저녁 식사만큼은 함께하기를 원했다.

사천당문에 숨어 지낸 지 한 달 동안 단 하루도 거르지 않고 저녁 식사는 당가위와 함께했다.

오늘도 마찬가지로 설무린은 북설과 함께 당가위의 거처로 향했다.

드르륵.

"오, 이제 오느냐?"

문이 열리며 드러난 두 남녀의 모습에 당가위는 반가운 미소로 맞이했다. 북설을 보며 따뜻하게 웃던 당가위는 이내 설무린을 바라보며 빈정거리듯 말했다.

"발에 천 근은 되는 쇳덩어리를 단 것마냥 늦게 오던 놈이 웬일로 이리 일찍 온 게냐."

"하루 좀 늦게 온 것 가지고 두고두고 우려먹으시는군요."

"이놈아! 나이가 들면 식사를 제때 하지 않으면 하루 종일 속이 더부룩한 법이다!"

버럭 소리를 치기는 했지만 당가위 또한 특별히 설무린이 미워서 이리 대하는 것은 아니었다.

북해빙궁을 증오했고, 손녀딸을 죽음에 몰게 했기에 미워하려고 했다. 하지만 그날 북설을 구하던 설무린의 모습을 보니 도저히 미워할 수가 없었다.

하지만 그래서 싫었다.

차라리 미우면 밉고, 좋으면 좋아야지 미워할 수가 없는 사내라니.

당가위는 고개를 절래절래 저었다.

“쯧쯧, 망할 놈. 네놈은 어서 처먹기나 해라.”

설무린을 향해 아무렇지 않게 욕설을 퍼붓는 당가위를 보며 북설은 어색한 미소를 지었다.

하지만 설무린은 전혀 아무렇지 않다는 듯이 식사를 하기 시작했다.

당가위는 그런 설무린을 뒤로하고 북설에게 몸 상태나 이런 저런 것에 대해 물었다. 많이 좋아졌음에도 불구하고 당가위의 걱정은 끊이지 않는 모양이었다.

다시 한 번 잃을 뻔했던 손녀였던 만큼 당가위의 북설에 대한 애정은 더욱 컸다.

“껄껄!”

이야기를 하며 신이 난 듯이 당가위가 웃음을 터뜨렸고, 설무린은 말없이 그런 둘을 바라볼 뿐이었다.

비록 당가위가 자신을 볼 때마다 못마땅한 듯이 말하고 있지만 설무린으로서는 그다지 싫지 않았다. 정말로 미워하는 게 아니라는 걸 설무린은 알고 있었기 때문이다.

타고난 것이 그런 사내다.

좋은 말을 할 줄 모르고, 오히려 좋아도 퉁명스레 대한다.

더군다나 북해빙궁의 인물인 설무린 자신을 따뜻하게 대하기가 어색해서 더욱 그렇다는 것 또한 안다. 그랬기에 설무린은 항상 당가위가 하는 비난도 가볍게 넘길 수 있었던 것이다.

가볍게 찻잔을 어루만지던 설무린은 계속해서 이야기를 하는 당가위를 보며 조그맣게 한숨을 내쉬었다.

‘오늘도 이야기가 길어지는군.’

평소 냉철하던 당가위지만 북설에게 만큼은 그렇지 않았다. 뭐 그리 할 말이 많은지 매일 저녁에 보면서도 쉬지 않고 이야기를 한다.

매일 있는 일이기에 설무린은 담담하게 찻잔을 입가에 가져다 댔다.

차를 마시며 둘의 이야기를 듣기만 하던 설무린의 시선이 문가로 향했다. 그리고 마찬가지로 쉼없이 이야기를 하던 당가위 또한 입을 닫았다.

기척은 문가에서 멈추자 당가위가 근엄한 목소리로 입을 열었다.

“누구냐.”

“어르신, 소신이옵니다.”

“이 늦은 시간에 무슨 일이냐.”

“급히 전해 드릴 일이 있어서 찾아뵈었습니다.”

“전할 일?”

당가위가 고개를 갸웃했다.

지금 문밖에 있는 자는 당가위의 수족과도 같은 수하다. 그리고 그 수하에게는 최근 들어 설무린이 부탁했던 북해빙궁에서 벌어지는 일들을 파악하라는 명을 내린 상태였다.

“들어와.”

당가위의 승낙이 떨어지자 문을 열고 들어온 수하가 부복했다.

그런 그를 향해 당가위가 재촉 하듯이 말했다.

"북해빙궁에 무슨 큰일이라도 생겼더냐?"

"그것이… 큰일이라고 말해야 할지 어떤지는 조금 애매합니다."

"애매해?"

당가위는 이해가 안 간다는 듯이 되물었다. 그러자 수하가 고개를 끄덕이며 말을 이었다.

"옙. 하지만 왠지 급히 알려야 할 일인 것 같아서 실례인 줄 알면서도 이리 밤늦게 달려왔습니다."

"자네의 감이라면 들어볼 만하지. 그래, 북해에 무슨 일이 생긴 게냐?"

"북해빙궁주의 여식이 혼례를 올리게 되었습니다."

설수진의 혼례 소식에 가만히 이야기를 듣던 설무린이 놀라 눈을 크게 떴다. 지금 북해빙궁의 비밀스러운 상황을 모두 알고 있는 설무린이다.

북해빙궁이 혼란스러운 지금 설수진의 혼례 이야기가 오갈 리가 없다.

분명 혼례를 해도 이상할 것이 없는 나이.

하지만 시기가 좋지 않다.

뭔가가 이상하다는 생각이 치켜드는 순간 당가위가 물었다.

"상대는?"

"다른 세외삼궁의 하나인 태양궁의 소궁주, 적사문이라고 합니다."

“뭐라고?”

놀란 설무린이 자리에서 벌떡 일어났다.

늦은 새벽임에도 불구하고 설무린은 잠에 들 수가 없었다.

방금 전 당가위와 식사를 한 후 전해들은 소식이 머리를 복잡하게 만들었다.

시기가 이상하다고 생각했거늘 상대는 다름 아닌 태양궁이었다.

단순한 혼례가 아니다.

분명 뒤에 무언가 꿍꿍이가 있을 것이다.

‘그걸 야율이 모를 리가 없는데…….’

설무린이 알고 있는 일이니 야율초재 또한 모를 리가 없었다. 그런데도 불구하고 이 같이 혼례가 정해졌다는 사실이 믿어지지가 않았다.

‘무슨 일인가가 있다.’

북해빙궁에 설무린이 모르는 일이 벌어진 것이 분명했다.

막연하게 예상은 하지만, 그 실상을 알 수 없으니 설무린으로서는 답답한 노릇이었다. 하지만 한 가지 확실한 것이 있다.

그것은 바로 설수진을 태양궁에 가게 해서는 안 된다는 거다.

북해빙궁도 중요하지만 여동생 설수진의 인생 또한 설무린에게는 가볍지 않았다.

태양궁이 이번 일에 개입되어 있다는 걸 떠나서 적사문의 성품을 잘 알고 있는 설무린이다. 적사문은 결코 수진이를 행복하게 해줄 수 없다.

다행인 것은 설수진이 태양궁으로 가지 않았다는 거다.

그것은 아직까지 시간이 남아 있다는 걸 의미한다.

설무린의 생각은 꼬리에 꼬리를 물며 길어졌다. 설수진을 구하는 것은 어렵지 않다. 하지만 추후에 벌어질 일들이 이내 설무린의 머리에 들어왔다.

그리고 왜 설수진이 태양궁으로 가겠다고 했을지 어렴풋이나마 짐작할 수 있었다.

'태양궁은 정식으로 혼례를 청했을 테고, 북해빙궁으로서는 거절할 명분이 없었겠지. 하지만 아무리 그래도 야율이나 어머니가 태양궁으로 수진이를 보낼 리는 없었을 테니… 스스로 결정했겠군.'

직접 본 것은 아니지만 간단하게나마 그림이 그려졌다.

아마도 설수진이 나섰을 게다. 그녀 스스로 가겠다고 우기지 않았다면 이 혼례는 성사되지 못했을 것이다. 아무리 큰 비난을 뒤집어쓰더라도 결코 딸을 희생시킬 정도로 모진 사람들이 아니다.

설무린은 머리가 복잡해졌다.

'태양궁이라니……'

상대해야 할 적이지만 아버지도 잠들어 계신 지금 선뜻 독단적으로 결정을 내릴 수가 없었다. 그랬기에 설무린은 망설이고 있는 것이었다.

침상에 누워서 뒤척거리던 설무린이 자리에서 일어났다.

문을 열고 바깥으로 걸어나간 설무린이 길게 한숨을 내쉬었다.

그때 설무린의 뒤쪽에서 자그마한 인기척이 났다.

고개조차 돌리지 않았거늘 설무린은 누구인지 알고 있었다.

"잠이 오지 않으십니까?"

"아무래도."

차분한 여인의 목소리에 설무린의 복잡한 마음도 한결 가라앉는 느낌이었다. 설무린이 고개를 돌리자 밝은 달빛 아래에 있는 아름다운 여인의 모습이 들어왔다.

피부가 하얀 탓에 달빛 아래에서 보면 더욱 아름다운 여인.

아무런 장식도 없는 무인의 검은 경장조차도 북설의 아름다움은 감추지 못했다.

북설이 조그마한 목소리로 물었다.

"무엇이 그리 걱정이신지요."

"수진이를 구해야 하는데… 명분이 없다. 그냥 내 생각대로 행동한다면 태양궁과의 일전을 각오해야 해. 그래서 고민이다."

설무린은 북해의 소궁주다. 그리고 그런 그의 행동은 커다란 전쟁을 일으킬 수도 있다.

아버지라도 깨어 계시다면 모를까, 지금 북해빙궁에 관련된 모든 결정을 내려야 하는 건 설무린이다. 설무린은 바로 설군표의 뒤를 이을 북해의 주인이니까.

그랬기에 더욱 망설여진다.

설무린이 땅을 내려다보며 중얼거렸다.

"아버지라면… 어떻게 하셨을지 모르겠다."

그때였다.

"잘못 생각하고 계십니다."

"……?"

북설의 말에 설무린이 고개를 들어 그녀를 바라봤다.

처음이었다, 북설이 이렇게 설무린에게 말한 것은.

언제나 설무린이 내리는 명을 듣기만 하던 북설이었다. 그런 그녀가 설무린의 생각에 대해 무엇인가 말을 하려고 하는 것이다.

북설이 설무린의 눈을 똑바로 바라보며 말했다.

"제가 아는 소궁주님은 세상에서 두려운 것이 없으신 분이십니다."

"……"

"기억나십니까? 음광도 두일해와 제 일을."

설무린은 고개를 끄덕였다.

어찌 잊을 수 있겠는가. 북해동에 있는 아름다운 여인들을 그림자무사로 쓰겠다는 핑계로 데리고 나가 손을 대던 그자에게서 북설을 구한 일을.

"소궁주님은 참으로 당당하셨습니다. 그때의 소궁주님을 본 전… 평생을 당신의 그림자로 살아도 좋다고 생각했지요."

"그랬더냐? 후후."

새삼 기억이 나는지 설무린은 자신도 모르게 미소를 지었다.

그런 설무린을 향해 북설이 말을 이었다.

"소궁주님은 궁주님이 아닙니다. 궁주님이 어떠한 선택을 하셨을까 고민하실 필요도 없습니다. 소궁주님의 선택이 곧 궁주님의 선택이 될 것입니다."

"내 선택이 곧 아버지의 선택이라……."

설무린이 북설을 말없이 바라봤다.

평소 두 눈이 마주치며 부끄러워 고개를 숙이던 북설이거늘 오늘만큼은 지지 않겠다는 듯이 설무린을 또렷이 응시하고 있었다.

망설임없는 눈동자로 북설이 말했다.

"그리고 소궁주님이 언제부터 눈앞에서 까부는 상대를 그냥 두셨습니까?"

"뭐라고? 하하하!"

설무린이 시원하게 웃음을 터뜨렸다.

북설의 말이 평소 그녀의 모습과 어울리지 않아 웃겼다. 그리고 진심으로 그 말에 속이 뻥 뚫린 것 같아 저절로 웃음이 터져 나왔다.

통쾌하게 웃던 설무린이 웃음을 멈추며 고개를 끄덕였다.

"그래 네 말이 맞다. 언제부터 내가 그런 놈들을 보고 그냥 간 적이 있더냐. 까부는 놈은 혼내주면 그뿐이지. 비록 그 상대가 조금 클 뿐."

　설무린은 가슴이 뻥하니 뚫린 듯 가벼운 표정을 지어 보였다. 무거웠던 가슴이 이제는 깃털마냥 가볍다. 복잡했던 머리가 실타래가 풀린 것마냥 풀려 버렸다.

　가로막는 건 부숴 버리면 된다.

　그것이 그 누가 되었든 간에 그뿐이다. 설무린은 바로 그렇게 살아왔다.

　설무린이 북쪽을 향해 시선을 돌리며 입을 열었다.

　"한심한 놈에게 내 소중한 여동생을 줄 수는 없는 노릇이지."

第六章

염원(念願)

설무린의 탁자 위에는 커다란 지도가 한 장 펼쳐져 있었다.

이미 마음은 정해졌다. 비록 상대가 태양궁이기는 하지만 설무린의 마음에는 두려움이 없었다.

오히려 한 판 붙어봐야 할 상대, 그쪽에서 먼저 덤벼든다면 상대해 줄 뿐이다.

설무린의 시선이 지도 위를 훑었다.

북해빙궁과 태양궁.

두 곳의 거리는 그리 멀지 않다. 북해빙궁이 있는 신강과 태양궁이 있는 서장은 바로 붙어 있기 때문이다.

설무린은 신강과 서장을 바라보며 머리를 굴렸다.

'태양궁에 도착한 후라면 늦어. 그전에 수진이를 가로채야

한다.'

제아무리 설무린이라고 할지라도 태양궁 내부에 있는 설수진을 꺼내오는 건 어려운 일이다. 그리고 태양궁에 도착하면 설수진이 무슨 일을 당할지도 장담할 수 없는 노릇.

가장 좋은 것은 북해빙궁의 세력권 안에 있을 때 구해내는 것이지만, 이곳 사천성과 북해빙궁의 거리는 제법 멀다.

아마도 설무린이 설수진을 구하게 될 곳은 서장이 될 가능성이 크다.

'쉽지 않겠어.'

서장은 태양궁의 세력권이다. 하지만 한 번 정한 이상 설무린은 불가능할 것이라고 생각하지 않았다.

가만히 책상 위에 있는 지도를 바라보던 설무린이 자리에서 벌떡 일어났다. 지금부터는 시간과 정보의 싸움이다.

하지만 아쉽게도 지금 설무린이 움직일 수 있는 정보통은 없다고 해도 과언이 아니다. 그런 지금 설무린이 기댈 수 있는 자는 다름 아닌 독왕 당가위뿐이었다.

옆에서 함께 지도를 살피던 북설이 갑작스러운 그의 행동에 의문스러운 표정을 짓자 설무린이 말했다.

"독왕을 찾아뵙고 부탁을 드릴 일이 있어서 말이야."

"아……!"

알겠다는 듯 북설이 고개를 끄덕였다.

잠자리에 들었을 법한 늦은 시간이지만 설무린은 망설일 시간이 없었다.

이미 시간은 축시(丑時:1~3시)를 넘어서 인시(寅時:3~5시)
에 다다를 정도로 깊은 새벽이었다.

설무린과 북설이 등장하자 당가위의 거처를 지키고 있던 무
인이 급히 무기를 치켜들었다.

하지만 이내 모습을 드러낸 둘의 모습을 본 무인은 예를 취
했다. 누구인지 정체는 모르지만 당가위가 그 누구보다 귀히
여기는 손님들이다.

예를 취하기는 했지만 지금 시각은 너무 야심했다.

그 누구라 할지라도 안으로 쉬이 들여보낼 수는 없었다. 무
인이 조심스레 말했다.

"이 늦은 시각에 어인 일로 오셨습니까?"

"독왕 어르신을 뵈러 왔지요."

"시간이 많이 늦었는데……."

"그만큼 급한 일이라……."

설무린의 대답에 무인은 잠시 망설였다.

하지만 이들이 찾아오면 무조건 막지 말라고 했던 독왕 당
가위의 명이 있었다. 그랬기에 무인은 어쩔 수 없다는 듯 옆으
로 비켜섰다.

"알겠습니다, 안으로 드시지요."

맨 앞에 있던 무인이 비켜서자 뒤편에 있던 두 명의 무인 또
한 옆으로 물러섰다.

설무린과 북설은 그렇게 당가위의 거처로 들어설 수 있었
다.

당가위의 거처를 향해 걸어가던 설무린의 시선이 불이 환히 켜진 그의 방으로 향했다.

'늦은 시각인데……'

그리 생각하는 것은 설무린뿐만이 아니었다. 뒤쪽에서 걸어오던 북설 또한 불이 환히 밝혀져 있는 당가위의 거처를 보며 입을 열었다.

"아직 잠자리에 들지 않으셨나 봅니다. 그리고……."

북설이 말을 끝자 설무린이 고개를 끄덕였다.

"그래, 안에 누군가가 한 명이 더 있군."

이 늦은 시각 당가위의 거처에 누군가가 한 명 더 자리하고 있었던 것이다.

인시가 다 되어가는 늦은 시간, 당가위의 거처에 누군가가 있다는 것이 의문스러웠다.

그렇게 둘이 문 앞에 이르렀을 때, 방 안에서 당가위의 카랑카랑한 목소리가 들려왔다.

"밖에 웬 놈이냐."

"접니다만."

"이런… 망할! 네놈이 이 새벽에 웬일이냐. 설이도 바깥에 있느냐?"

"옆에 있지요."

"그래? 날도 추운데 어서 들어오너라!"

북설이 옆에 있다는 말에 급히 변하는 태도를 느끼며 설무린이 씁쓸한 표정을 지어 보였다. 설무린은 문을 열고 안으로 들어서며 투덜거리듯 말했다.

"저만 왔으면 바깥에 계속 서서 이야기하게 하셨겠습니다."

퉁명스레 말을 내뱉던 설무린의 시선이 당가위가 아닌 다른 누군가에게로 박혔다. 면사를 뒤집어 쓴 탓에 외모가 보이지 않는다.

하지만 설무린은 가만히 서서 그 면사를 쓴 여인을 응시했다.

익숙한 냄새가 코를 자극한다.

선 채로 여인을 응시하는 설무린을 보며 당가위가 재촉하듯이 말했다.

"뭐 하는 게냐? 그리 멍하니 서서. 어서 앉거라."

"독향(毒香)이라… 오랜 시간 독에 빠져 사는 사람이 아니라면 쉬이 몸에 배는 냄새는 아니지요."

설무린의 시선은 여인에게서 떨어질 줄을 몰랐다. 그리고 설무린의 말이 이어졌다.

"하물며 여인 중에서 이토록 독향이 진한 사람이라면… 전 한 명밖에 모릅니다만?"

"대단하군."

면사 아래로 드러난 여인의 입꼬리가 슬며시 올라갔다.

그리고 여인은 천천히 면사를 들어 올렸다. 면사가 완전히 걷히며 그 건너에 있는 여인의 얼굴이 드러났다.

얼굴을 드러낸 여인이 가볍게 인사했다.

“오랜만이군.”

“오랜만에 뵙습니다, 독접 당화화.”

마흔이 갓 넘어 보이는 아름다운 외모. 하지만 그 실상은 백 세가 넘었다는 사천당문 최고의 기인 중 하나인 독접 당화화가 이곳에 나타난 것이다.

당화화가 천천히 설무린의 뒤편에 있는 북설을 바라봤다.

그리고는 당가위를 바라보며 말했다.

“저 아이였군. 그래서 그때도 북해빙궁 놈을 나에게 보낸 것이었고.”

“허허. 제 손녀딸이 원하니 뭐 어쩔 수 있었겠습니까.”

사천당문에서 가장 윗사람이라고 불리는 당가위도 당화화에게는 아들뻘밖에 되지 못했다.

부끄럽다는 듯이 웃는 당가위를 보며 당화화 또한 대수롭지 않다는 듯 대꾸했다.

“뭐 상관없는 일. 그 덕분에 난 평생의 숙원이었던 흡혈잠마지독을 볼 수 있었으니까 말이야.”

차를 홀짝이는 당화화의 표정에는 뭔가 후련함이 감돌았다. 그리고 흡혈잠마지독의 이야기가 나오기가 무섭게 설무린이 물었다.

“해약은 만드셨습니까?”

“크크, 궁금해서 미칠 모양인가 보군.”

“아무래도… 그것이 제가 중원에 나온 이유니까요.”

최대한 담담하게 이야기하고 있었지만 설무린의 속내까지

그렇지는 못했다.

흡혈잠마지독의 해약을 얻기 위해 설무린은 중원에 나왔다.

그 결실이 지금 눈앞에 있을 수도, 없을 수도 있는 것이다. 당화화를 믿기는 했지만, 제아무리 설무린이라고 할지라도 떨리는 것은 어쩔 수 없었다.

그런 설무린의 마음을 아는지 당화화가 물었다.

"내가 만들었을 것 같으냐, 아니면 실패했을 것 같으냐."

"해약을 만드셨겠지요."

당화화의 물음이 떨어지기가 무섭게 설무린이 대꾸했다. 일말의 망설임도 없이 대답하는 설무린의 모습에 오히려 당화화가 물었다.

"어찌 그리 확신할 수 있느냐?"

"표정이 후련하시더군요. 그걸 보고 오랜 시간 염원하던 것을 끝내셨다는 걸 알았습니다. 독접 당화화는 평생을 흡혈잠마지독만 바라보던 분이지요. 그런 분이 오랜 시간 염원하던 것이라면… 뻔한 것 아닙니까?"

"후우, 독왕, 자네 말대로 왠지 모르게 얄미운 놈이로군."

"제가 말하지 않았습니까, 아주 능구렁이 같은 놈입니다."

독왕 당가위의 말이 끝나기 무섭게 당화화가 품속에 있던 병을 꺼내 휙 하니 던졌다.

독접 당화화의 손을 떠난 약병이 설무린에게 날아들었다.

퍽!

재빠르게 병을 낚아챈 설무린이 말없이 당화화를 바라봤다. 당화화가 찻잔을 기울이며 말했다.

"흡혈잠마지독의 해약이다. 네놈 덕분에… 평생의 숙원을 이루게 됐군."

담담한 척 말하고 있었지만 당화화의 목소리가 떨려왔다.

해약을 만들자마자 뒤도 보지 않고 바로 이곳 사천당문으로 뛰어온 그녀다. 해약을 만들어낸 지 며칠의 시간이 지났지만 아직까지도 당화화의 심장은 미칠 듯이 뛰고 있었다.

비단 떨고 있는 것은 당화화뿐만이 아니었다.

병을 받아 든 설무린 또한 말없이 그것을 바라볼 뿐이었다.

'이것이……!'

손끝이 조심스럽게 떨려왔다.

해약을 구할 수 있을 거라는 확신도 없이 떠나온 중원행이다. 무작정 무림을 휘저었고, 결국 이렇게 그토록 그리던 물건을 구한 것이다.

처음 북해빙궁을 떠나 전 중원을 돌면서 있었던 수많은 일들이 머릿속에 맴돌았다. 힘든 일도 많았고, 많은 것을 배우기도 했다.

그 힘들었던 중원행의 마침표가 드디어 오늘에야 찍히게 된 것이다.

설무린이 진심으로 감사의 뜻을 담아 포권을 취했다.

"선배님의 은혜에 진심으로 감사드립니다."

"아니다. 너도 네가 원하던 것을 얻었고, 나 또한 원하던 것을 얻었으니."

말을 마친 당화화가 여전히 찻잔을 홀짝였다.

조용히 차를 머금던 당화화가 찻잔을 내려놓으며 말했다.

"단 한 번뿐이기는 하지만 인체 실험도 성공했다. 효능은 장담할 수 있을 게야."

인체 실험이라는 말에 설무린과 북설이 놀라 당화화를 바라봤다. 그런 둘의 시선을 느꼈던 탓일까?

당화화가 피식 웃었다.

"놀라긴."

말을 마친 당화화가 슬쩍 옆으로 몸을 돌렸다.

그러자,

"……!"

설무린은 놀라 두 눈을 부릅떴다. 보이지 않던 반대편 손, 그 손이 있어야 할 자리가 텅텅 비어 있던 것이다. 빈 소맷자락을 보며 당화화는 아무렇지 않다는 듯 말했다.

"산 사람을 인체 실험으로 쓸 정도로 악독하지는 않아. 내 팔 한 쪽을 잘라서 썼으니 걱정할 것 없다."

"……."

설무린은 아무 말도 할 수가 없었다.

이런 일이 벌어졌을 거라고는 생각지도 못했다. 충격을 받은 듯한 설무린과는 다르게 당화화는 오히려 너무나 담담했다.

자신을 바라보는 설무린의 눈동자를 본 당화화는 도리어 웃으며 말했다.

"클클, 그래도 운이 좋은 게야. 만약 이 해약이 틀렸다면 난 지금 반대편 팔이나 다리도 자르고 있었을 테니까."

"…농담이 지독하시군요."

"멍청한 놈, 그딴 표정 짓지 말거라. 내가 원해서 한 일. 내 평생의 숙원을 이뤘는데, 이깟 팔 하나쯤이야."

당화화는 설무린의 눈을 똑바로 바라봤다.

내색하지 않으려 해도 설무린의 눈동자가 파르르 떨린다. 그런 설무린을 향해 당화화가 말했다.

"잘 들어라. 내 팔 한쪽보다 흡혈잠마지독의 해약이 만드는 것이 내게 더 중요했을 뿐이다. 네놈이 정 내 한쪽 팔을 자르게 한 일이 괴롭다면… 그 해약으로 내가 한 팔을 희생시킨 이상의 일을 해내도록 해라."

"반드시… 그리하지요."

"북해 놈들의 심장은 얼음으로 만들어졌을 거라 떠들던 놈도 있던데, 꼭 그렇지만은 않은 모양이로군."

당화화가 웃으면서 바라보자 당가위가 억지로 헛기침을 했다.

그는 서둘러 화두를 돌렸다.

"흠흠! 그나저나 네가 독접 어르신이 온 줄 알고 찾아온 건 아닐 터인데, 어쩐 일로 이 같이 늦은 시각에 내 거처로 온 게냐?"

독접 당화화가 나타나 기별을 넣으려고 했지만 아직 채 수하를 보내기도 전이었다. 그런데 용케도 당화화가 나타난 걸 알았다는 듯이 때마침 모습을 드러낸 것이다.

당가위의 질문에 설무린이 애써 감정을 추스르며 대답했다.

"도움을 받기 위해서 왔습니다."

"도움이라니?"

"정보가 필요합니다. 북해빙궁 설수진의 움직임과 태양궁의 움직임에 대해서 말이지요."

설무린의 말에 당가위는 고개를 끄덕였다.

처음부터 그리해 줄 생각이었다. 설무린의 놀라는 모습에 이 일이 보통 일이 아니라는 건 이미 눈치챈 후였다.

"그 정도야 어렵지 않지. 말하지 않아도 계속해서 그 부분에 관련된 정보들을 모아오라고 했다. 내가 매일매일 새로운 정보가 있으면 전해주지. 그런데 그 말을 하려고 찾아온 게냐? 그런 거야 아침에 말해도 됐을 터인데."

"아침엔 이곳에 있을 수 없을 것 같습니다."

"음?"

아무렇지 않게 대답하던 당가위가 눈을 치켜떴다.

설무린이 한 말이 생각지도 못한 것이었기 때문이다. 잠시 할 말을 찾지 못하던 당가위가 이내 입을 열었다.

"그 말은 사천당문을 떠나겠다는 게냐?"

"조금 아쉽기는 하지만… 상황이 그렇군요."

설무린의 목소리에 평소의 장난기는 보이지 않았다.

당가위의 시선이 북설에게로 향했다. 설무린이 떠나겠다는 말은 곧 북설 또한 떠날 수도 있다는 말이다.

아니, 그녀 또한 떠날 게다.

'허허…….'

보내고 싶지 않았다.

이제는 굳이 북해빙궁이 싫어서가 아니다. 비록 북해빙궁을 죽을 듯이 미워했지만, 설무린과 함께 적지 않은 시간을 보내면서 그러한 분노도 서서히 누그러들었다.

물론 아직까지 좋은 말은 나오지 않지만, 그거야 그동안 쌓인 화가 있는데 당연한 일이다.

당가위가 북설을 바라보며 안타까운 목소리로 말했다.

"설아 너도… 가느냐?"

"소궁주님이 가시니까요."

예상했던 대답이 북설의 입에서 흘러나왔다.

당가위 본인도 예상했던 대답이지만 막상 북설의 입을 통해 들으니 마음이 무거웠다. 일전에 처음 북설을 만났을 때도 당가위는 사천당문 한 자락에 그녀의 거처를 만들어주겠다고 했다.

하지만 그때도 거절당했다.

북설은 당가위의 딸 당미진과는 달랐다.

더 확고하게 자신의 신념을 지닌 여인이 바로 북설이었다. 그때도 북설은 설무린을 따라가겠다는 자신의 의지를 분명하게 밝혔다.

"하아."

당가위는 깊은 한숨을 내쉬었다.

마음 같아서는 가지 못하게 붙잡고 싶었다. 하지만 그러면서 잃었던 자신의 딸 당미진을 생각하며 당가위는 선뜻 자신의 마음대로 행동할 수가 없었다.

더군다나 같은 무인으로서 북설의 마음이 이해가 되지 않는 것도 아니었다.

다만 그것을 인정하고 싶지 않을 뿐이었다.

귀에 딱지가 질 정도로 말한다고 해도 듣지 않을 거라는 걸 알기에 당가위는 북설을 설득하는 걸 포기했다.

당가위는 설무린을 바라보며 말했다.

"잠시 나가서 이야기 좀 하지."

"저 말입니까?"

"그래."

말을 마친 당가위가 자리에서 일어났다. 설무린이 당가위를 따라 걷자, 북설 또한 함께 움직이려 했다. 그러자 설무린이 손을 들어 북설의 행동을 저지했다.

"잠시만 기다려. 아무래도 나에게만 하시고 싶은 말이 있는 모양이니까."

"…알겠습니다."

북설은 고개를 끄덕였다.

당가위가 향하는 곳은 자신의 거처 안에 있는 커다란 정자였다. 인공 호수 위에 기다란 다리로 연결된 정자에는 휘영청 밝게 뜬 달만이 밝게 빛나고 있었다.

정자 위에 오르자 당가위가 자리에 앉았다.

"후우."

자리에 앉기가 무섭게 먼저 깊은 한숨을 내쉬는 당가위였다. 그런 당가위를 향해 설무린이 말했다.

"땅이라도 꺼지겠군요."

"망할 놈. 그 한숨의 원인이 바로 네놈이 아니더냐."

"뭐……."

설무린이 대꾸하면서 당가위의 건너편에 앉았다. 당가위는 말없이 정자 아래에 있는 인공 호수를 바라보고 있었다.

어스름한 어둠 때문에 평상시 맑던 인공 호수조차도 시커먼 먹물처럼 보인다.

"난… 그 아이를 잃고 싶지 않아."

"알고 있습니다."

"네놈도 대충이나마 이야기를 들어서 알 게다. 내 욕심 때문에 난 딸을 잃었다. 그 같은 실수를 또다시 반복하고 싶지도 않고."

당가위가 고개를 들어 설무린을 바라봤다.

준수한 사내다. 그리고 같은 나이 대에 결코 적수가 될 자를 찾을 수 없는 압도적인 무위도 지녔다. 아니, 굳이 같은 나이 대를 꼽을 필요도 없다.

이미 천하에 이 젊은 사내를 이길 자가 몇이나 있을지 의문이다.

　독왕 당가위 자신조차도 설무린과 싸운다면 이길 수 없다.

　하지만 그만큼 이 사내의 옆은 위험하다. 강한 만큼 강한 자들과 싸워야 하고, 혹여나 또다시 설무린이 위험에 빠진다면 북설은 언제든지 저번과도 같은 희생을 감수하려고 할 것이다.

　그게 싫었다.

　자신의 손녀가 그 같은 위험 속에서 살게 하고 싶지 않았다.

　"인정하지. 자네는 강해. 적수가 없다고 해도 과언이 아닐 정도야. 하지만… 한 손으로 모든 것을 막을 수는 없는 노릇."

　평소 설무린에게 툴툴거리던 노인은 이미 이곳에 없었다.

　지금 이 자리에 있는 것은 한 세가를 이끌었던 위엄있는 원로 고수 독왕이 있을 뿐이다.

　당가위가 걱정스런 표정으로 입을 열었다.

　"내 손녀를 죽게 하고 싶지 않네."

　"저도 마찬가지입니다. 그 아이… 제게는 무척이나 소중하니까요."

　"그래. 자네가 설아를 그리 쉽게 생각하지 않는다는 건 알아. 하지만 그래서 이토록 부탁하는 게야. 자네가 먼저 그 아이를 보내주게. 그 아이에게 자네가 필요하다는 건 알지만 그래도… 자네의 말이라면 듣지 않겠는가?"

설무린을 바라보는 당가위의 표정은 절실해 보였다.

자신의 혈육을 지키고 싶은 마음을 어찌 설무린이 모르겠는가. 알지만……

설무린이 고개를 저었다.

"죄송하지만, 그 부탁 들어드리지 못하겠군요."

"어째서……."

"어르신, 한 가지 틀리셨습니다."

"틀려? 내가?"

"예."

설무린이 끄덕였다. 그리고는 당당하게 당가위를 바라보며 입을 열었다.

"그 아이에게 제가 필요한 게 아닙니다. 이제는 제가… 그 아이가 없으면 안 됩니다. 그래서 못 보내 드리겠습니다."

설무린의 말에 독왕 당가위는 할 말을 찾지 못했다.

지금 설무린의 말이 어떠한 의미인지 알고 싶다는 표정이다. 그런 당가위를 향해 설무린이 말했다.

"아주 오래전 북해빙궁과 사천당문의 약조가 있었지요."

"약조?"

"아버지가 지키지 못했던 그 약조를 제가 지키고 싶은데요."

"무슨 뜬구름 잡는 소리냐? 내가 북해빙궁 궁주와 무슨 약조를……."

말을 하던 당가위가 멈칫했다.

북해빙궁과 사천당문이 틀어지게 된 계기가 있지 않던가.
당미진과 관계되었던 바로 그 일…….

"자네……!"

"걱정하지 마시지요, 어르신."

설무린이 정자에서 일어났다.

그리고는 북설이 있는 당가위의 거처를 바라보며 중얼거렸
다.

"저에게 그 아이는 그저 그림자무사가 아니니까요."

사천당문을 떠나는 짐을 챙기는 데는 그리 오랜 시간이 걸
리지 않았다. 설무린이나 북설이나 오랜 여정을 다닌 사람치
고는 참으로 간소한 짐들이었다.

하지만 이제는 이렇게 여행을 떠나는 것이 무척이나 익숙했
다.

더군다나 이번에 향하는 곳은 바로 북해빙궁으로 가는 길이
다. 여태까지와는 전혀 다른 여정이 될 것이다.

간단한 짐을 짊어진 채로 설무린이 북설에게 물었다.

"준비는 다 끝났느냐?"

"예, 이제 말에 짐만 꾸리시면 출발해도 될 것 같습니다."

"그래?"

설무린이 고개를 끄덕이며 슬쩍 북설을 바라봤다. 천회와
싸우며 입었던 상처들이 이제는 눈에 보이지 않을 정도로 완

쾌되기는 했지만, 그래도 아직 내상만큼은 완벽히 치료되지
못한 상태였다.

그렇게 설무린이 자신을 보는 것도 모르는 채 북설은 말 등
에 짐들을 올리기 시작했다.

그리고 모든 정리가 끝났을 무렵, 북설이 설무린을 바라봤
다.

"소궁주님?"

"응?"

"준비가 끝났습니다. 이제 출발하지요."

말을 마치고 북설이 말 등 위로 올라타려고 할 때였다. 설무
린의 손이 북설의 팔목을 잡았다.

"잠깐."

말에 올라타려던 북설이 멈추어 서고는 설무린을 바라봤다.
무엇인가 할 것이 남았냐는 듯한 북설의 표정에 설무린이 피
식 웃으며 말했다.

"만나 뵙고 오거라."

"네?"

"가기 전에 인사는 드리고 싶은 거 알고 있다. 정문에서 기
다릴 테니 다녀와라."

말을 마친 설무린이 북설이 타려는 말고삐를 잡았다.

황급히 놀란 북설이 고개를 저으며 말했다.

"아닙니다. 어찌 소궁주님이 저를 기다리시게……."

"괜찮다."

“예?”

설무린이 말고삐를 잡은 채 급히 몸을 돌리며 말했다.

“너라면 나를 기다리게 해도 괜찮다고.”

그 말을 마친 채로 설무린은 뒤도 돌아보지 않으며 휘적거리며 걸었다. 북설은 순간 멍하니 설무린의 뒷모습만 바라보다 그의 모습이 사라지자 퍼뜩 정신을 차렸다.

북설은 자신도 모르게 뜨거워진 얼굴을 감쌌다.

‘대체 무슨 소리를 하시는 거람…….’

부끄러웠지만 그리 나쁘지 않은 기분.

잠시 뜨거워진 얼굴을 감추고 있던 북설이 당가위의 거처를 향해 발걸음을 옮겼다.

당가위의 거처에 들어선 북설의 발걸음이 어느샌가 멈추어졌다. 거처에 들어서기가 무섭게 그의 모습을 발견해서다.

당가위는 어제 설무린과 이야기를 나누었던 정자에 선 채로 무엇인가 상념에 잠겨 있었다.

당가위를 발견한 북설은 정자 쪽으로 발걸음을 옮겼다.

그리고 마찬가지로 당가위 또한 북설을 발견하고는 시선을 돌렸다.

북설을 발견한 당가위의 표정이 미묘했다.

반가우면서도 슬픔이 뒤섞인 말로 형용할 수 없는 감정 때문이었다.

당가위의 지척까지 다가온 북설이 미소를 지었다.

“왔느냐?”

“예, 소궁주님이 가기 전에 인사드리라 하셔서요.”

“쯧, 건방진 놈.”

퉁명스레 말하기는 했지만 당가위는 내심 설무린의 배려가 고마웠다. 바쁜 상황에서도 당가위에게 북설을 볼 시간을 주지 않았던가.

당가위가 북설을 바라보며 안타까운 표정으로 말했다.

“결국 가는구나.”

“그러게요.”

“안 가면… 안 되겠느냐?”

당가위는 말을 꺼내며 표정을 구겼다.

이 한마디를 당가위가 얼마나 힘들게 했는지 그 누구도 상상하지 못할 게다. 그리고 그러한 당가위의 마음을 알아서였을까.

북설이 미소를 지으며 화답했다.

“답은 아시잖아요.”

“물론 알지. 하지만… 네가 위험할까 이 할아비는 걱정이 되는구나.”

“할아버지.”

북설의 친근한 어조에 당가위는 억지로 미소를 지으며 그녀를 바라봤다.

“오냐, 그래 무슨 말이든 해보거라.”

“평생을 아버지 한 명이 제 혈육의 전부라고 생각했어요. 하지만 이곳에 와서 저에게 다른 혈육이 있다는 걸 알았어요. 그리고 무엇보다 저에게… 할아버지가 있다는 게 특히나 좋았어요. 그것도 이렇게 좋은 분이 제 할아버지라는 게 저는 자랑스럽습니다."

"허허… 못난 노인일 뿐이지. 네 어미도 죽게 만든 그런 못난 할아비일 뿐이야."

말을 하는 당가위의 어조가 점점 격양되기 시작했다.

북설에 대한 안타까움, 그리고 자신이 죽게 만든 당미진에 대한 죄책감과 회한이 당가위의 마음을 뒤흔들었다.

그런 당가위를 향해 북설이 고개를 저었다.

"아니에요. 어머니는 끝까지 할아버지를 기다리고 사랑하셨습니다. 그리고 저도 그건 마찬가지고요. 비록 저에게 가야 할 길이 있어서 떠나지만… 꼭 다시 봬요."

"…그래."

당가위는 어렵게 고개를 끄덕였다.

보내고 싶지 않았다. 하지만 보내지 않을 수 없다는 걸 안다. 그랬기에 이렇게 보내주는 것이다.

당가위가 미소를 지으며 입을 열었다.

"내가 북해로 가마."

"할아버지가요?"

북설이 놀라 되물었다.

북해빙궁이라면 이를 가는 당가위가 이 같은 말을 할 줄 몰랐던 것이다.

당가위는 아무렇지 않다는 듯 고개를 끄덕이며 말했다.

"내 손녀가 있는데, 북해든 어디든 못 갈 곳이 어디 있겠느냐. 그리고 그놈… 네 아비도 한번 만나봐야지."

어렵게 꺼낸 한마디였다.

딸을 도둑질해 갔다는 생각에 평생을 원수처럼 생각하던 북해였지만, 이제는 어렵게나마 당가위는 모든 걸 용서하려 하는 것이다.

북설이 고개를 끄덕이며 환하게 웃었다.

"고마워요, 할아버지."

"고맙기는……."

말을 하던 당가위의 눈가에 어느덧 눈물이 고이기 시작했다.

당가위는 오히려 눈물을 닦아내며 활기차게 소리쳤다.

"에잉! 늙으면 주책이라더니, 딱 그 꼴이구나."

쉽지 않았다, 평생을 저주하던 모든 것들을 용서하는 데까지는. 하지만 이제는 당가위 또한 그 모든 걸 그만 미워하려고 한다.

눈물을 억지로 멈추며 당가위가 소리쳤다.

"어서 가거라! 늦겠다!"

"예, 그럼 이만 가볼게요. 담에 뵐 때까지 건강하세요."

재촉하는 당가위를 뒤로한 채 북설이 몸을 돌렸다. 그리고 그렇게 북설이 몇 걸음 옮길 때쯤이었다. 뒤편에 있던 당가위가 소리쳤다.

“설아!”

“……?”

북설이 고개를 돌려 당가위를 바라봤다.

당가위가 입을 열었다.

“북해빙궁 소궁주를… 믿느냐?”

“물론이지요.”

북설의 대답에는 일말의 망설임도 느껴지지 않았다. 설무린
에 대한 확고한 믿음이 그 한마디에 담겨 있었다.

당가위가 씨익 웃었다.

“그렇다면 나도 그놈을 믿으마.”

당가위의 말에 북설 또한 그저 가볍게 미소를 지어줄 뿐이
었다. 마지막 미소로 인사를 대신하고 북설은 사천당문의 정
문을 향해 걸어갔다.

사천당문을 떠나는 것이 내심 아쉽기는 했지만, 그래도 북
설의 발걸음에 망설임은 없었다. 그녀 스스로의 길이 너무나
확고했기에 그것 외에 다른 길은 보이지 않았다.

그리고 그 길 위에 설무린이 있었다.

설무린이 장난스러운 표정으로 북설을 타박했다.

“너무 늦었잖아!”

“죄송합니다.”

말 위에 올라 타 있던 설무린이 손을 내밀었다. 북설은 자신
도 모르게 미소 지으며 설무린의 내민 손을 잡았다.

“으차!”

설무린은 북설을 번쩍 들어 올려 말 위에 태웠다.
설무린이 말의 배를 가볍게 차면서 말했다.
"슬슬 가볼까? 북해로."
설무린이 북설을 바라보며 미소 지었다.

第七章

서역(西域)

서역(西域).

북으로는 신강(新疆)과 접해 있으며 남동쪽으로는 운남성(雲南省), 동쪽으로는 사천성(四川省)과 붙어 있는 지역이다.

중원과 무척이나 밀접한 곳에 위치했음에도 불구하고 이곳 서역의 무공은 중원에 있는 다른 여타의 문파와 그 궤를 달리했다.

이곳 서역에 있는 최대의 세력은 다름 아닌 태양궁이다.

태양의 신을 섬긴다는 그들의 무공은 무척이나 양기가 가득하다.

무공뿐만이 아니다. 이곳 서역의 사람들의 생활 또한 중원과는 많이 달랐다.

그런 서역에 설무린과 북설이 파고들었다.

쉬지 않고 달린 덕분인지 사천당문을 떠난 지 채 보름도 되지 않아 이곳 서역에 도달할 수 있었다.

이곳에 오는 내내 설무린은 곳곳에서 사천당문의 도움을 받았다. 사전에 약조한 대로 당가위는 곳곳에 있는 거점을 통해 설무린에게 소식을 전달했다.

그리고 그 소식들을 들으며 설무린은 내심 안도의 한숨을 쉴 수 있었다.

아직 늦지 않은 탓이다.

북해빙궁에서 보내는 혼례단 또한 얼마 전에 출발했다는 사실을 알았다. 이 속도로만 간다면 어렵지 않게 그들과 마주칠 수 있을 것이다.

서역에서 손꼽히는 도시인 랍살(拉薩)은 사람이 무척이나 많았다.

설무린과 북설이 서역에 들어선 것도 며칠째. 개중에 랍살만큼 큰 도시는 없었다. 랍살은 사방이 산으로 둘러싸인 지역으로 일 년 내내 햇빛이 가득한 곳이다.

그런 탓인지 문화가 발달하고, 사람들이 모이는 거점이 되어버렸다.

이토록 사람이 많은 곳에 굳이 들른 이유는 바로 이쯤에서 다음 사천당문의 연락을 받기 위해서였다.

서역에는 산이 너무나 많았기에 이미 말은 버린 지 오래였다.

최대한 가벼운 짐을 짊어진 채로 설무린은 주변을 살폈다.

많은 이들이 오가는 탓인지 주변에는 적지 않은 수의 객잔들이 자리하고 있었다.

설무린은 개중에 조금 커 보이는 객잔으로 들어섰다.

설무린과 북설은 문 가까이로 대충 자리를 잡았다.

"주문!"

설무린이 손을 들어 휘젓자 점소이 소년이 급하게 다가왔다.

북적거리는 객잔 안은 손님으로 가득했고, 그 탓인지 무척이나 시끄러웠다.

"빨리 나올 수 있는 걸로 세 개 정도 가져다주고."

"그렇게 할게요."

"아, 그리고 꼬마야."

급히 떠나려는 점소이 소년을 설무린이 불러 세웠다. 그러자 내심 짜증스러운 얼굴로 점소이 소년이 퉁명스레 되물었다.

"왜요?"

그때 설무린이 손에 들고 있던 동전을 손에 쥐어주자, 점소이 소년의 얼굴이 거짓말처럼 밝게 변했다.

"헤헤. 뭐 물어볼 거라도 있으세요?"

"이 근방에 화화방(花花幫)이라는 기방이 있다던데… 어디 있는지 아느냐?"

"화화방이요? 물론 알죠, 그런데……."

점소이 소년이 힐끔 북설을 바라봤다.

그리고는 이상하다는 듯이 설무린을 바라보며 말했다.

"이 누나보다 예쁜 여자는 없을 텐데, 거긴 왜 가시게요?"

"뭐? 하하, 나도 거기에 이 누나보다 예쁜 사람이 있을 거라고는 생각지 않는다. 그냥 만날 사람이 있어서 묻는 게야. 어느 쪽에 있느냐?"

"나가셔서 저쪽 길로 쭉 가시다 보면 큰 대로가 나오거든요? 거기서 왼쪽으로 조금만 더 가시면 찾으실 수 있을 거예요. 워낙 크니까요."

"그래? 고맙다."

"뭘요. 또 부탁할 거 있으시면 말씀하세요."

말을 하면서 점소이 소년이 히죽 웃었다. 아마도 또 다른 무엇인가를 물어보면 몇 푼 더 쥐어주지 않을까 하는 생각에서일 게다.

그런 점소이를 보며 설무린이 피식 웃었다.

"어릴 때부터 일을 한 놈인지 도가 텄군."

계산적이기는 하지만 설무린은 그런 점소이가 그리 밉지는 않았다. 이것 또한 그들의 살아가는 방법이 아니겠는가.

설무린은 슬쩍 주변을 둘러보며 말했다.

"태양궁 놈들이 종종 보이는군."

"저희를 아는 사람은 거의 없겠지만 조심해야 할 것 같습니다."

"후후."

설무린은 낮게 웃으며 주변을 지나다니는 무인들의 모습을
살폈다.

서역의 랍살은 바로 태양궁이 있는 곳이다.

한마디로 지금 설무린은 태양궁 앞마당에 와 있다는 소리였
다. 설무린의 얼굴이 비록 알려지지 않았지만, 이곳이라면 혹
여 설무린을 본 적이 있는 자가 있을 수 있다.

붉은 적포를 휘날리고 다니는 태양궁은 이곳에서는 선망의
대상이리라.

그런 그들을 설무린은 고깝다는 표정으로 바라봤다.

"옷 꼬락서니하고는."

태양궁에 대한 불쾌한 감정 때문인지 불만스레 투덜거린 설
무린은 이내 점소이가 가져다준 음식을 먹기 시작했다.

한동안 쉬지 않고 달려온 탓에 제대로 된 음식을 먹어 본 것
이 얼마만인지 모르겠다. 사천당문에서 귀빈 대접을 받으며
호의호식(好衣好食)을 하다 한동안 예전처럼 야영에, 육포로만
버텨왔다.

설무린은 음식을 먹으며 씨익 웃었다.

"맛이 제법인데? 한동안 호화롭게 살다 매일 먹는 육포에
질렸었는데……."

시장이 반찬이라 하지 않던가.

설무린과 북설은 게눈 감추듯이 식탁 위에 있는 음식들을
먹어 치우고는 자리에서 일어났다. 돈 계산까지 마친 둘은
객잔을 벗어나 점소이 소년이 가르쳐 준 방향으로 걸음을 옮

졌다.

랍살의 대로는 사람들로 북적거렸다.

대로의 양쪽으로는 수많은 장사꾼들이 먹을거리를 비롯한 각양각색의 물건들을 팔았고, 가운데로는 셀 수도 없는 사람들이 지나다녔다.

마치 중원의 커다란 도시에 온 듯한 생각이 들 정도로 랍살은 붐볐다.

설무린은 사람을 피하느라 바빴고, 북설은 그 뒤에서 주변을 계속해서 두리번거렸다. 이토록 사람이 붐비는 곳일수록 북설은 더더욱 주변을 경계했다.

그런 북설의 모습에 설무린은 피식 웃음을 흘렸다.

그리고는 이내 손가락으로 앞을 가리키며 말했다.

"설아, 저기인 것 같구나."

주변을 경계하느라 막상 화화방을 찾을 생각조차 하지 않던 북설은 처음으로 고개를 들어 설무린이 가리킨 곳을 바라봤다.

그리고 그곳에는 무척이나 휘황찬란한 건물이 있었다.

건물의 외곽은 무척이나 화사했다.

마치 붉은색으로 모두 칠한 듯한 외벽에, 너풀거리는 비단이 건물을 더더욱 눈에 띄게 만들었다.

"대단하네요."

무려 팔층이나 되는 높은 전각의 모습에 북설이 감탄을 터뜨렸다.

한눈에 봐도 이 화화방이라는 곳이 이곳 랍살에서도 손으로 꼽히는 기방이라는 걸 알 수 있게 해줬다.

"가자."

설무린과 북설은 사람들 사이로 파고들어 화화방을 향해 발걸음을 옮겼다.

멀리서 봤을 때도 화화방은 아름답고 화려했지만, 가까이에서 보게 되니 그 느낌은 더욱 강렬하게 변했다. 마치 여인을 치장시키기라도 하는 것마냥 전각을 열성적으로 꾸며놓은 것이다.

커다란 기방에 어울리게 입구부터 무인들이 지키고 서 있었다.

설무린과 북설은 그 무인들을 지나 화화방의 안으로 들어섰다. 기방 안으로 들어서는 순간 바깥과는 전혀 다른 세상이 펼쳐졌다.

향기로운 꽃향기가 사방에서 퍼져 나왔고, 바깥과는 다르게 아름다운 비파 소리가 흘러나왔다.

설무린과 북설을 확인한 기녀 한 명이 가벼운 걸음걸이로 다가왔다. 가까이 다가온 기녀가 설무린과 북설의 얼굴을 슬쩍 살폈다.

이상한 일이다.

기방에 찾아오는 사내가 옆에 여인을 끼고 나타났다, 그것도 너무나 아름다운 여인을.

마치 호위무사마냥 검을 들고 치장 하나 하지 않은 여인이

었지만, 그 아름다움은 이곳 화화방의 누구보다도 빛이 날 정
도였다.

　장신구 하나 없이 무복만 걸치고 있는 여인에게서 느껴지
는 아름다움에 기녀는 자신도 모르게 절로 시샘이 일 정도였
다.

　하지만 기녀는 그러한 속내를 감추고 상냥한 어투로 말했
다.

　"화화방에 어서 오시지요. 앵앵이라고 합니다. 어쩐 일로
오셨는지요?"

　"아, 사람을 만나러 왔는데 불러주실 수 있겠습니까? 이곳
에 계신 분이라고 하시던데."

　"누구를 뵈러 오셨는지……?"

　"연화(蓮花)라는 분입니다."

　설무린이 아무렇지 않게 말했지만 막상 당사자는 그렇지 못
했다. 연화라는 말에 앵앵은 움찔하고는 설무린을 바라봤다.

　앵앵은 그 한마디에 이 낯선 자들이 먼 외지에서 온 이가 분
명하다고 생각했다. 적어도 이곳 랍살 근방에 있는 자였다면
연화가 누구인지 모를 리가 없기 때문이다.

　연화는 기녀다.

　그것도 이곳 화화방제일의 기녀이자 랍살 최고의 미녀이기
도 했다. 그랬기에 그녀를 보기 위해 줄을 서는 사내가 부지기
수요, 심지어 고관대작(高官大爵)들조차도 쉽사리 만날 수 없
는 게 바로 그녀다.

앵앵이 어색하게 웃으며 말했다.

"손님 죄송한데 연화는 마음대로 만나실 수가 없습니다. 다른 기녀로 하시는 게 어떠신지요?"

"가서서 말만 전해주시지요. 약속된 사람이 왔다고."

"……."

앵앵은 설무린을 다시 한 번 살폈다.

한 번 보면 잊기 힘들 정도로 잘생긴 사내다. 그리고 몸에서 풍기는 고급스러운 느낌은 이 사내가 보통 사람이 아니라는 걸 말해주는 듯했다.

물어보는 것 정도야 뭐 문제겠냐는 생각에 앵앵은 고개를 끄덕였다.

"알겠습니다. 그럼 저를 따라오시지요. 우선 방으로 모시겠습니다."

앵앵은 설무린과 북설을 데리고 계단을 올랐다.

설무린과 북설을 조용한 방으로 안내한 후 앵앵은 급한 걸음으로 연화가 있는 곳으로 향했다.

이곳 화화방은 커다란 기방답게, 기녀들이 머무는 공간도 따로 꾸며져 있었다. 그리고 개중에 이름있는 기녀들은 따로 방을 쓰기도 했다.

그런 화화방제일의 기녀 연화의 방은 가장 안쪽에 있었다.

잰걸음으로 연화의 방까지 온 앵앵이 문을 두드렸다.

"연화야, 안에 있어?"

"무슨 일이신지요."

안쪽에서는 나긋나긋한 여인의 목소리가 들려왔다. 그 목소리의 주인공이 바로 설무린과 북설이 이곳 화화방까지 오면서 만나기로 한 연화였다.

앵앵이 말을 이었다.

"손님이 찾아오셨는데?"

"언니, 오늘 저는 한 시진 뒤에나 일정이 있는데……."

"에휴, 그걸 모를까. 나도 아는데 그 사내가 미리 약조를 했다고 하던데? 설 공자라고 하면 알 거라고……."

드르륵.

말이 끝나기 무섭게 닫혀 있던 연화의 문이 활짝 열렸다.

열린 문으로 아름다운 여인이 모습을 드러냈다. 온몸을 감은 듯한 화려한 옷이 너무나 잘 어울리는 여인이었다. 마치 활짝 핀 양귀비(楊貴妃) 꽃 같은 매력을 지닌 여인이 모습을 드러냈다.

랍살제일미녀라는 말이 결코 아깝지 않은 여인.

급하게 나오는 연화의 모습에 앵앵이 깜짝 놀라 가슴을 쓸며 말했다.

"어휴 깜짝이야. 기척 좀 해!"

"죄송해요, 언니. 근데 그 사람은 어디에……?"

"웬일이야? 네가 이렇게 급하게 맞는 사람도 다 있고. 얼굴이 반반하던데… 설마 그런 건 아니겠지?"

"그냥 귀한 사람이에요."

“그래? 내가 계신 곳까지 안내해 줄게.”

앵앵은 연화를 데리고 설무린과 북설이 있는 방으로 걸어갔다. 면사를 쓰고 얼굴을 가린 연화는 주변을 슬쩍 살피며 빠르게 앵앵의 뒤를 쫓았다.

면사를 썼음에도 불구하고 그녀의 몸에서 풍기는 아름다움 때문이었을까? 주변에 있는 사내들의 시선이 연화에게로 향했다.

연화와 함께 걷던 앵앵이 마침 생각났는지 질투 어린 목소리로 말했다.

“아참 그 설 공자라는 사내 옆에 여자가 한 명 있는데… 엄청 예쁘더라.”

“그래요?”

“놀랐다니까! 꾸민 것 하나 없는데 그렇게 예쁜 여자는 난생 처음이야.”

“언니가 그렇게 칭찬할 정도라니 저도 궁금하네요.”

연화가 면사 너머로 미소를 지었다.

그렇게 잠시 앵앵의 이야기를 들으며 걷던 연화가 마침내 어느 방 앞에서 멈춰 섰다. 앵앵이 슬쩍 고갯짓으로 방문을 가리켰다.

연화는 고개를 끄덕였다.

연화가 조용한 목소리로 입을 열었다.

“안으로 들어도 되겠습니까.”

“드시죠.”

설무린의 목소리가 방 안에서 들려왔다. 연화는 조심스럽게 방문을 열고 안으로 들어섰다.

방 안으로 들어선 연화의 시선이 눈앞에 있는 젊은 한 쌍의 남녀에게로 향했다.

"아!"

연화는 절로 감탄사를 내뱉었다.

앵앵에게서 이야기는 들었지만 실제로 본 북설은 너무나 아름다웠다. 가만히 앉아 있던 설무린이 자리에서 일어나 가볍게 목례했다.

"어르신이 보내서 왔습니다."

"사전에 이야기를 들었습니다."

말과 함께 연화가 천천히 설무린과 북설의 건너편에 다가와 앉았다.

화화방제일의 기녀, 랍살제일의 미녀라 불리운 연화는 바로 사천당문이 이곳에 오래전부터 심어둔 여인이었던 것이다.

설무린이 슬쩍 입을 열었다.

"설무린이라고 합니다."

"당연화라고 해요."

자신의 이름을 밝힌 당연화는 주변을 살폈다.

오 년 이상을 이곳에서 정체를 숨기고 살아온 그녀다. 사천당문에서조차 얼굴이 알려지지 않은 그녀는 당가위도 인정할 정도의 무공 실력까지 지녔다.

그런 당연화의 실력을 높이 평가해 아직 많지 않은 나이에도 불구하고 그녀는 이곳 서역의 모든 정보를 담당하는 총괄자의 위치에 있다.

"이야기는 들었습니다. 여기까지 오느라 고생하셨어요."

"도와주신 덕분에 그리 어렵지 않았습니다."

설무린이 가볍게 대꾸했다.

당연화가 말없이 품속으로 손을 넣더니 이내 서찰 하나를 꺼내 설무린에게 밀었다.

"받으세요."

설무린은 당연화가 건네주는 서찰을 받아서 조용히 펼쳤다.

서찰을 보는 설무린의 두 눈동자가 빛나기 시작했다. 여태까지 받았던 정보들과는 그 궤를 달리하는 수준의 것이었기 때문이다.

설무린이 당연화를 바라보며 물었다.

"정확합니까?"

"예, 정확해요."

서찰 안에는 북해빙궁과 태양궁의 혼례단이 만날 장소와 시간 등 모든 것이 적혀 있었다.

당연화는 웃으면서 말했다.

"이곳 기루에는 많은 사람들이 오가지요. 그리고 개중 많은 이들이 바로 그들입니다. 모르고 싶어도… 모를 수가 없는 일이니까요."

이 혼례는 굳이 감출 일도 아니다.

오히려 태양궁 쪽에서는 북해빙궁이 빠져나갈 수 없도록 소문을 내고 있는 실정이다. 그런 일이기에 정보를 구하는 것도 그리 어렵지 않았다.

설무린은 다시 한 번 서찰을 바라봤다.

"다행히 늦지 않았군요."

"사천에서 떠나신 지 보름밖에 안 됐는데 여기까지 오시다니… 대단하시군요."

비록 지역상으로는 붙어 있다고는 하나, 그 거리는 가깝지 않다.

말을 타고 하루 종일 달려도 보름 안에 이곳까지 오는 건 불가능한 일이다. 그런데 산도 넘으면서 이곳 랍살까지 오는데 이리 짧은 시간이 걸렸다는 것은 둘의 무공이 범상치 않다는 걸 의미한다.

중요한 이야기는 끝났지만 당연화는 바로 자리에서 뜨지 않았다.

당연화가 면사를 거뒀다.

그녀의 얼굴을 보며 설무린이 놀랍다는 듯이 말했다.

"큭, 세상 남자들이 줄을 서는 이유를 알겠군요."

웃으며 말하는 설무린을 보며 당연화 또한 아무렇지 않게 대꾸했다.

"하지만 공자님의 눈에는 제가 없지 않습니까."

"후후."

설무린이 그저 나지막이 웃었다.

그런 설무린을 뒤로한 채 당연화는 북설을 바라봤다. 그녀가 슬며시 웃었다.

"언니를 많이 닮으셨네요."

당연화의 말에 북설은 움찔하는 듯했지만, 이내 고개를 끄덕였다. 그런 북설을 향해 당연화가 말을 이었다.

"아, 이렇게 보여도 벌써 마흔이 넘은지라. 소저 어머니와 어릴 적부터 많이 시간을 보냈거든요."

당연화의 말이 북설은 그저 슬쩍 웃을 뿐이었다.

그런 둘을 보며 당연화가 말없이 옆에 놓여 있는 비파를 들었다. 비파를 품에 안은 그녀가 천천히 손가락을 움직이며 말했다.

"음(音)은 사람의 마음을 편안하게 해주지요."

말과 함께 울리기 시작한 비파 음이 방 안을 가득 채우기 시작했다.

당연화의 비파에서 흘러나오는 음악에는 절로 사람의 마음을 편안하게 해주는 무언가가 있었다. 익숙하게 한 곡조를 켠 당연화가 천천히 자리에서 일어났다.

"그럼 원하시는 일을 꼭 이루시기를."

설무린 또한 자리에서 일어나 포권을 취했다.

"은혜 잊지 않겠습니다."

설무린의 말에 웃음으로 화답한 당연화는 다시금 면사로 얼굴을 가리고 밖으로 빠져나갔다.

북설이 설무린의 뒤로 다가왔다.

“가시지요.”

“그래.”

말을 마친 설무린이 손에 들린 서찰을 가볍게 삼매진화(三昧眞火)의 수법으로 태워 버렸다.

순식간에 불이 붙어버린 서찰은 재로 변해 흩어졌다.

이곳에 오고 설무린은 중요한 것들을 알았다. 특히나 두 세력이 어디에서 만나는지 알아낸 것이 가장 컸다.

언제 어디서 볼 줄을 알게 되니 마음에 한결 여유가 생긴다.

설무린이 손을 툭툭 털고는 방을 빠져나왔다.

“오늘은 여기서 쉬고, 내일 아침에 출발하자.”

뒤편에 있는 북설을 향해 설무린이 말을 하고 있을 때였다.

드르륵!

설무린이 지나쳐 가는 방의 문이 벌컥하고 열리며 얼굴이 붉게 변한 사내가 툭 하니 튀어나왔다. 갑작스러웠지만 설무린이 슬쩍 옆으로 비켜서며 사내와의 충돌을 가볍게 피해냈다.

스치면서 설무린은 익숙한 사내의 옷차림을 보며 슬쩍 인상을 구겼다. 붉은 적포와 태양궁을 상징하는 무늬들.

태양궁의 무인들이다.

태양궁의 무인을 보며 설무린은 짧은 순간에 방 안에 있는 자들 모두를 파악했다. 방 안에는 마찬가지로 태양궁의 무인으로 보이는 자들이 가득했다.

방 안에 있는 무인들의 숫자는 여섯 명. 그리고 사내의 숫자에 맞춰 기녀들 또한 방 안에 가득했다.

안을 순식간에 살피는 설무린의 시선에 극명하게 다른 표정들이 들어왔다. 재미있다는 듯이 웃는 태양궁의 무인들과 다르게 기녀들의 눈은 놀란 듯이 커져 있었다.

'뭐야?'

그제야 설무린은 방에서 툭 하니 튀어나온 사내의 행색을 제대로 살필 수 있었다.

그 사내의 손에 여인 한 명이 들려 있다는 걸 설무린은 그제야 알았다.

방에서 튀어나왔던 사내는 기녀로 보이는 여인을 방밖으로 집어 던지며 소리쳤다.

"기녀면 시키는 대로 하란 말이야!"

말을 마치며 사내가 침을 탁 하고 기녀의 얼굴에 뱉었다. 그러자 독기에 찬 표정으로 기녀가 사내를 노려봤다.

무서울 정도로 독기 어린 표정이었지만 사내는 비웃었다.

"이런 미친년을 봤나."

커다란 덩치를 지닌 사내의 손은 우악스럽고 투박해 보였다. 손바닥을 힘껏 들어 올린 사내가 기녀의 뺨을 거칠게 후려쳤다. 내력이 실리지 않았지만 여인이 감당하기에 그 힘은 너무나 컸다.

퍽!

기녀는 볼품없이 땅을 뒹굴었고, 입 안이 터져 버렸는지 피가 줄줄 흘러나왔다. 그럼에도 불구하고 기녀의 표정은 여전히 독했다.

시끄러운 소동이 일자 이곳 화화방을 지키는 무인들도 달려왔지만 그들 또한 멈칫할 뿐이었다.

상대가 다름 아닌 태양궁이기 때문이다.

이곳 랍살에서 태양궁은 결코 건드릴 수 없다.

그들이 바로 이곳의 주인이다.

더군다나 지금 행패를 부리는 태양궁의 무인은 그 수많은 자들 중에서도 제법 이름이 알려져 있는 자였다.

거구의 사내가 피식 웃으며 말했다.

"감히 네깟 년이 이 지룡검(地龍劍)을 노려봐?"

지룡검이라는 말에 설무린이 고개를 갸웃했다. 들어본 적이 있는 별호였기 때문이다. 그리고 그러한 생각도 아주 잠시, 이내 설무린은 지룡검이라는 별호를 기억해 냈다.

'태양궁이 자랑하는 일곱 명의 후기지수 태양칠룡(太陽七龍).'

든든한 뒷배경과 나이에 어울리지 않는 뛰어난 무위를 지녔다 하여 붙여진 별호들이다. 태양궁을 이끄는 일곱 명의 기재들이라 들었거늘, 설무린이 보기에는 어처구니가 없을 뿐이었다.

무공을 익힌 사내가 여인을 이처럼 대한단 말인가.

설무린이 미간이 꿈틀거렸다. 하지만 아직까지 소란을 일으키지 않으려 설무린은 가만히 상황을 응시했다.

기녀를 향해 비웃음을 날리던 지룡검이 자신의 검을 뽑아

들었다.

"망할년. 팔 한쪽을 잘라야 그 눈깔을 내리깔겠구나. 날 원망치 말거라."

지룡검이라는 놈이 검을 뽑아 드는 순간 설무린은 자신을 바라보는 북설을 발견했다. 북설은 지금 이 상황을 보며 속이 꽤나 뒤틀린 상황이었다.

설무린이 가볍게 고개를 끄덕였다.

손을 썼을 때야 그래도 참고 넘겼지만 이제는 아니다.

무인이 보통 사람에게 하는 행동이라 보기에는 도를 넘어서도 한참은 넘어섰다.

막 검을 치켜드는 지룡검의 손목을 북설이 잡았다.

탁.

"뭐야!"

고함과 함께 홱 고개를 돌렸던 지룡검의 눈이 휘둥그레졌다. 북설의 아름다운 얼굴에 절로 놀란 모양이다. 북설은 그런 지룡검을 향해 차갑게 말했다.

"검 내리시지."

북설의 갑작스런 개입에 주변에서 어쩔 줄 모르고 보고 있던 사람들이 소곤거리기 시작했다. 이제 큰일 났다는 둥 여러 가지 말들이 오갔지만 북설은 전혀 신경 쓰지 않았다.

잠시 멍하니 북설을 바라보던 지룡검이 크게 웃었다.

"흐흐! 이게 웬 떡이냐? 너도 이곳의 계집이냐? 아니, 아니지. 행색을 보아하니 기녀는 아니고……."

검은색 무복과 손에 들고 있는 검은 이곳의 기녀라 보기에
는 무리가 있었다. 무인이라는 걸 알아차리고도 지룡검은 전
혀 거리낌없이 행동했다.

"아무렴 어떠냐. 마음에 드는군. 예뻐, 아주 많이."

지룡검이 손을 뻗어 북설의 턱을 어루만지려는 순간이었다.
북설은 다른 손으로 빠르게 지룡검의 손을 쳐냈다.

찰싹!

자신의 손을 튕겨내는 북설을 보며 지룡검이 웃음을 터뜨렸
다.

"크크! 예쁜 꽃에는 가시가 있다더니… 하지만 그 꽃을 꺾는
것 또한 사내가 아니던가."

"하하!"

지룡검의 말에 방 안에 있던 사내들 또한 재미있다는 듯 너
털웃음을 터뜨렸다.

북설은 살짝 표정을 구겼다.

그러자 지룡검이 장난스럽게 웃었다.

"그럼 어디 한번… 안아볼까!"

고함 소리와 함께 지룡검이 북설을 확 하고 잡아당겼다. 내
공을 사용하여 잡아당겼기에 당장에라도 북설이 자신의 품으
로 끌려와 안길 거라 생각했던 지룡검이다.

하지만… 현실은 그렇지 않았다.

북설은 제자리에 서 있었다. 그에 놀란 지룡검은 그녀를 바
라볼 뿐이었다.

　당황하는 지룡검의 마음을 알 턱이 없는 나머지 태양칠룡들이 낄낄거리며 웃었다.

　"뭐 하는 거야? 여자라고 너무 봐주는 거 아냐?"

　"하, 하하! 힘 좀 쓰는 모양인데!"

　지룡검은 같은 창피를 당하고 싶지 않은 듯이 몸 안에 있는 모든 내공을 쥐어짰다.

　지룡검이 강하게 북설을 잡아당겼다.

　하지만 지룡검이 모든 내공을 사용했음에도 불구하고 북설은 손톱만큼도 움직이지 않았다.

　부들부들!

　북설을 잡아당기던 손이 떨리기 시작했다.

　혈관이 터질 듯이 팽창하며 모습을 드러냈다. 그만큼 지금 지룡검은 모든 힘을 쥐어짜고 있었던 것이다.

　"크, 크으! 으아아!"

　지룡검이 마지막 힘까지 쏟아내며 고함을 내질렀다. 하지만 그뿐이었다. 가만히 서 있던 북설이 차가운 목소리로 말했다.

　"이제 끝?"

　"이, 이 망할……."

　지룡검의 안색이 새빨갛게 변하는 것을 보며 웃고 있던 태양칠룡들 또한 자리에서 슬그머니 일어났다.

　자리에서 일어난 그들이 모두 병기를 뽑아 들었을 때였다.

　문 쪽에 서 있던 설무린이 천천히 걸어가 입구를 막아섰다.

　북설을 향해 다가가던 그들은 갑작스러운 설무린의 등장에 오히려 살기를 터뜨렸다.

"감히 우리의 앞을 막아?"

사내는 이 일행 중에서 가장 잘생긴 외모를 뽐냈다.

설무린은 그 사내의 정체를 단숨에 알아차렸다. 자신을 향해 살기등등한 기세를 뿜어내는 상대를 향해 설무린이 아무렇지 않게 말했다.

"미룡공자(美龍公子)가 네놈인가 보군."

"날 안다는 소리는 우리가 누군지 안다는 것일 텐데… 그런데도 우리 앞을 막아?"

이들이 이토록 당당한 것은 이유가 있었다.

이곳 랍살에서 자신들의 말은 법이나 다름없었다. 그런 자신들에게 대항할 자는 없다는 자신감이 있어서였다.

하지만 오늘 이들은 상대를 잘못 골랐다.

피식 웃는 설무린을 보며 미룡공자가 불쾌하다는 듯이 말했다.

"웃어? 싹싹 빌어도 모자랄 판국에?"

"빌어? 누가? 내가?"

설무린이 픽 하고 비웃음을 흘렸다.

아무리 날고 긴다 까부는 자들이지만 설무린 앞에서는 그저 우스운 상대일 뿐이었다. 이미 설무린의 경지는 천하에 적수를 찾으려고 해도 찾을 수가 없는 수준인 것이다.

　설무린이 뒤쪽을 바라봤다.

아직까지도 지룡검은 북설의 손아귀에서 아등바등거리고 있었다. 덩치는 곰처럼 큰 자가 북설의 손을 벗어나지 못하고 안절부절못하는 꼬락서니가 꽤나 우습다.

"이익!"

참지 못하겠는지 지룡검은 발로 북설의 배를 걷어차려 했다.

하지만 발을 들어 올리는 순간 북설이 먼저 움직였다. 빠르게 움직인 북설의 발이 지룡검의 축이 되는 발목을 차버렸다.

"억!"

커다란 지룡검이 오히려 허공으로 붕 뜨더니 이내 뒤로 자빠져 버렸다.

"으윽! 이 망할 년이. 예쁘다고 봐줬더니 아주 하늘 높은 줄 모르고 기어오르는구나!"

북설이 손을 놔준 덕분에 풀려난 지룡검은 분노에 찬 듯 검을 뽑아 들었다. 커다란 덩치에 어울리는 병기였다. 마치 도를 연상케 할 정도의 커다란 검을 휘두르며 지룡검이 달려들었다.

북설이 검도 뽑지 않은 채 움직였다.

퍽!

"컥!"

정확하게 가슴팍을 후려치자 지룡검은 거칠게 숨을 몰아쉬고 뒤로 물러섰다. 그 순간 북설의 몸이 허공으로 솟구쳤다. 허공에서 팽이처럼 빙그르르 돈 북설의 발이 정확하게 지룡검의 안면에 틀어박혔다.

으드득!

기괴한 소리와 함께 지룡검의 입 안에서 하얀 이빨들이 산 산조각이 나며 쏟아져 나왔다.

"어억! 내, 내 이……."

고통스러운 말이 채 끝나기도 전에 북설은 발뒤꿈치로 지룡 검의 정수리를 찍어버렸다.

빡!

시원한 소리와 함께 지룡검이 눈을 뒤집어 간 채로 풀썩 쓰 러졌다. 너무나 빠르고, 깔끔한 일격이었다. 설무린은 놀랍다 는 듯이 감탄사를 토해냈다.

"대단한데?"

설무린의 칭찬에 북설이 쑥스럽다는 듯이 얼굴을 붉혔다.

그때 설무린의 건너편에서 채 반응도 하지 못하고 있던 나 머지 여섯 명이 이를 갈면서 달려들었다.

"감히!"

"찢어 죽여 버리겠다!"

북설의 공격이 너무나 빠르고 깔끔했기에 그들은 지룡검이 쓰러지는데 손 하나 쓰지 못했다. 상대가 비록 둘이기는 했지 만, 이미 지룡검을 쓰러뜨리는 북설의 손속을 본 상태다.

정정당당 같은 생각은 이미 사라진 지 오래였다.

지룡검을 이처럼 가지고 노는 상대라면 같은 칠룡 중에 저 여인의 적수가 될 자는 없다는 소리다.

그들은 은연중에 결론을 내렸다.

이 정도의 무공을 지닌 여인이라면 사내를 지키는 호위무사가 분명하다는 판단이었다.

태양칠룡의 남은 여섯 중 두 명이 설무린에게 달려들었고, 나머지 넷은 북설을 노렸다. 설무린은 그리 강하지 않을 거라는 계산이 선 탓이다.

하지만 그게 실수였다.

달려드는 두 명의 상대를 힐끔 본 설무린이 뒤로 물러서면서 주먹을 휘둘렀다.

첫 주먹질에 앞에서 다가오던 사내의 안면이 뒤틀렸다. 이어지는 왼손이 뒤편에서 다가오던 자의 복부에 틀어박혔다.

"커억!"

비명 소리가 끝나기도 전이었다.

설무린의 양손이 번갈아 가면서 사내들의 얼굴에 틀어박혔다.

퍽퍽!

보통 사람의 눈으로는 그저 두어 번의 주먹질이라고 생각했겠지만 실질적으로는 이미 그들의 안면으로 수십 번의 주먹이 틀어박혔다.

순식간에 쓰러지는 그 두 명의 옷깃을 잡아챈 설무린이 휙 하고 방 안으로 집어 던졌다. 두 명의 사내를 끝내는 데 걸린 시각은 고작 눈 한 번 깜짝할 정도에 불과했다.

태양궁이 자랑하는 후기지수라고는 하지만 설무린에게는 삼초지적도 될 수 없었다.

“운동거리도 안 되는데…….”

설무린이 싱겁다는 듯이 말하며 앞을 바라봤다. 그곳에는 북설에게 달려들다가 멈춰 버린 네 명의 사내가 있을 뿐이었다.

태양칠룡 중 남은 네 사내는 딱딱하게 굳은 얼굴로 설무린을 응시했다.

일곱 중 넷이나 남았지만 달려들 수가 없었다.

이미 이 정도의 차이라면 넷이 아니라 사십 명이 있어도 무리라는 걸 알았기 때문이다.

미룡공자가 창백한 표정으로 설무린을 바라봤다.

호위무사인 계집 하나 어찌하면 사내놈은 신경 쓸거리도 아니라 생각했다.

한데…….

능글맞게 웃고 있는 설무린의 모습에 미룡공자는 오싹 소름이 돋았다.

‘이놈… 위험해!’

미룡공자는 떨리는 목소리로 말했다.

“태, 태양궁의 고수이신 것 같은데…….”

혹여나 자신이 모르는 태양궁의 고수인가 하는 생각에 미룡공자의 어투가 바뀌었다. 최소한 이곳이 태양궁의 앞마당이 아닌가.

태양궁의 무인이 아니고서야 이곳에서 자신들에게 행패를 부릴 리는 없다고 생각한 모양이다.

그렇지만 오히려 설무린은 표정을 팍 구기면서 말했다.

"태양궁의 고수?"

파악!

말과 함께 설무린의 몸이 눈에 보이지 않을 속도로 날아들어 미룡공자를 가격했다. 단숨에 날아드는 일격은 피할 수조차 없었다.

펙!

이번에도 설무린의 일격은 정확하게 안면을 가격했다.

미룡공자 또한 앞서 쓰러진 다른 자들과 마찬가지로 피를 뿜으며 그대로 뒤로 자빠졌다. 피를 흘리며 미룡공자는 놀라다시피 뒤로 도망치기 시작했다.

그런 그를 향해 설무린이 차가운 표정으로 말했다.

"누구를 감히 태양궁 따위와 같은 취급하는 거냐? 애송아."

설무린의 말에 미룡공자는 믿을 수 없다는 듯 고개를 흔들었다.

이곳이 어디인가.

다름 아닌 태양궁이 있는 랍살이 아니던가. 적어도 이곳에서 태양궁의 힘이 미치지 않는 곳은 없다고 해도 과언이 아니다.

그런 이곳 랍살의 대로에 있는 화화방에서 이처럼 태양궁의 무인을 짓밟을 자가 있다는 건 생각조차 할 수 없는 일. 그렇지만 설무린의 입가에 머문 미소를 보는 순간 결코 이 사내가 농담을 하는 게 아니라는 걸 느꼈다.

“끝내.”

설무린이 더는 귀찮다는 듯이 말했고, 그 순간 가만히 서 있던 북설의 몸이 움직였다. 그리고 북설이 움직이기가 무섭게 남아 있던 세 명의 사내도 이빨이 몽땅 날아가 버리며 그대로 자빠져 버렸다.

순식간에 일곱 명이 쓰러진 후 설무린이 슬쩍 발아래에 나뒹굴고 있는 태양칠룡을 바라보고는 발걸음을 옮겼다.

많은 이들이 주변에 몰려 있었지만, 그들은 설무린이 다가오자 화들짝 놀라며 양옆으로 비켜섰다.

그리고 그런 그들을 지나쳐 나온 설무린은 북설과 함께 랍살의 대로에 서게 됐다. 설무린은 힐끔 뒤편에 있는 화화방을 바라봤다.

‘아무래도 여기 오래 있기는 힘들겠군.’

다른 자들도 아닌 태양궁이 자랑하는 후기지수들이다. 그런 그들이 이름조차 모르는 무인에게 처참하게 박살이 났다.

더군다나 그들의 뒷배경 또한 녹록치 않을 터. 분명 얼마 시간이 지나지 않아 수많은 태양궁 무인들이 설무린과 북설을 찾기 위해 기를 쓸 게다.

아무리 꼭꼭 숨는다 해도 랍살은 태양궁의 세력권이다.

이곳에서만큼은 제아무리 숨는다 해도 발각되는 데는 그리 오랜 시간이 걸리지 않을 것이다.

“필요한 거나 조금 챙기고 랍살을 떠야겠다.”

“아무래도 주변이 시끄러우니 이곳에 있는 건 무리일 듯싶습니다."

"제길, 하루 정도는 푹 쉬고 싶었는데……."

설무린은 낮게 투덜거리면서도 발걸음을 옮겼다.

대로를 얼마 지나지 않아 근처에서부터 왠지 모를 소란이 이는 듯했다. 소란이 이는 쪽을 바라보니 그곳에는 일련의 태양궁 무리들이 달려오고 있었다.

'벌써 소문이 났나 보군.'

방향도 보아하니 화화방으로 향하는 길목이다.

설무린은 피식 웃었다.

상대는 한심한 놈들이었다.

태양칠룡이라는 이름으로 태양궁을 빛내야 할 일곱 명의 후기지수가 그토록 한심한 작자들일 줄이야.

저런 놈들 때문에 예정보다 빠르게 떠나야 한다는 게 마음에 들지 않았지만, 이미 일은 벌어졌다. 더군다나 저런 놈들을 보고도 그냥 지나쳤다면 오히려 울화가 터졌을 게다.

터벅거리며 걷던 설무린은 뒤쪽을 경계하며 걷는 북설에게 말을 걸었다.

"처음 나왔을 때랑 비교도 안 되게 강해졌더구나."

"과찬이십니다. 아직 멀었습니다."

"아냐, 비록 상대가 조금 그렇기는 했지만……."

설무린과 북설이 쉽게 제압하기는 했지만 태양칠룡이라면 이 부근에서는 알아주는 자들이다. 상대가 좋지 않았을 뿐이지 그들이 약했던 것이 아니다.

북해빙궁을 나온 지 오랜 시간이 흘렀다.

그 오랜 시간 동안 설무린은 변했다. 강해졌고, 더욱 속도 깊어졌다.

하지만 변한 건 설무린뿐만이 아니었다.

언제나 자신의 곁에 서서 싸우던 북설, 그녀 또한 변했다.

처음엔 여인이 항상 옆에 붙어 있겠다는 게 참으로 어색했었던 설무린이다. 그것도 그림자무사가 되겠다며 찾아온 북설을 어찌 대해야 하나 고민도 했었다.

한데 이제는 북설이 옆에 있는 게 너무나 자연스럽다.

정말로 그림자마냥 북설이 옆에 있다는 건 당연하게 느껴질 정도다.

랍살의 대로 양쪽에 있는 가게들을 스쳐 지나가던 설무린이 갑자기 발을 멈추었다.

설무린의 시선이 향하는 곳은 수많은 장신구들을 파는 가게였다. 물론 그곳에 그리 값비싸고 진귀한 물건이 있는 것은 아니었지만 설무린은 자신도 모르게 멈추어 섰다.

방금 전 화화방에 있던 기녀들은 온갖 장신구로 자신을 치장했었다. 그에 반해 북설은 전혀 자신을 꾸미지 않고 있다.

여인인데 어찌 그런 것이 부럽지 않겠는가.

설무린은 여태까지 그런 걸 전혀 신경 써주지 않은 것이 마음에 걸렸다.

설무린이 가만히 멈춰 서서 장신구를 보고 있자 뒤편에 있던 북설이 입을 열었다.

“왜 그러십니까?”

“설아, 저기 장신구 중에 하나 골라보거라.”

“장신구요?”

“그래.”

설무린의 말에 북설이 고개를 저었다. 북설은 보일 듯 말 듯 미소를 지으며 말했다.

“저는 괜찮습니다.”

“여자가 장신구 하나 없어서 되겠느냐.”

말을 하면서 설무린은 고개를 돌렸다. 계속해서 이 같은 말을 하는 것도 그리 설무린의 성격상 쉽지는 않았다. 그런 설무린을 향해 북설이 다시 한 번 고개를 저었다.

“항상 하고 다니는 장신구가 하나 있습니다.”

“……?”

말을 마친 북설이 조용히 소매를 걷었다. 북설의 손목에는 금색으로 빛나는 팔찌 하나가 걸려 있었다.

설무린은 아무런 말도 없이 그 팔찌를 바라봤다.

그리고는 이내 부끄럽다는 듯이 말을 이었다.

“그 팔찌… 아직도 가지고 있었더냐?”

“예, 항시도 몸에서 빼본 적이 없습니다.”

북설이 웃으면서 고개를 끄덕였다.

설무린조차도 까맣게 잊고 있었다. 아주 오래전 처음 북설을 만났을 때 준 금으로 된 팔찌다.

북설에게 상처를 낸 것이 미안해 주었던 물건. 그랬기에 설무린조차도 처음엔 알아보지 못했다.

팔목을 들어 올려 자신의 손목에 감겨 있는 팔찌를 바라보며 북설이 작은 목소리로 말했다.

"저는 이거 하나면 충분합니다."

"그리 비싼 것도 아닌데……."

"저에겐 그 값어치를 따질 수 없는 귀한 물건입니다. 생전 처음… 소궁주님께 받은 선물이니까요."

설무린은 말없이 볼을 긁적거렸다.

그리 아름답지도 않고, 또 귀한 것도 아니다. 그럼에도 불구하고 북설에게 그 팔찌는 무척이나 소중한 물건이 되어버렸다.

설무린은 오래전 자신이 주었던 팔찌를 아직까지 소중히 여기는 북설의 모습에 내심 기분이 좋았다. 하지만 애써 그 감정을 감추며 말을 돌렸다.

"뭐 장신구는 필요없다니까 됐다. 그러면 뭐라도 필요한 거 있으면 말해보거라. 왠지 난 너한테 받기만 하는 것 같아서 영 마음이 편치 않으니."

"저는 괜찮은데……."

말꼬리를 흐리던 북설은 설무린이 자신을 흘겨보자 이내 입을 닫았다. 그리고는 급히 주변을 두리번거리기 시작했다.

뭐 없나 주변을 두리번거렸지만 딱히 눈에 띄는 것이 있을 턱이 없었다.

난처한 표정으로 주변을 두리번거리던 북설의 눈동자가 갑자기 멈췄다. 그리고 그러한 사실을 알았는지 설무린이 반갑게 물었다.

"생각났나 보구나?"

"저기……."

북설이 손가락으로 한쪽을 가리키자 설무린이 고개를 돌려 그곳을 바라봤다. 하지만 북설이 가리킨 곳을 바라보던 설무린은 고개를 갸웃할 수밖에 없었다.

"뭘 말하는 거냐? 저쪽에 있는 거라고는……."

말을 하던 설무린이 설마하는 표정으로 북설을 바라봤다.

그리고는 당황스럽다는 표정으로 말을 이었다.

"설마 너… 저걸 사달라는 건 아니겠지?"

믿을 수 없다는 표정을 하고 있는 설무린 앞에서 북설은 고개를 끄덕였다.

설무린은 오래 전 북설과 있었던 일이 떠올랐다.

처음으로 북설과 세상 구경을 나갔을 때 설무린이 사주었던 군것질거리.

설무린이 결국 웃음을 터뜨렸다.

"정말 너 같은 아이도 없을 거다."

말을 마친 설무린이 북설의 팔목을 움켜잡았다. 그리고는 사람들을 사이로 파고들어 노상으로 다가갔다.

노상 주인인 중년의 사내가 찾아온 둘에게 친근하게 말을 걸었다.

"그래, 무엇을 드릴까요?"

설무린의 손에 이끌려 노상 안으로 들어온 북설이 주인을
향해 입을 열었다.

"…꼬치요."

북설은 말을 하고 나서 설무린을 바라보며 배시시 웃었다.

第八章

난적(亂賊)

타닥, 타닥.

말굽에 차이는 돌들이 사방에서 시끄러운 소리를 냈다.

오십 명에 달하는 인원들이 북해빙궁을 빠져나온 지 어느덧 열흘.

마차의 목적지는 다름 아닌 서역이었다.

바로 이 무리는 태양궁으로 향하는 설수진의 혼례단이었던 것이다.

북해빙궁 무인들이 호위하는 마차 안에는 설수진과 그녀를 따르는 어린 시녀 한 명이 자리하고 있었다. 그 시녀는 어릴 때부터 설수진을 모셨던 아이였다.

설수진의 앞에 앉아 있는 예랑이 속도 모르고 연신 떠들어

댔다.

"아가씨, 태양궁이 그토록 화려하다던데 들으셨어요?"

"그러냐. 나는 잘 모르겠구나."

"에휴. 어찌 된 게 시집가는 아가씨보다 제가 더 신이 난 것 같네요."

"그런가?"

말을 하는 설수진이 빙그레 웃었다.

설수진은 아무것도 모르는 예랑을 탓할 생각도 없었다. 하지만 마음 한편이 계속해서 쓰리는 것은 어쩔 수 없는 노릇이다.

정말 큰 결심을 하고 나선 길.

하지만 여인으로서 너무나 겁이 난다.

'어머니…….'

설수진은 바깥 풍경으로 시선을 돌렸다.

열흘 전 북해빙궁을 떠나기 전이 기억난다. 마지막까지도 자신을 보며 어머니 매여령은 하염없이 눈물만 흘렸다. 그런 매여령 앞에서 설수진은 오히려 담담하게 행동했다.

울지 말라고.

아무 일도 없을 거라면서.

그리고 마지막으로 떠나오는 길에 설수진은 보았다, 마차를 바라보던 매여령이 혼절하는 것을.

마음이 아팠다.

당장에라도 마차에서 내려 어머니에게 달려가고 싶었다. 하지만 설수진은 그러지 않았다.

아니, 그럴 수가 없었다.

지금 이 마차를 내려 돌아간다면 다시는 이 같은 용기를 내기 어렵다는 것을 알기 때문이다.

설수진은 주먹을 꽉 쥐었다.

북해빙궁은 참으로 좋은 곳이었다.

좋은 사람들도 많았고 언제나 행복했었다. 그러한 행복이 깨진 것은 불과 몇 년 전이었다. 그날 설군표가 독에 중독당해 쓰러지고, 설무린은 중원으로 나갔다.

그리고 이제는 설무린조차 연락이 끊겼다고 한다.

'오라버니… 살아 있을 거라고 믿어.'

아버지가 일어나기 위해서는 중원으로 떠났던 설무린이 해약을 가지고 와야 한다. 지금 북해빙궁의 운명이 바로 설무린에게 달렸다는 걸 설수진 또한 알고 있는 것이다.

설무린이 떠나고 설수진은 항상 괴로웠다.

오라버니는 목숨을 걸고 중원으로 나갔다. 하지만 설수진은 아무것도 할 수가 없었다.

그저 일이 잘 되기를 마음속으로 간절히 기원하는 일밖에는.

그러던 차에 이 일이 벌어졌다.

결정은 쉽지 않았다. 어려웠지만 결국 설수진은 결단을 내렸다.

죽을 수도 있다.

여인으로서의 인생이 이대로 끝이 날 수도 있다.

하지만 시간을 벌어야 한다, 설령 그러기 위해서 자신의 모든 것을 잃는다고 할지라도.

한참을 달리던 마차가 마침내 멈추어 섰다.

마차의 옆으로 북해빙궁의 무인 하나가 다가왔다. 그리 나이가 많아 보이지 않는 사내였다. 그리고 실제로도 그 무인의 나이는 겨우 서른 중반밖에 되지 않았다.

하나 그 누가 이 사내를 무시할 수 있겠는가.

일검향(一劍香) 전려군(全麗君)을.

어린 나이에 절정의 경지에 오른 일검향 전려군은 북해빙궁에서도 알아주는 고수다. 그가 바로 지금 설수진을 호위하는 무리의 대장이었다.

"이 근방에서 자리를 잡으셔야 할 것 같습니다."

"그렇게 해요."

마차 안에서 설수진의 목소리가 들렸고, 전려군이 손을 들어 올리고는 소리쳤다.

"오늘은 여기서 야영이다! 일조는 잘 곳을, 이조는 식사를 준비해라. 그리고 삼조는 주변을 탐색하도록."

전려군은 인원을 세 개의 조로 나누어 빠르게 각자의 임무를 전달할 수 있게 해놓은 상태였다. 그리고 그 덕분인지 북해빙궁 무인들은 오랜 시간이 걸리지 않아 모든 준비를 끝마쳤다.

모든 준비가 끝날 때까지 마차 안에 있던 설수진이 천천히 걸어나왔다.

식사를 하기 위해 예랑과 함께 자리를 잡았던 설수진은 몇 수저 뜨지 못하고 그릇을 내려놓았다. 설수진의 옆에서 식사를 하던 예랑이 급히 물었다.

"아가씨, 오늘도 그만 드시는 거예요?"

"그래, 이상하게 입맛이 없네."

"그러다가 몸 상하셔요. 가뜩이나 마차만 타고 이동하시느라 기력도 많이 쇠하셨는데……."

"괜찮아, 잠시 바람 좀 쐬고 싶구나."

말을 마치고 설수진이 자리에서 움직이자 뒤편에 있던 전려군 또한 일어섰다. 그는 말없이 설수진과 삼 장의 거리를 두고 따라 걸었다.

바로 근방에 있는 강가에 도착한 설수진이 자리에 주저앉았다.

사방이 이미 어둑어둑하다.

강물에 비치는 달을 바라보며 설수진의 마음은 더욱 시렸다. 쭈그린 채로 강을 바라보던 설수진이 천천히 눈을 감았다.

설수진은 눈을 감은 채 입을 열었다.

"아저씨, 언제쯤 도착할까요?"

"내일이면 태양궁에서 나온 사절단과 만나게 될 게다."

전려군의 말투가 아까와는 많이 달라졌다.

깍듯한 존대를 했던 방금 전과는 달리 단둘이 있자 친근한 어조로 바뀐 것이다.

어릴 적부터 아저씨라 부르며 전려군을 따르던 설수진이다.

"내일이라……."

전려군의 말을 들은 설수진이 중얼거렸다.

열흘이라는 시간이 흘렀기에 이제는 도착할 때가 되었다고 생각했다. 하지만 막상 내일이면 만날 수 있을 거라는 말에 설수진의 마음은 한없이 착잡해져만 갔다.

설수진은 옆에 있는 돌 하나를 집어서 강물 위로 휙 하니 집어 던졌다.

풍!

돌은 단 한 번도 튀지 않고 그대로 수면 아래로 잠들어 버렸다.

설수진은 불현듯 오래전 일이 생각났다.

빙궁 바깥에 다녀오던 길이었을 게다.

귀혼각 무인들의 호위를 받으면서 오던 그 길에 괴인들에게 암습을 당했었다. 그 절체절명의 순간 옆에 있던 마차에서 설무린이 나타났었다.

'하기야 오라버니는 항상 그랬지.'

그때뿐만이 아니었다.

언제나 설수진이 위험할 때면 대수롭지 않다는 듯 나타나서 그녀를 구해주곤 했다.

오라버니는 참으로 신비한 사람이었다.

차가운 듯하면서도 따뜻했고, 정말로 언제 어디서나 나타나는 신묘한 재주를 지녔었다.

그런 생각이 들자 설수진은 문뜩 이번에도 오라버니가 나타나 자신을 구해주지 않을까 하는 생각이 들었다. 하지만 이내 설수진은 피식 웃었다.

분명 설무린은 생각지도 못하게 설수진을 수차례 구해줬었다. 하지만 그때와 지금은 다르다.

하지만 설무린이라면 어떻게든 목숨을 부지하고 살아 있을 것이라 설수진은 믿었다.

새카만 물을 바라보며 설수진이 중얼거렸다.

"오라버니, 나 시집가."

말을 내뱉는 순간 설수진은 가슴속에서 무엇인가 울컥 올라오는 기분에 젖었다. 그녀는 애써 하늘을 올려다봤다. 그러지 않으면 당장에라도 눈물이 쏟아질 것만 같았다.

하늘을 올려다보며 억지로 눈물을 억눌렀지만 끝끝내 설수진의 눈에서 한줄기의 눈물이 흘러내렸다.

설수진은 입술을 꽉 깨물었다.

'오라버니… 구해줘.'

북해빙궁 일행은 아침부터 분주하게 짐을 챙겼다. 그리고 마침내 멈추었던 마차가 다시금 움직이기 시작했다.

설수진으로서는 이 한 걸음 한 걸음이 마치 지옥으로 가는 길인 것만 같았다. 알면서도 갈 수밖에 없는 길. 설수진은 주먹을 움켜쥐었다.

이제는 북해빙궁의 당당한 여인으로 있어야 한다.

결코 눈물을 보여서는 아니 되고, 위축돼서도 안 된다.

'수진아, 어깨를 펴.'

설수진은 스스로에게 주문을 걸었다.

마음이 약해졌던 것은 어제까지만 해도 충분하다. 자신이 선택해서 온 길. 이제부터 설수진은 눈물 한 방울조차 흘리지 않을 것이다.

마차는 계속해서 달렸다.

사시를 지나 오시, 그리고 미시.

신시(申時)에 다다를 무렵, 선두에 서 있던 전려군의 시야에 태양궁의 깃발이 보였다. 백 장 정도 앞에 태양궁의 깃발이 나부끼고 있었다.

바로 저곳이 북해빙궁과 태양궁이 만나기로 약속된 장소였던 것이다.

전려군은 뒤따르는 수하들이 들을 수 있도록 소리쳤다.

"전방 백 장 앞에 태양궁이 있다! 우습게 보이지 않도록 열을 정비하라!"

"존명!"

북해빙궁의 무인들은 우렁차게 외치며 다시금 전열을 정비했다. 북해빙궁의 무사들이 전열을 정비하는 동안 설수진은 깊을 숨을 내쉬었다.

'이제부터 내가 하기 나름이야. 북해빙궁을 위해 시간을 벌어야 해.'

설수진은 마음을 다잡았다.

　그렇게 점점 두 무리간의 거리가 좁혀져 갔다. 그리고 마침내 북해빙궁과 태양궁의 두 무리가 코앞이라고 해도 될 정도로 가까워졌다.

　태양궁 무리를 이끌고 온 수장의 모습을 확인한 전려군이 말에서 뛰어내렸다. 선두에는 태양궁의 소궁주이자, 설수진의 신랑이 될 적사문이 있었던 것이다.

　전려군이 포권을 취했다.

　"북해빙궁 일검향 전려군이 태양궁 소궁주님께 인사드립니다."

　"내 신부를 데리고 먼 길 오느라 고생했군."

　적사문이 피식 웃으며 가볍게 대꾸했다.

　그는 말에서 뛰어내리고는 성큼성큼 북해빙궁 무인들 쪽으로 다가왔다. 간단히 북해빙궁에서 온 자들을 바라본 적사문이 뒤에 있는 수하들에게 말했다.

　"자, 이제 귀빈을 모시고 가자. 그리고 북해빙궁의 무인들은 이제 돌아가도 좋다. 마차와 짐들을 챙겨라."

　"알겠습니다."

　뒤편에 있던 태양궁의 무인들이 다가오려고 할 때였다.

　전려군이 표정을 구기며 자리에서 일어났다.

　"잠깐."

　"뭐냐?"

　"소궁주님, 죄송하지만 소궁녀(小宮女)님은 제가 태양궁까지 모시게 되어 있습니다."

“우리 쪽에서 알아서 호위해 줄 테니 걱정 말고 돌아가.”

적사문은 전려군의 말을 귀찮다는 듯이 무시하고는 그대로 마차로 걸어가려 했다. 그 모습에 울컥 화가 치솟았지만 전려군은 화를 억눌렀다.

다시 전려군이 길을 막아서자 적사문이 표정을 구겼다.

얼굴은 미남이지만, 적사문은 그리 인상이 좋은 자는 아니었다.

“지금 네놈이 내 앞을 막았다 이거냐?”

“소궁주님, 마음은 알지만 저 또한 받은 임무입니다. 끝까지 완수하게 해주시지요.”

“……”

적사문이 말없이 전려군을 깔보듯이 내려다봤다.

적사문의 안하무인과도 같은 태도에 전려군은 화를 억누르기 힘들었다. 태양궁이 북해빙궁의 위에 있는 것도 아니거늘 이토록 건방진 태도라니.

대체 무엇을 믿고 이리 행동하는지 알 수 없는 노릇이었다.

잠시 전려군을 바라보던 적사문이 이내 선심 쓴다는 듯이 말했다.

“좋다, 그럼 넌 남도록 해라. 설 소저를 모실 시녀와 너. 나머지는 이곳에서 돌아가라.”

“그건 대체 무슨……”

전려군이 막 화가 나서 말을 하려는 찰나였다.

“그게 무슨 소리입니까.”

여인의 목소리에 적사문이 고개를 들어 올렸다. 목소리의 주인공을 확인한 그가 너털웃음을 흘렸다.

"더 아름다워지셨군요, 설 소저. 아니, 이제는 부인이라고 불러야 할 듯싶구려."

"아직 저희는 정식으로 혼례를 한 사이도 아니니 그 같은 호칭은 삼가주시지요."

"거참, 딱딱하기는."

능글맞게 웃으며 적사문은 설수진의 전신을 훑었다.

마치 뱀과도 같은 그 표정에 설수진이나 전려군은 불쾌함을 감출 수 없었다.

하지만 설수진은 최대한 냉정을 유지했다.

"태양궁까지 제 호위는 일검향 전려군과 이들이 맡았습니다."

"그랬겠지. 하지만 여기서부터는 우리 태양궁의 세력권이 아니겠소? 그러니 염려할 필요 없다 이거지."

"무슨 말씀하시는지는 잘 알겠습니다. 하지만 이토록 많은 무인들이 저와 함께 오게 한 것은 소녀를 걱정하시는 저희 부모님의 마음입니다. 그런 제 부모님의 마음을 헤아려 주시지요."

"끙……."

설수진이 부모님 이야기까지 꺼내자 적사문은 골치 아픈 표정을 지었다. 잠시 고민하는 기색이던 적사문이 결정을 내렸다는 듯이 딱 잘라 말했다.

“좋소. 하지만 우리 태양궁도 입장이 있으니 이리 합시다. 열 명이오. 딱 열 명까지 허락하겠소.”

“휴우.”

설수진은 깊은 한숨을 내쉬었다.

더 이야기해 봤자 씨알도 먹히지 않을 거라는 걸 그녀는 알아버렸다.

열 명만을 이끌고 태양궁으로 간다면, 분명 매여령의 걱정은 더 깊어질 게다. 하지만 이 문제 하나로 여기서 이러고 있을 수도 없는 노릇이다.

“그렇게 해요.”

설수진은 그리 말하고는 마차로 돌아가 버렸다.

전려군은 적사문을 한번 노려보고는 이내 인원을 정비했다. 그는 자신을 따라온 자 중에서 강한 자들로만 여덟 명을 더 뽑았다.

그리고 나머지 인원들은 어쩔 수 없이 다른 이에게 통솔권을 맡기고 돌아가게끔 명했다.

전려군에게 뽑힌 무인들을 제외한 나머지 사십에 달하는 자들은 어쩔 수 없이 온 길을 되돌아가야만 했다.

나머지 인원들을 떠나보낸 후에야 전려군이 적사문을 찾아갔다.

전려군이 퉁명스레 말했다.

“저까지 해서 무인 아홉, 그리고 소궁녀님을 모시는 시비 하나 해서 딱 열 명입니다. 나머지 사람들은 보냈습니다.”

"좋아, 그럼 내 수하들이 짐만 다 챙기면 바로 출발하지."

"알겠습니다."

짧게 대꾸한 전려군이 다시금 북해빙궁 무인들이 모여 있는 곳으로 걸어갔다. 그리고 그런 전려군의 뒷모습을 보며 적사문이 슬쩍 입꼬리를 올렸다.

북해빙궁 무인들이 태양궁에 도착할 때까지 소궁녀를 호위한다는 걸 끝까지 우기며 막아야 할 이유가 있었다.

다름 아닌 태양궁주이자 아버지인 적운강의 명이 있어서다.

적운강이 말했다.

설수진을 제외하고는 태양궁에 들이지 말라고.

적사문이 데리고 온 태양궁의 무인들이 북해빙궁에서 보내는 짐들을 챙기는 걸 완료했다.

"소궁주님, 일을 끝냈습니다."

"좋아."

적사문은 주변에 있는 자들을 향해 크게 소리쳤다.

"자자, 그럼 슬슬 출발한다!"

태양궁의 무인 백여 명은 순식간에 마차 주변을 호위하듯 감쌌다. 수하들이 모두 자리하자 적사문이 터벅거리며 마차를 향해 다가갔다.

마차 바로 옆에 서 있던 전려군이 다가오는 적사문을 좋지 않은 눈으로 바라봤다.

하지만 입장이 있는 탓인지 전려군은 다시금 화를 식혔다.

마차에 가까이 다가온 적사문이 전려군을 힐끔 보더니 이내 생각지도 못한 행동을 했다.

그가 손을 뻗어 마차의 문을 벌컥 열어젖힌 것이다.

마차 안에 있던 시녀 예랑이 깜짝 놀랐다.

"어머!"

"이게 무슨 짓입니까!"

전려군의 얼굴이 확 바뀌었다.

마차 안에 앉아 있던 설수진의 얼굴에도 분노가 서렸다. 이게 대체 무슨 예의란 말인가.

여인이 타고 있는 마차에 이토록 무례한 행동이라니.

그것도 상대방은 북해빙궁의 소궁녀다. 어찌 이럴 수 있단 말인가!

전려군은 도저히 이해가 가지 않았다.

참을 수 없는 분노에 치를 떠는 전려군을 향해 적사문이 오히려 능글맞게 대답했다.

"왜? 내가 내 부인될 사람하고 같은 마차를 타겠다는 데 그게 문제인가?"

"정말 예의라고는 없는 분이시군요."

설수친이 차갑게 쏘아붙였지만 적사문은 어깨를 으쓱할 뿐이었다. 그러자 전려군이 이를 갈며 말했다.

"좋습니다. 그럼 저도 타지요."

"마음대로."

적사문이 피식 웃었다.

적사문은 마차에 올라타서 설수진을 바라봤다. 그리고는 자신도 모르게 군침을 삼켰다.

'예쁘단 말이야.'

지금 아버지가 무슨 일을 벌이는지는 정확하게 모른다. 하지만 어느 정도 이야기를 들어 적운강이 무슨 일을 벌이려는지 대강은 안다.

설수진은 인질이 될 것이다.

어차피 북해빙궁에게 싸움을 걸어야 하니 설수진에게 예의 같은 것을 차릴 필요도 없다고 적운강이 말했다.

어차피 인질로 쓰다가 죽여도 될 아이.

설군표를 끌어들일 미끼에 불과하다고 했다.

'그냥 죽이기에는 아깝지.'

적사문은 욕정이 들끓는 표정으로 설수진을 바라봤다. 그런 표정을 느껴서인지 설수진은 애써 고개를 돌렸다.

그런 설수진의 모습을 보면서도 적사문은 속으로 웃음을 흘렸다.

'곧 시작해야겠군.'

어차피 곱게 태양궁으로 데리고 갈 생각도 없었다.

북해빙궁의 인원은 고작 열 명. 태양궁의 무인들의 상대가 되지 못한다.

일각이다.

정확하게 일각 후에… 설수진을 제외한 북해빙궁의 모든 자들은 죽는다.

마차 바깥을 막 지나가는 수하를 향해 적사문이 슬쩍 고개를 끄덕였다.

이미 수하들에게도 명령을 내려놓은 상태다.

적사문이 손짓하는 순간 북해빙궁의 모든 무인들은 등 뒤에 검이 틀어박힐 게다.

적사문은 가볍게 손을 내려 자신의 검을 손으로 건드렸다.

이 검으로 적사문은 전려군을 죽인다.

'일검향 전려군이라……'

북해빙궁에서 알아주는 고수. 제대로 싸운다면 적사문이 상대하기 버거운 자다.

하지만 암습이라면 이야기는 다르다. 그리고 굳이 자신이 죽이지 못한다 해도 이곳에 온 태양궁의 무인들 중에는 정말로 강한 고수들도 몇 섞여 있다.

특히나 제일 후미에서 따라오고 있는 노인..

태양신마(太陽神魔) 위태천이다.

태양궁이 자랑하는 고수, 태양궁의 궁주 적운강조차 승리를 장담할 수 없다는 자다.

태양신마 위태천까지 있는 이상 이 임무는 실패할 수가 없다.

적사문은 불쌍하다는 눈으로 전려군을 바라봤다.

'멍청한 놈, 아까 돌아갔으면 목숨은 부지했을 텐데 말이야.'

적사문의 시선이 밖으로 향했다.

마차는 부지런히 달리고 있다. 그리고 점점 적사문의 눈동자에 힘이 들어가기 시작했다.

미리 봐두었던 장소에 도달한 것이다.

양쪽은 협곡으로 막혀 있고, 길은 앞과 뒤뿐이다. 도망치기
조차 힘든 이곳이 바로 적사문이 준비해 둔 장소였다.

창밖으로 슬쩍 손을 꺼낸 적사문이 피식 웃었다.

마차를 손가락으로 슬며시 두드리던 적사문이 손을 들어 올
렸다.

그것은 신호였다.

북해빙궁의 모든 무인을 죽이라는.

그러자,

퍼억!

퍽!

“어억!”

북해빙궁 무인들의 몸에 수십 개씩의 병기들이 틀어박혔다.
찰나라는 단어가 어울릴 정도로 빠른 행동이었다.

전려군이 선별한 여덟 명의 무인이 순식간에 숨을 거뒀
다.

마차에 타고 있던 전려군은 절정고수다.

그런 그가 그 정도의 소리를 놓쳤을 리가 없다.

‘……!’

전려군은 짧은 순간이었지만 상황을 파악할 수 있었다.

뒤를 생각할 시간조차 없었다. 전려군은 무작정 손을 뻗어
앞에 있던 설수진의 손목을 잡았다.

“엇!”

설수진이 채 놀라기도 전이었다.

전려군의 몸이 마차의 옆을 뚫고 나뒹굴었다.

“크윽.”

급히 마차를 빠져나온 전려군이 허리춤을 움켜잡았다. 마차를 부수면서 난 상처가 아니다. 예리한 검에 의해 옆구리가 베인 것이다.

설수진은 갑작스러운 전려군의 행동에 놀라 다급히 주변을 둘러봤다. 그리고 그제야 그녀 또한 이 상황에 대해 알아차렸다.

“이게 무슨……!”

북해빙궁의 여덟 무인.

그들이 땅바닥을 나뒹굴고 있다. 그리고 그들을 죽인 자는 다름 아닌 태양궁의 무인들이었다.

설수진은 이를 악물고 마차를 바라봤다.

부서진 마차 안에서 적사문이 천천히 걸어나왔다.

피가 묻어 있는 검을 든 채로 적사문이 웃고 있었다.

“아가씨!”

마차 안에 남아 있던 예랑이 황급히 달려나와 설수진에게 안겼다. 놀란 예랑을 안은 설수진은 적사문을 노려봤다.

적사문은 자신을 무섭게 노려보는 전려군을 향해 말했다.

“역시 일검향이로군. 피할 줄은 몰랐는데…….”

전려군이 천천히 자리에서 일어났다.

허리에 입은 상처가 생각보다 너무 깊다. 억지로 움켜잡고는 있지만 당장에 몸 안에 있는 내장들이라도 쏟아져 나올 것만 같다.

하지만 그런 큰 부상을 입은 사내라고 믿겨지지 않을 정도로 전려군의 몸에서 투기가 쏟아져 나왔다.

"개 같은 새끼!"

거친 욕설에도 적사문은 전혀 동요하지 않았다.

어차피 패자의 몸부림일 뿐이다. 몸이 성하다고 해도 전려군은 이곳에 있는 무인들을 이길 수 없다. 그런 그가 큰 부상까지 입었다.

무슨 짓을 벌인다 해도 도망칠 수 없다.

설수진 또한 크게 놀랐지만 그녀는 설군표의 여식이었다.

두려움에 딱딱하게 굳어도 이상할 것이 없는 상황이었지만 설수진은 달랐다.

설수진이 차가운 목소리로 말했다.

"북해빙궁의 무인을 죽이다니… 당신 미쳤군요."

"미친 건 너다, 계집. 네년은 머리가 돌아가지 않느냐? 넌 내 손아귀에서 벗어날 수 없어. 고분고분해야 그나마 덜 힘들 거라는 걸 모르는 건 아닐 텐데."

"안 됐지만 고분고분할 일은 없을 것 같군요."

파악!

설수진이 치마 속에서 검을 꺼내 들었다.

하지만 그것은 자결을 하기 위해 꺼내 든 검이 아니었다. 길이가 그리 길지 않았지만 단검은 아니다.

검을 든 채 설수진이 적사문을 향해 말했다.

"북해빙궁의 여인은 죽을지언정 고개를 굽히지는 않거든요."

"건방진 계집."

적사문이 둘을 점점 포위하며 다가오던 수하들을 향해 소리쳤다.

"일검향은 죽인다! 계집은 혼만 내주고 죽이지는 마라."

말을 마친 적사문은 재미있는 구경거리라도 본다는 표정으로 마차에 턱하고 걸터앉았다.

백 명에 달하는 무인들이 점점 포위망을 좁혀왔다.

설수진은 예랑이를 뒤로 놓고 전려군과 등을 맞댔다.

전려군이 표정을 구기며 입을 열었다.

"미안하구나. 저런 놈의 농간에 놀아나서 북해빙궁 무인들을 보내는 게 아니었는데……."

"아니에요, 아저씨. 그건 제가 내린 명령이잖아요."

전려군은 분한 표정으로 적들을 노려봤다.

허리에서 느껴지는 고통보다 이런 놈들에게서 소궁녀를 지키지 못할 거라는 사실이 더욱 아팠다.

싸운다 해도 승산이 없다는 걸 알기에 전려군은 너무나 분했다.

전려군은 검을 움켜잡았다.

'내가 죽더라도 방법만 있다면…….'

자신이 죽는 것 따위는 이미 상관없었다. 자신이 죽어서라도 소궁녀만 이곳에서 빠져나가게만 할 수 있다면 백 번이든 천 번이든 죽어줄 수 있다.

전려군은 허리춤을 움켜잡은 채로 적들을 응시했다.

방법을 생각해 내기 위해 머리를 굴렸지만 도저히 이 난관을 타개할 방법이 보이지 않았다.

전려군은 마음을 독하게 먹었다.

설수진의 무공이 그리 강한 것은 아니지만 궁주의 여식으로 기본적인 것들은 익혔다. 운이 좋다면… 도망칠 수 있다.

'길을 뚫는다.'

전려군은 한쪽을 바라봤다.

미친 듯이 베어야 한다. 사지가 찢겨져 나가든, 눈이 멀든 어떠한 일이 벌어져도 상관없다.

그저 벤다.

베면서 길을 뚫어야 한다.

한 지점만 뚫고 버티고 서서, 그 누구도 자신을 지나치게 하지 않을 것이다.

그때 포위망을 좁혀오던 태양궁의 무인이 몸을 날렸다.

파악!

전려군의 검이 짙은 향기를 남겼다.

일검향!

그의 별호처럼 전려군이 검을 휘두르면 사방으로 꽃향기가 퍼진다. 지금도 마찬가지였다. 하지만 그것은 곧 죽음을 알리는 사향(死香)이기도 했다.

단 일 검에 전려군은 두 명의 태양궁 무인을 쓰러뜨렸다.

그리고 이어지는 공격들.

전려군의 검이 미칠 듯이 움직였다.

팡팡!

큰 부상을 입었음에도 불구하고 전려군의 무위는 뛰어났다. 그의 앞을 막으려던 태양궁의 무인들은 순식간에 쓰러져 나갔다. 그리고 만만하게 보던 설수진 또한 그리 녹록치는 않았다.

"호오."

적사문은 검을 휘두르는 설수진을 보며 놀랍다는 듯이 웃었다.

날카로움은 없지만 깔끔하다.

군더더기없는 검의 움직임에 태양궁 무인들 또한 쉽사리 그녀를 상대하지 못했다.

가만히 전장을 바라보던 전려군이 자신의 옆에 서 있는 노인을 바라봤다. 허리조차 잘 못 펼 정도로 노인은 나이가 들어 보였다.

온 얼굴에 검버섯과 주름이 자글자글하다.

당장에 관에 누워도 이상할 것이 없을 정도.

적사문이 아무렇지 않게 태양신마를 향해 반말로 말을 걸었다.

"어때?"

"클클, 대단하군요. 일검향이라는 사내… 저 정도 부상이라면 움직이기 쉽지 않을 텐데."

태양신마 위태천이 일검향 전려군을 보며 감탄한 듯했다.

보통 사람이라면 움직이기도 힘든 부상이다. 그런 몸을 이끌고 전려군은 열 명에 달하는 태양궁의 무인을 베어 넘겼다.

그냥 보고만 있을 수는 없는 노릇이다.

태양신마 위태천이 가만히 전려군을 바라보다가 말했다.

"보아하니 길을 뚫으려는 모양입니다."

"그런가?"

"소궁녀를 도망치게 하려는 거겠지요."

"생각보다 피해가 많아지는데… 태양신마가 나서야겠어."

"아무래도 그래야 할 듯싶군요. 클클!"

위태천이 낮게 웃음을 흘렸다.

설수진의 무공이 생각보다 강하기는 했지만 전혀 문젯거리가 되지는 않았다. 태양궁 무인 한두 명 정도 어찌할 수는 있겠지만 그뿐이다.

문제는 일검향 전려군.

저토록 깊은 부상을 입고도 날뛰는 꼬락서니를 보자니 그냥 둘 수도 없는 노릇이다.

적사문의 옆에 서 있던 노인의 몸이 갑자기 사라졌다.

그리고 눈 깜짝할 사이에 태양신마 위태천의 몸이 전려군의 머리 위에서 나타났다.

막 상대를 베어 넘기고 있던 전려군은 움찔하고는 다급히 고개를 숙였다.

부웅!

공기마저 갈라지는 소리에 전려군은 섬뜩함을 느꼈다.

'고수!'

파악!

피했다고 생각하는 순간 어깨에 발이 날아들었다. 전려군은 발에 가격당하고는 그대로 쓰러져 버렸다.

"으윽!"

땅에 처박혔던 전려군이 다급하게 일어서며 설수진의 앞을 가로막았다.

"허억, 허억!"

숨이 거칠다.

순식간에 적들을 베어 넘기던 전려군이다. 일부러 한 곳만 집중적으로 뚫고 나가던 차였거늘, 누군가가 그 앞을 막아섰다.

노인, 하지만 그 몸에서 풍기는 기운으로 봤을 때는 전려군이 상상 이상의 고수다.

그리고 알았다.

저 노인을 쓰러뜨리기 전까지는 이곳을 뚫고 나갈 수 없다는 것을.

전려군이 설수진을 향해 나지막이 말했다.

"고수다, 조심해라."

"알겠어요, 아저씨."

설수진이 고개를 끄덕이는 순간 전려군이 그녀에게 전음을 날렸다.

"어떻게든 길을 뚫어주마. 만약 길이 나면 뒤도 보지 말고 달려라."

설수진이 놀라 전려군을 쳐다봤다. 무엇인가 말을 하려는 표정. 하지만 전려군은 고개를 저으며 다시금 전음을 보냈다.

"네가 잡히면 북해빙궁이 위험하다."

전려군의 그 말에 설수진은 아무런 대답도 할 수 없었다.

지금 그가 말한 대로다.

설수진은 결코 잡혀서는 안 된다. 이곳에서 잡혀 태양궁의 손에서 놀아날 바엔 차라리 죽는 게 낫다.

설수진에게 자신의 뜻을 밝힌 전려군이 다시금 검을 잡았다.

설수진을 도망치게 하기 위해서 가장 큰 문제는 바로 눈앞에 있는 노인이다.

가만히 서 있음에도 불구하고 빈틈이 보이지 않는다.

그때 옆쪽에 있던 다른 태양궁의 무인이 달려들었다.

"헛!"

방심하고 있었다.

태양신마에게 정신을 집중하던 전려군의 어깨에 칼이 스치고 지나갔다.

“망할!”

전려군이 그대로 자신에게 달려든 자를 베어 넘겼다.

상대를 단 일격에 죽였지만 전려군 또한 큰 상처를 입었다. 거친 숨을 몰아쉬며 전려군은 자신에게 채찍질을 가했다.

‘정신 차려라, 전려군! 내가 무너지면 수진이가 위험하다.’

피를 워낙 많이 흘려서일까?

전려군의 시야가 점점 흐릿하게 변했다. 그런 전려군을 보며 태양신마 위태천이 소름 돋는 미소를 지었다.

“슬슬 체력이 다해가나?”

“웃기는 소리하고 있군.”

전려군은 자신의 입술을 강하게 깨물었다.

고통을 통해 흐트러지려는 정신을 붙잡으려는 것이다. 그 탓에 피가 터져 나왔지만 전려군의 정신은 한결 맑아졌다.

가볍게 피를 뱉어낸 전려군이 위태천을 향해 말했다.

“노인장, 내가 무섭나? 왜 그렇게 뒤에서 몸을 사리고 있어? 한 판 붙게 나와봐!”

“클클……..”

태양신마 위태천은 자신을 향해 이토록 도발적인 언사를 보이는 전려군이 오히려 재미있었다. 그 누가 자신 앞에서 이같이 건방진 말을 내뱉을 수 있단 말인가.

무섭냐고?

천만에!

위태천이 전려군을 향해 한 발자국 내딛었다. 동시에 어마어마한 기운이 전려군을 압박했다.

전려군은 침을 꿀꺽 삼켰다.

하지만 그는 결코 긴장한 티를 내지 않으려 했다. 그런 전려군을 향해 태양신마 위태천이 입을 열었다.

"용기는 가상하나 상대가 좋지 않았다고 생각해라."

위태천이 양 손을 휘휘 휘젓기 시작했다.

그러자 허공에 매서울 정도로 뜨거운 열기가 점점 모여들었다. 그 기운이 너무나 거대했기에 전려군은 입술이 바짝바짝 말라 들어갔다.

허공에 거대한 불덩어리를 만들어낸 위태천이 소름 돋는 미소와 함께 말했다.

"하지만 죽어도 억울하지는 않을 게야. 저승에 가서 이 위태천의 손에 죽었다고 하면 부끄럽지는 않을 테니까."

위태천의 말이 끝나는 순간 전려군의 안색이 새파랗게 변했다. 상대가 범상치 않은 자라는 것은 알았다.

하지만… 그자일 줄은 몰랐다.

전려군의 손가락이 떨려왔다.

상대가 되지 않는다. 일검향이라는 별호로 북해빙궁에서 알아주는 고수인 전려군이라고 해도 상대는 이미 자신과 급이 다른 자였다.

'태양신마 위태천……'

북해빙궁에서도 그 적수가 될 이는 몇 없는 초절정고수.

위태천이 손바닥 위에서 빙글빙글 돌고 있는 양강의 기운을 움직이며 입을 열었다.

"이만 죽어라."

파앙!

第九章

파혼(破婚)

천지를 진동시킬 정도의 양강의 기운.

그것은 사람이 불러일으키는 힘이라고는 믿을 수 없을 정도였다. 잠시 넋을 잃고 있었던 전려군의 귓전에 설수진의 외침이 들려왔다.

"정신 차려요!"

"……!"

설수진의 다급한 목소리가 전려군의 정신을 돌아오게 만들었다. 어마어마한 장력, 그 힘에 눌려 아무것도 못하고 당할 뻔했다.

설수진의 목소리에 정신을 차리기는 했지만 막막한 건 변하지 않았다.

전려군이 이를 악물었다.

단전에서부터 모든 내공을 순식간에 끌어모았다.

'버텨낼 수 있을까?'

망설일 시간은 없었다. 전려군은 그대로 자신의 모든 내공을 모은 일격을 날렸다.

"빙백신장(氷魄神掌)!"

한순간 전려군의 몸 주변에 차가운 한기가 모이는 듯싶더니 이내 그 힘은 차가운 장력이 되어 뻗어나갔다.

태양신마 위태천의 양강의 장력과, 전려군의 빙백신장이 충돌했다.

파악!

어마어마한 충돌에 주변에 있던 무인들은 뒤로 물러나야만 했다. 그렇지만 당사자는 그렇지 못했다. 차가운 한기에 멈칫했던 양강의 장력이었지만 그것은 아주 짧은 순간에서일 뿐이다.

양강의 장력이 전려군을 덮쳤다.

장력에 가슴팍이 명중당한 전려군의 몸이 허공으로 붕 떴다.

"커억……!"

"아저씨!"

뒤로 나뒹군 전려군은 그대로 땅에 얼굴을 박고 쓰러졌다. 그리고 억지로나마 일어나기 위해 부들거리며 양팔로 몸을 지탱했다.

하지만 무리였다.

푸욱.

다시금 전려군은 땅에 얼굴을 박으며 쓰러졌다.

양팔에 힘이 들어가지 않는다.

온몸의 뼈가 모두 박살이 난 듯한 기분이다. 땅에 얼굴을 처박고 있던 전려군이 다시금 일어나려고 했다. 하지만 도저히 양팔에 힘이 들어가지가 않는다.

'…끝인가?'

애초부터 태양신마는 전려군보다 몇 수 위의 고수다. 거기다가 부상까지 입은 상태로 붙었으니… 이길 수 있을 턱이 없다. 그래도 어떻게든 싸워보려고 했거늘…….

단 일격에 무너져 버렸다.

"괜찮아요? 아저씨, 정신 차려요!"

자신을 급히 감싸 안고 외쳐대는 설수진의 모습이 보인다. 점점 눈이 흐릿해져만 간다.

분했다.

이곳에서 이렇게 죽는다는 사실에 분노까지 치민다.

그런 마음과는 달리 몸에서는 점점 힘이 빠져만 갔다. 마음은 당장 일어나서 싸우라고 외치고 있는데, 몸은 그런 전려군의 간절함을 배신해 버렸다.

"수진아… 미안… 하다."

전려군은 간신히 말을 내뱉었다.

어떻게든 구하고 싶었지만 이제는 불가능하다. 기적을 바랐거늘 역시나 그건 가당치도 않았던 듯하다.

"아, 아가씨……."

설수진의 뒤에 매달려 있는 예랑이 잔뜩 겁먹은 표정으로 주변을 두리번거렸다. 무공조차 전혀 모르는 예랑으로서는 지금 상황이 너무나 무섭고 두려웠다.

그때 설수진의 앞으로 태양신마가 다가왔다.

태양신마는 설수진을 바라보며 낮은 웃음소리를 흘렸다.

"클클. 계집아, 비켜라, 놈의 숨통을 끊어야 하니."

설수진이 비장한 표정을 지으며 자리에서 일어났다. 그녀는 자신의 검을 들어 올려 태양신마를 겨누었다.

"절 죽이기 전에는 손끝 하나 못 대요."

"하아, 북해빙궁 놈들은 하나같이 자기 주제를 모르는군. 아해야, 내가 누구인지 아느냐? 내가 바로 태양신마 위태천이다."

"태양신마……."

설수진이 나지막이 중얼거렸다.

무인들에 대해서 잘 모르는 설수진조차도 그의 이름은 잘 알고 있었다. 태양신궁이 자랑하는 고수인 태양신마 위태천을 어찌 모르겠는가.

'내가 상대할 수 없는 자야.'

설수진 또한 알고 있다.

상대는 전려군 또한 일초지적밖에 되지 못한 자다. 그리고 정체를 아는 순간 더더욱 자신이 상대가 되지 않을 거라는 걸 알았다.

위태천이 혀를 찼다.

"쯧쯧, 어서 비켜라. 너는 운이 좋아 목숨을 부지하겠지만 이놈은 아니니까."

설수진은 고개를 저었다.

이곳에서 물러날 수는 없다. 비록 자신의 반항이 이들에게는 우스울 거라는 걸 안다. 하지만 이렇게 전려군을 내줄 수는 없다.

설수진은 위태천의 심기를 건드리기로 마음먹었다.

"태양신마… 이름은 들어봤죠. 하지만 그게 그리 대단한 이름이었던가요? 북해마성 진하기에게 듣기로는… 별 볼일 없는 노인이라고 하던데요."

"뭐?"

진하기의 이름이 나오자 처음으로 웃음기 가득하던 위태천의 표정이 변했다.

태양궁에 태양신마 위태천이 있다면 북해빙궁에는 북해마성 진하기가 있다. 그리고 실제로 위태천과 진하기의 사이는 최악에 가까웠다.

특히나 위태천은 진하기라는 이름만 들어도 자다가도 경기를 일으킬 정도로 그를 증오했다.

일전에 아버지에게 진하기와 위태천의 사이를 들었던 적이 있다. 설수진은 마지막으로 도박이라도 하는 심정으로 위태천의 심기를 건드린 것이다. 제아무리 강인한 무인이라도 마음이 흔들리면 빈틈이 생길지도 모른다.

불가능에 가까운 일이지만 설수진이 기댈 곳은 그런 것뿐이었다.

위태천이 억지로 미소를 지으며 말했다.

"죽고 싶으냐?"

"사실 아닌가요? 진하기와 세 번 붙어 세 번 다 졌다고 하던데."

"닥쳐라, 이 계집! 이이이!"

손을 휘둘렀던 위태천은 가까스로 멈추었다. 진하기를 가지고 한 도발에 자신도 모르게 설수진을 죽일 뻔한 것이다.

"위태천!"

뒤쪽에서 적사문이 버럭 소리를 지르자 위태천은 입술을 깨물었다.

간신히 화를 억누른 위태천이 이를 갈며 말했다.

"네년은 꼭 내가 죽인다. 반드시… 내가 죽여주마."

오히려 화를 억누르며 씹어뱉듯 내뱉는 그 말에 짙은 살기가 감돌았다. 설수진은 자신에게 쏟아지는 살기에 숨이 턱하니 막혀왔다.

억지로 태연한 척했지만 온몸의 솜털까지 곤두설 정도의 살기다. 그녀가 버티고 서 있는 것 자체가 대단한 거다.

설수진이 그같이 위태천의 빈틈을 노릴 때였다.

적사문이 재차 소리쳤다.

"위태천! 시간을 너무 끌었다. 대충 정리하도록 해."

자신을 부르는 소리에 위태천이 고개를 돌렸다. 그리고 그 짧은 찰나에 설수진은 기회는 지금뿐이라 느꼈다.

거리는 지척!

설수진은 그대로 자신의 검을 위태천의 가슴에 내리꽂았다.

한 치의 망설임도 없었기에 가능한 번개 같은 움직임이었다. 하지만……

팍!

"건방진……!"

날아드는 검을 위태천이 손바닥으로 받아낸 것이다. 자그마한 생채기 하나가 설수진이 낸 전부였다.

도저히 못 참겠는지 위태천이 손바닥으로 설수진의 복부를 가격했다.

"으윽!"

손속에 사정을 두었기에 망정이지, 위태천이 마음만 먹었다면 이 일격에 설수진은 죽었다. 뒤로 쭈욱 밀려난 설수진이 털썩 무릎을 꿇었다.

입에서 붉은 피가 터져 나와 그녀의 옷을 적셨다.

간신히 남아 있던 정신을 잡고 있던 전려군의 두 눈에서 불똥이 튀었다.

"으으! 으아아!"

전려군이 미칠 듯이 떨기 시작했다.

그리고는 거짓말처럼 그가 자리에서 일어났다.

"하아, 하아!"

거친 숨소리를 내뱉는 전려군은 한눈에 봐도 이미 폐인에 가까웠다. 축 늘어진 양손에는 검을 들 힘조차 없어 보였다.

부들부들 떨리고 있는 다리는 바람만 불어도 견디지 못하고 쓰러질 것만 같이 약해 보였다. 그럼에도 불구하고 전려군의 두 눈에서는 무서울 정도의 기백이 느껴졌다.

태양궁의 무인들이 그 기백에 눌려 절로 뒤로 몇 발자국씩 물러났다.

전려군의 모습을 보며 설수진이 눈물을 터뜨렸다.

"아저씨……."

자리에서 일어난 전려군을 보며 태양신마 위태천이 감탄했다.

"정말… 대단하군."

적에게 이토록 진심으로 감탄해 본 적이 언제였던가. 위태천은 적이지만 전려군의 모습에 놀라움을 금치 못했다.

위태천이 뒤를 바라봤다.

적사문이 귀찮다는 듯 고갯짓을 한다.

더는 주어진 시간이 없다. 그리고 위태천 또한 이렇게 질질 시간을 끌고 싶지 않았다.

위태천이 전려군에게 천천히 다가갔다.

"근성이 대단하군."

"하악, 하악……."

전려군은 가까이 다가온 위태천을 노려봤다. 피에 젖은 얼

굴로 노려보는 것이 마치 지옥에서 올라온 악귀를 보는 듯이
섬뜩했다.

위태천은 오히려 웃었다.

"그런데 난 그런 놈들을 망가뜨리는 걸 즐기는 편이라서."

말을 마친 위태천이 검을 들어 전려군의 왼쪽 어깨에 가져
다댔다. 그리고는 점점 힘을 주며 왼쪽 어깨에 검을 박아 넣었
다.

"크으……."

지독했다.

반쯤 시체나 다름없는 전려군의 어깨에 위태천이 웃으면서
검을 박아 넣는 장면은 마치 지옥에서나 볼 법한 섬뜩한 광경
이었다.

고통이 온몸을 뒤덮었지만 전려군은 고개조차 돌리지 않았
다. 오히려 이를 악물고 위태천을 노려봤다.

전려군이 피에 젖은 목소리로 말했다.

"더 해봐라. 네놈이 무슨 짓을 해도… 난 지지 않는다."

"후우."

시간만 많았다면 더 천천히 고통을 주며 죽이고 싶었지만
지금은 그럴 상황이 아니다.

"슬슬 질리는군."

위태천은 어깨에 박았던 검을 확 하고 뽑았다.

피가 팍 하고 터져 나왔지만 전려군은 여전히 버티고 선 채
로 비명조차 지르지 않았다.

위태천은 이런 족속들에 대해 잘 알고 있다.

그 어떤 큰 고통을 준다 해도 결코 굽히지 않는다. 그런 족속들을 괴롭히기 위해서는 몸에 고통을 주는 방법으로는 되지 않는다.

다른 방법만이 그 같은 자들에게 고통을 줄 수 있다.

위태천이 천천히 전려군의 귓가에 입을 가져다 대고는 속삭였다.

"잘 가거라. 네가 그토록 지키려고 했던 소궁녀도⋯ 우리 소궁주의 노리개로 지내다가 쫓아갈 테니까."

"이이!"

"큭큭큭!"

처음으로 변하는 전려군의 표정이 재미있었는지 크게 웃고는 위태천이 검을 들었다.

설수진은 도저히 그 광경을 볼 수 없었는지 고개를 돌렸다.

두 눈에서 흐르는 눈물이 멈추지 않는다.

'제발⋯⋯.'

설수진이 고개를 떨어뜨렸다. 그녀가 처음으로 눈물 젖은 목소리로 중얼거렸다.

"제발 도와줘요⋯⋯."

설수진의 꽉 쥔 주먹 위로 눈물이 떨어져 내렸다.

일어나지 않을 것만 같았던 기적이⋯ 그 순간 일어났다.

"빙백신장(氷魄神掌)!"

하늘 위에서 커다란 얼음 기둥이 미칠 듯이 쏟아져 내렸다.

커다란 얼음 덩어리는 마차로 향했다. 진려군을 죽이려 하던 위태천은 급히 몸을 날렸다.

마차에 앉아서 구경을 하고 있던 적사문을 구하기 위해서였다.

콰앙!

쾅! 쾅!

거대한 얼음 기둥들이 순식간에 협곡을 뒤덮었다.

간신히 위태천 덕분에 다치지 않고 피해낸 적사문이 거칠게 자리에서 일어나 허공을 올려다보며 소리쳤다.

"이게 무슨 일이야!"

마찬가지로 태양궁의 무인들 또한 날벼락 같은 일에 모두가 하늘 위를 올려다봤다. 그리고 그곳에 그가 있었다.

긴 머리카락이 바람에 나부끼며 사방으로 흩날린다.

위에서 아래를 내려다보는 눈빛에는 천하를 오시하는 오만함까지 느껴진다. 하지만 그 오만함이 결코 우습지가 않다. 오히려 그러한 눈빛을 마주하는 순간 절로 위축 되어버린다.

아름다운 사내가 웃으면서 입을 열었다.

"수진아, 시집을 가려면 오라비의 허락을 받아야지. 그렇지 않느냐?"

설수진은 자신을 부르는 목소리에 두 눈을 크게 뜨고 사내를 바라봤다. 몇 년 만이던가. 너무 오랜만에 만났지만 변함없는 모습이다.

설수진이 눈물이 그렁그렁한 얼굴로 입을 열었다.

“오라버니!”

위태천은 설수진의 외침 소리를 듣고 상대의 정체를 파악했다. 소문으로만 들었던 자다.

북해빙궁제일의 기재.

설무린이다.

‘소궁주가 나타났다면… 분명 그 뒤에는 수백의 빙궁 무인이 있을 터.’

소궁주가 홀로 왔을 리가 없다.

위태천의 머리는 다른 이들보다 빠르게 움직였다.

‘잡아야 한다!’

설수진, 그녀를 잡아야 한다. 인질로 잡지 않으면 북해빙궁의 무인들에게 오히려 당할지도 모른다.

생각과 몸이 움직이는 것은 동시였다.

위태천의 몸이 설수진을 향해 날아들었다.

갑작스러운 상황에 놀라 멍하니 서 있던 진려군이 위태천의 움직임을 보고는 놀라 소리쳤다.

“위험해!”

놀란 고함 소리를 들으며 위태천이 슬며시 웃었다.

이미 소궁녀는 지척.

‘늦었어!’

손을 뻗어 설수진의 손목을 잡아채려는 순간이었다.

타악!

설수진과 위태천의 사이에 거짓말처럼 하나의 신형이 모습

을 드러냈다. 그리고 그 신형은 날아드는 위태천의 손을 막아
냈다.

"헛……!"

채 놀라기도 전 위태천의 가슴팍에 갑작스레 나타난 괴한의
주먹이 날아들었다.

하지만 위태천 또한 뒤로 물러나며 그 공격을 피했다.

피하기는 했지만 위태천은 등골이 오싹했다. 그 주먹에 실
린 위력이 닿지도 않았음에도 불구하고 전신을 감쌀 정도였
다.

만약 무방비 상태로 당했다면 제아무리 태양신마라 해도 버
티기 힘들었을 것이다.

몸을 돌린 채 서 있던 괴한이 천천히 고개를 돌렸다.

괴한의 얼굴을 본 태양신마 위태천이 표정을 구겼다.

"계집……?"

표정을 구길 만도 했다.

상대는 너무나 어려 보이는 여인이었다. 위태천의 반도 안
될 듯한 여자에게 밀려서 뒤로 물러나지 않았던가.

"앗……!"

설수진은 자신의 앞에 나타난 여인을 보고 놀라 두 눈을 크
게 떴다. 제대로 본 적은 단 한 번뿐이다. 하지만 너무나 아름
다웠기에 결코 잊을 수 없는 얼굴이다.

"괜찮으신지요?"

북설의 말이 끝나기가 무섭게 그녀의 옆에 설무린이 내려섰

다. 높은 곳에서 뛰어내렸는데 발소리조차 나지 않는다.

설무린이 뒤편에서 주저앉아 있는 설수진을 바라봤다.

오랜만에 보는 여동생이다. 하지만 설무린의 기분은 그리 좋지 못했다.

피에 젖어 있는 옷을 보며 설무린은 부아가 치밀었다.

"미안하다. 위험해지기 전에 구하러 오려 했는데……."

설무린과 북설이 이곳에 오는 도중에 만나기로 한 장소가 바뀌어 버린 것이다. 다행인 것은 늦게나마 사천당문에서 그 사실을 알아차렸다는 것이다.

설무린의 시선이 앞쪽에 있는 자들에게로 향했다.

태양궁의 무인들은 갑작스러운 상황에 놀라 우왕좌왕하고 있었다. 설무린의 눈이 한 사내에게 가서 멈추어 섰다.

젊은 사내, 오래전부터 그리 좋아하지 않았다.

'적사문…….'

아주 어릴 적 무공도 모르던 설무린을 반쯤 죽을 정도로 두들겨 팼던 놈이다. 그리고 지금은 자신의 여동생에게 수하들을 시켜 함부로 손을 대게 했다.

이제는 그저 싫어하는 놈이 아니다. 오늘부로 더는 용서할 수 없는 놈이 되어버렸다.

설무린과 적사문의 시선이 공중에서 부딪쳤다.

둘이 그렇게 서로를 노려보는 사이 위태천은 급히 주변을 살폈다. 하지만 이상했다. 저 둘을 제외하고는 그 누구의 기척도 느껴지지 않는다.

'설마……?'

위태천은 고개를 저었다.

그럴 리가 있겠는가?

정말 저 둘만 온 것이라면 오히려 좋은 기회다. 단둘이서 어찌 태양궁의 무인들을 모두 쓰러뜨리고 설수진을 구해 갈 수 있단 말인가.

오히려 시체 두 구만 늘리러 온 꼴이 될 것이다.

비록 방금 전 갑작스러운 북설의 일격에 놀랐던 위태천이지만 그것은 우연이라 치부했다.

나이로 보나 외향으로 보나 결코 강해 보이지 않았던 것이다.

더군다나 설무린의 실력이라면 위태천 또한 잘 알고 있다.

강한 자다.

하지만 그 강함을 자신과 비교한다면 불쾌함을 감출 수 없다. 그저 동년배 중에서 손꼽히는 그런 놈과 어찌 자신을 비교할 수 있단 말인가.

이미 적사문의 바로 옆으로 돌아가 있던 위태천이 작은 목소리로 말했다.

"근방에 아무도 없습니다."

"그럴 리가……."

"저도 믿기지는 않지만……."

적사문 또한 바보가 아니고서야 이곳에 설무린이 나타났을 때 북해빙궁 무인들의 기습을 예감했다. 하지만 위태천의 말을 들어보니 이 주변에 아무도 없다는 것이 아닌가.

알기 위해서는 한 가지 방법밖에 없다.

적사문이 설무린을 바라보며 입을 열었다.

"오랜만이구나."

"그다지 인사를 하고 싶은 사람은 아니군."

"큭큭, 곧 여동생의 신랑이 될 사람인데 친하게 지내는 게 어떤가?"

설무린이 피식 웃으며 대꾸했다.

"미친놈, 헛물켜고 있군. 누가 네놈 따위에게 내 여동생을 준다고 하디?"

"하하!"

적사문이 웃음을 터뜨렸다.

이곳에서 설무린을 만나게 될 거라고는 생각도 하지 못했다. 하지만 만약 위태천의 말대로 정말 단둘이 온 것이라면… 오늘은 적사문이 그토록 바라던 날이 될 게다.

어릴 적부터 설무린이 미치도록 싫었다.

인질이 될 놈은 한 명이면 족하다. 그리고 인질로는 반항할 능력이 부족한 여인이 나은 법.

적사문이 설무린을 향해 단도직입적으로 물었다.

"설마 네놈… 혼자 온 거냐?"

"혼자는 아니고."

설무린은 북설을, 그리고 자신을 가리켰다. 그리고는 입을 열어 말했다.

"이렇게 둘!"

설무린의 말에 적사문은 눈을 크게 치켜떴다. 혹시나 한 일이 사실로 밝혀지니 오히려 당황스럽다.

바보가 아니라면 이곳에서 몸 성히 보내줄 거라고 생각할 리가 없지 않은가. 적사문 자신이 아는 설무린은 결코 멍청이가 아니다.

오히려 영악하다는 생각이 절로 드는 놈이 아니던가.

하지만 아무리 생각해도 답이 나오지 않는다. 적사문이 어처구니없다는 듯이 말했다.

"여동생이 위험하다고 그냥 몸을 던진 거냐? 미치지 않고서야 죽을 곳으로 머리를 들이밀 멍청한 놈일 줄은 몰랐다."

비단 놀란 것은 적사문뿐만이 아니었다.

설수진, 그녀도 놀랐다.

갑작스러운 설무린의 등장에 무척이나 반가웠다. 하지만 지금 둘의 오가는 대화를 듣자 설수진은 놀란 것이다. 지금 이곳에 온 인원이 설무린과 북설뿐이라는 것을 알아서다.

설무린이 강하다는 건 안다.

하지만… 상대가 좋지 않다.

우선 숫자만 해도 칠팔십 명이 넘는다. 인원도 문제지만 가장 큰일은 바로 태양신마 위태천의 존재다.

일검향 전려군을 마치 어린아이처럼 가지고 놀던 자다.

그런 태양신마를 설무린이 감당해 낼 수 있을 거라는 생각은 들지 않았기 때문이다.

설수진의 걱정스러운 마음을 아는지 모르는지 설무린이 전려군에게 다가갔다. 이미 서 있는 것조차 버거워 보이는 전려군이었지만 쓰러지지 않았다.

설무린이 전려군을 향해 입을 열었다.

"일검향… 당신 덕분에 제 동생이 무사하게 됐군요. 고맙습니다."

"소… 궁주님."

전려군은 말을 꺼내는 것조차 버거웠다.

하지만 그도 귀가 있었기에 지금 설무린과 적사문의 대화를 들었다.

어떻게든 도망치라는 말을 하고 싶었다.

한데 설무린의 눈과 마주치는 순간 그러한 말이 나오지 않는다. 왠지 모르게 설무린을 보게 되면서 솟구치던 불안감이 거짓말처럼 사라졌다.

설무린이 전려군의 어깨를 부축하고는 슬쩍 뒤로 가서 눕혔다.

전려군을 내려놓은 설무린이 허리를 펴며 말했다.

"수진이랑 거기서 잠시만 기다리시죠. 곧… 끝날 테니까."

이들을 어찌 상대할 거냐고 물으려던 설수진은 입을 닫았다. 적들을 앞에 둔 채로 당당하게 서 있는 설무린의 뒷모습을 보고 있자니 왠지 모를 기분이 가슴을 가득 채우기 시작했다.

이상했다.

지금 설무린은 북설과 단둘이서 이 많은 적들을 상대하려고 하고 있다. 정말 무모한 일이라는 생각밖에 들지 않거늘 질 것 같지 않다.

왜일까?

이런 알 수 없는 생각이 드는 이유는.

'오라버니, 부탁해.'

설수진은 주먹을 강하게 쥐었다.

설수진과 시녀, 그리고 전려군을 안전하게 뒤쪽으로 보낸 후에야 설무린이 검을 꺼내 들었다.

빙마몽환검이 찬란한 빛을 토해냈다.

다른 이들은 그 검을 보며 아무런 생각도 하지 못했겠지만 설수진만은 달랐다. 그녀의 눈동자가 커졌다.

'저건……!'

설수진은 설무린이 태양지체라는 걸 안다. 그리고 태양과도 같은 양기를 누르기 위해 설군표가 설무린에게 빙마몽환검을 줬다는 사실도 알고 있다.

문제는 지금 설무린이 그 검을 뽑아 들었다는 것이다.

수백 년 동안 그 누구도 뽑지 못했다는 북해빙궁의 신물, 빙마몽환검.

설수진이 놀라는 것은 당연했다.

빙마몽환검을 꺼내 든 설무린이 앞에 서 있는 태양궁의 소궁주 적사문을 향해 입을 열었다.

"적사문, 좋아하지는 않았지만 죽이고 싶을 정도는 아니었다. 하지만… 오늘부로 생각이 바뀌었어."

"난 네가 조금은 똑똑한 놈이라고 생각했는데 이제 보니 그 것도 아니군. 죽을 장소도 모르고 나대는 놈일 거라고는 생각 안 했는데 말이야."

적사문이 이죽거렸다.

설수진에게 이토록 대한다는 것 자체가 이미 북해빙궁에게 싸움을 거는 것이 아닌가.

설무린은 북해빙궁의 소궁주다.

살려둘 이유는 없다.

설무린은 적사문의 이죽거림에 대수롭지 않다는 듯이 대꾸 했다.

"적어도 이곳이 내가 죽을 장소가 아니라는 것 정도는 아니 까 나섰지, 멍청아."

"대체… 그 무모한 용기는 어디서 나온 거냐?"

정말로 대단하다는 듯이 적사문이 말했다. 설무린이 피식 웃었다.

이들 입장에서 본다면 설무린의 행동은 불을 향해 뛰어드는 부나방 같은 짓이라 생각할지도 모르겠다. 하지만 그것은 이 들이 설무린을 잘 모르기 때문에 할 수 있는 생각이다.

북해빙궁을 떠날 때만 해도 생각도 못할 경지, 지금 설무린 은 그러한 경지에 올라서 있었다.

눈앞에 있는 팔십 명의 무인이 팔백이 된다 한들 설무린은 질 것 같지 않았다.

다른 이가 본다면 건방지다 못해 광오하다 할지 모른다.

하지만 실제로 설무린은 그러했다.

설무린의 시선이 저절로 적사문의 옆에 있는 태양신마 위태천에게로 향했다. 단번에 설무린은 태양신마 위태천의 무공이 어느 정도인지 알아차렸다.

많은 숫자의 태양궁 무인들보다도 설무린은 저 노인이 버거울 거라는 걸 직감했다.

'저 노인 정체가 뭔지는 모르겠지만 고수야.'

이 정도의 기도를 지닌 자면 결코 알려지지 않은 자는 아닐 터. 설무린이 태양신마 위태천을 바라보며 입을 열었다.

"무명소졸(無名小卒)은 아닐 듯한데… 당신은 누구야?"

"클클, 북해의 소궁주는 건방지다더니 그 말이 사실이군."

이미 위태천은 놀랐던 가슴은 추스른 후다.

평소 냉정하기로 유명한 태양신마 위태천이다. 상황 파악을 끝낸 지금은 전혀 물러서야 할 필요가 없었다.

"노부는 태양신마 위태천이다."

"호오."

태양신마라는 말에 설무린의 두 눈에 흥미가 감돌았다.

태양신마 위태천이라면 북해빙궁에서도 이름이 알려진 절정고수다. 그것도 북해마성 진하기의 숙적이라 알려지며, 북해빙궁에서도 유명세를 톡톡히 탄 자다.

자신의 이름을 들으면 절로 움찔할 거라 생각했던 위태천은 오히려 재미있다는 듯 웃고 있는 설무린을 보며 울화가 치밀었다.

자신의 이름이 저런 햇병아리에게 우스울 정도로 하찮던가!

위태천이 이를 갈았다.

"우스워? 네놈이 지금 내 이름을 듣고 웃은 게냐?"

"아, 예전부터 당신하고 한번 붙어보고 싶었는데 잘됐다 싶어서."

"뭐, 뭐라고?"

순식간에 화가 머리끝까지 치솟았다.

그렇게 위태천이 화를 내든 말든 상관없다는 듯 설무린이 북설을 바라보며 모두가 들리라는 듯 큰 목소리로 말했다.

"설아, 저 노인은 내가 맡을 테니 건드리지 마라."

"그리하지요."

"이놈들이……!"

마치 자신을 상대하는 것이 아무것도 아니라는 듯 이야기하는 둘의 모습에 위태천은 더는 참을 수 없었다. 그의 몸에서 커다란 투기가 쏟아졌다.

이를 악문 채 위태천이 소리쳤다.

"건방진 놈들! 네놈 둘 모두 내가 죽여주지!"

"할 수 있다면……."

설무린이 말과 함께 빙마몽환검을 치켜들었다.

위태천의 모습을 본 적사문이 다른 수하들을 향해 명을 내렸다.

"설수진 빼고 모두 죽여!"

멈춰 서 있던 태양궁의 무인들이 적사문의 명을 받고 움직이기 시작했다. 이들 팔십은 모두 일류의 수준에 오른 고수들이다. 하지만 설무린은 웃었다.

설무린이 차가운 미소와 함께 다가오는 태양궁의 무인들에게 말했다.

"마지막으로 말하지. 죽기 싫으면… 지금 도망쳐라."

그 웃음이 섬뜩하다 생각은 했지만 태양궁의 무인들은 멈추지 않았다. 제각기 병기를 뽑아 든 그들이 점점 거리를 좁혀왔다.

설무린이 슬쩍 머리를 긁적였다.

"거참……."

설수진 앞에서 많은 이들을 죽이고 싶지 않았다.

하지만 이제는 어쩔 수 없다. 그리고 저들은 설수진을 잡아가려 했고, 일검향 전려군을 죽이려 한 자들이 아니던가.

더 이상의 배려는 없다.

설무린이 검을 들어 올렸다.

길게 끌 생각은 없다. 한시라도 빨리 설수진을 데리고 북해빙궁으로 돌아갈 생각뿐이다.

"월파."

설무린의 나지막한 중얼거림, 하지만 그러한 조그마한 소리와는 다르게 어마어마한 내공이 터져 나왔다. 설무린의 검끝에 새하얀 빛줄기가 모여들기 시작했다.

분노에 치를 떨고 있던 위태천의 안색이 일순 딱딱하게 굳었다.

그 순간… 천하가 흔들렸다.

콰르릉!

새하얀 것은 강기, 그 강기들이 단숨에 다가오던 태양궁의 무인들을 향해 날아갔다.

콰앙!

어마어마한 소리와 함께 다가오던 무인들이 반으로 갈라져 버렸다.

단 일격이었다.

그 일격에 주변에 있던 자들의 숨소리가 멈춰 버렸다.

누구도 입을 열지 못했으며, 움직이지도 못했다.

태양궁의 일류고수 팔십 명. 그들 중 대다수가 죽어 나자빠졌다.

단 한 번의 공격으로.

살아 있는 자는 고작 스무 명가량이었지만 그들은 움직일 수가 없었다. 너무나 커다란 힘 앞에서 생존자들은 움직일 자유마저 빼앗겨 버렸다.

움직일 수 없는 것은 그들뿐만이 아니었다.

설무린을 보며 비웃음을 흘리고 있던 적사문도, 분노에 치를 떨고 있던 태양신마 위태천도 그 상태 그대로 멈춰 버렸다.

마치 시간이라도 정지한 듯이 그들은 꼼짝도 하지 못했다.

태양신마 위태천은 믿을 수가 없었다.

평생을 살며 그 누구에게도 압도되어 본 적이 없던 그다. 그런 위태천이 지금은 움직일 수조차 없다.

설무린이 다가오고 있는데도 불구하고 손가락 하나 움직일 용기조차 나지 않는다. 단 일 격으로 모든 전의(戰意)를 꺾어버리는 상대 앞에서 위태천은 그저 겁먹은 토끼마냥 부들부들 떨었다.

위태천의 옆에 선 설무린이 그의 어깨에 손을 턱 하고 올렸다.

이미 몸을 만질 정도로 가까워졌거늘 반항조차 하지 못한다.

어깨에 올려진 손이 당장에라도 숨통을 끊으려고 한들 위태천으로서는 이제 반항할 방법이 없었다.

딱딱한 표정으로 위태천이 설무린을 바라봤다. 그 누구에게서도 느껴본 적 없는 압도적인 강함이라는 것을 위태천은 오늘에서야 느꼈다.

그것도 이처럼 새파란 어린놈에게서.

설무린이 피식 웃으면서 입을 열었다.

"너무 부끄러워하지 마. 그래도 뒤에 있는 놈보다는 당신이 나으니까."

위태천으로부터 일 장 정도 떨어진 곳에 서 있던 적사문.

공포에 젖은 그는 바지에 소피를 지렸다.

第十章

귀환(歸還)

커다란 마차 한 대가 쉬지 않고 북쪽으로 내달렸다.

그 마차는 바로 북해빙궁으로 돌아가는 설무린 일행이 탄 것이다. 설수진이 타고 왔던 마차는 이미 박살이 났기에 근방에서 커다란 걸로 하나 구한 터였다.

굳이 말이 아닌 마차로 이동하는 것은 이유가 있었다.

우선은 일검향 전려군 때문이다.

부상을 입은 전려군을 어딘가에 맡기고 간다는 게 여의치 않았다. 그리고… 두 번째 이유는 바로 태양궁의 소궁주 적사문 때문이었다.

설무린은 마차 바닥에 혈도를 제압당한 채로 쓰러져 있는 적사문을 발로 툭툭 찼다.

　설수진을 인질로 잡으려던 태양궁의 계획은 설무린과 북설의 등장으로 완전히 수포로 돌아갔다. 그 자리에 나왔던 무인들은 모두 죽어버렸고, 오히려 적사문이 포로가 되는 상황이 벌어진 것이다.

　혈도를 제압당한 적사문은 설무린의 심심풀이 상대가 되었다.

　마차를 타고 가며 설무린은 종종 적사문을 발로 툭툭 찼다. 하지만 혈도가 제압당한 적사문은 아무런 반항도, 말도 하지 못했다.

　그리고 설령 혈도가 제압당하지 않았다고 해도 설무린 앞에서 적사문은 아무런 불평조차 내뱉지 못했을 것이다.

　소피까지 지릴 정도로 설무린에게 공포를 느낀 적사문이다. 그는 맞으면서도 설무린에게 분노가 치밀기보다는 두려움이 엄습했다.

　"쿨럭."

　의자에 기대어 있던 전려군이 기침을 했다.

　큰 부상을 당했지만 전려군의 몸 상태는 점점 좋아져 가고 있었다.

　죽어도 이상할 것이 없는 깊은 상처였지만, 설무린의 빠른 치료 덕분에 목숨을 부지했다. 마차를 타고 북해빙궁까지 돌아가는 것이 다소 힘들기는 했지만 그래도 이 정도면 버틸 만하다.

　'대단한 내공이었어.'

설무린에게 내상을 치료받을 때 들었던 생각이다.

단숨에 단전으로 따뜻한 기운이 쏟아져 들어왔고, 거짓말처럼 내상이 씻겨 나갔다. 그 덕분에 지금 전려군이 이토록 숨이 붙어 있는 것이다.

놀라운 것은 내공뿐만이 아니었다.

'예전과 다른 사람이 됐어.'

전려군은 설무린을 슬쩍 바라보며 생각했다.

그리 친근한 관계는 아니었다. 설수진과 전려군은 가까운 사이였지만 설무린과는 그렇지 못했다.

설수진과 다르게 설무린은 고슴도치 같은 자였다.

자신을 보호하기 위해 가시를 바짝 세운 고슴도치 말이다.

누구에게도 접근을 허용치 않았기에 전려군은 설무린과 친해지지 못했다.

친하지는 않았지만 전려군은 설무린의 재능을 알았다.

한눈에 봐도 설무린은 뛰어난 기재였다. 하나를 가르치면 열을 아는 그러한 인재였던 것이다. 나이에 어울리지 않게 강한 무공에 전려군 또한 놀라곤 했었다.

하지만 아무리 그래도 지금만큼은 아니었다.

며칠 전 보았던 설무린의 강인함은 그때 느꼈던 것과는 그 궤를 달리했다.

일격에 태양궁 무인들을 쓸어버리고, 모두의 전의를 상실하게끔 만들어 버렸던 설무린의 모습은 무인으로서 감탄과 동경의 대상이 되기에 충분했다.

전려군은 어렸을 때부터 수많은 고수들을 보면서 자랐다.

스승님들, 그리고 선배들…….

하나같이 어마어마한 무공들을 뽐냈다. 그런 그들을 보며 전려군을 여기까지 걸어왔다.

전려군이 생각하는 최강의 무인.

그것은 바로 북해빙궁주 설군표였다.

설군표의 무위는 이루 말로 표현할 수 없을 정도로 빼어났고, 압도적이었다. 그가 검을 휘두르면 앞에 있던 수많은 적들이 쓰러졌다.

설군표가 직접 싸우는 것을 몇 번 보지 못했음에도 불구하고 그를 가장 강한 무인이라 생각하는 그 기억들이 너무나 강렬해서였다.

한데… 이제는 바뀌었다.

누가 더 강하다 말하지는 못하겠다. 하지만 더 이상 설군표의 검이 전려군의 머리에 남아 있지 않다는 게 지금 말할 수 있는 진실이다.

일격(一擊).

일격만으로 싸움을 끝내 버린 설무린의 검은 그 정도로 강렬했다.

그리고 바뀐 것은 무공뿐만이 아니다.

설무린의 옆에 있는 북설이라는 여인.

전려군은 그녀를 처음 본다.

전려군이 아는 설무린이라는 사내는 사람들과 어울리지 않았다. 더군다나 여자라면 더욱더 가까이 두지 않았다. 한데 지금 자신이 보는 소궁주의 모습은 자신의 과거 기억이 잘못된 것이 아니었나 하는 착각이 일게 했다.

설무린은 시시때때로 북설이라는 여인을 불렀고, 또 무엇인가에 대해 계속해서 이야기를 했다.

처음엔 중요한 공적인 이야기를 나누는 줄 알았다.

한데 둘을 보고 있자니 그런 게 아니었다.

정말 사소한 이야기들. 설무린은 북설이라는 여인과 그런 사소한 이야기들을 나누면서 항상 웃고 있었다.

옛날 북해빙궁에서는 소궁주인 설무린이 웃지 않는 사내라 소문이 났었다. 물론 겉으로 보기에는 설무린은 자주 웃음을 흘렸다.

하지만 그것은 비웃음이거나 인위적인 웃음들뿐이었다.

웃지만 웃지 않는다.

북해빙궁 사람들은 그리 말했었다.

그리고 전려군 또한 설무린을 옆에서 보면서 마찬가지로 생각했었다. 만약 자신이 직접 보지 않고 누군가의 입을 통해 들었다면 지금 설무린의 모습을 믿지 않았을 게다.

예전에 봤을 때와는 다르게 지금의 설무린은 정말로 웃는다.

웃을 줄 모르는 사내라 생각했는데… 이제는 아닌 듯싶다.

전려군이 잠시 변해 버린 설무린의 모습을 관찰하는 동안 마차가 목적지에 도착했다.

바깥을 살피던 설무린이 마차를 모는 마부에게 말했다.

"오늘은 여기서 쉽시다."

설무린이 말하자 마부가 마차를 멈췄다. 그리고 마차에 있던 사람들이 하나둘 바깥으로 걸어나왔다.

설수진의 시녀인 예랑이 전려군을 부축하고 마지막으로 내렸다.

적사문만을 마차 안에 내버려 둔 채로 다른 사람들은 대충 자리를 잡았다. 마부도 근방에 잠자리를 잡고는 대충 끼니를 때우기 시작했다.

북해빙궁까지는 앞으로 이틀.

설무린은 왠지 모르게 기분이 들뜨는 것을 느꼈다. 이유는 잘 알고 있다. 점점 가까이에서 불어오는 북해의 바람 때문이리라.

오랜 시간이 걸렸다.

이곳까지 돌아오는데 장장 몇 년이라는 시간이 흘렀다.

오래 걸리기는 했지만 이렇게 돌아왔다.

설무린은 품 안에 있는 병의 감촉을 느꼈다. 커다란 중원을 돌며 구한 해약, 이 해약을 가지고 지금 설무린은 북해빙궁으로 돌아가고 있다.

잠시 감상에 젖어 있던 설무린이 이내 말했다.

"내가 가서 물을 떠올 테니 설아는 여기서 식사 준비하고."

"오라버니, 나도 같이 가."

자리에 앉아 잠시 쉬던 설수진이 자리에서 벌떡 일어났다.

힐끔 설수진을 바라보던 설무린이 고개를 끄덕였다.

"그래, 같이 가자꾸나."

설무린은 설수진과 함께 물소리가 들리는 강가로 발을 옮겼다. 북해빙궁이 있는 천산과 가까워지며 점점 주변의 공기가 차갑다.

설무린과 설수진은 나란히 걸었다.

단둘이 이렇게 걸어본 것이 참으로 오랜만이다.

설무린은 옆에 있는 설수진을 보며 피식 웃었다.

"왜 웃어?"

"너랑 이렇게 둘이 있는 게 오랜만이라서."

"그런가?"

설수진 또한 설무린을 마주보며 웃었다.

설무린은 웃음을 거두며 진지한 얼굴로 물었다.

"이번엔 정말로 위험했어."

"알아."

"알면서 왜 간 거냐? 내가 나타나지 않았으면… 네 인생이 망가졌을지도 몰라."

설수진이 환하게 웃으면서 입을 열었다.

"위험한 것도 알았지만… 오라버니가 올 줄도 알았거든. 내가 어디에 있든 오라버니라면 구해줄 거라 믿었어. 그러니까 그런 곳까지 내가 갈 수 있었던 거고."

"…대체 그런 믿음은 어디서 나오는 거냐?"

"글쎄……."

설수진은 골똘히 생각하는 표정을 지어 보였다. 정말로 고민하는 듯한 표정, 하지만 이내 웃으며 그녀가 대답했다.

"오라버니가 그런 사람이니까?"

"그런 사람이라니?"

"어디에 있든, 그게 언제든 소중한 걸 지키러 나타나는 사람."

"……."

설무린은 아무런 대답도 하지 않았다.

잠시 침묵하던 설무린이 머리를 긁적거렸다. 자기가 다른 사람 눈에 그리 보일 거라고는 생각도 하지 못했다.

그저 건방지고, 속을 알 수 없는 사람일 거라고만 생각했다.

한데 모두에게 그런 건 아닌 모양이다.

아버지는 자신을 믿었다.

대체 무엇을 보고 자신을 믿는지 항상 의문이었다. 한데 설수진의 말을 듣는 순간 아버지가 어떤 생각을 했을지 어렴풋이나마 알 것 같았다.

설수진과 같았을 게다.

설무린의 눈에 강이 이내 모습을 드러냈다. 설무린은 허리를 굽혀 준비해 온 통에 물을 담았다.

가볍게 통을 들어 올린 설무린은 뒤편에서 자신을 바라보고 있는 설수진을 바라봤다. 한데 그 눈빛을 마주하는 순간 설무린이 움찔했다.

장난기 섞인 미소.

설수진의 눈빛에 설무린은 다급히 고개를 돌렸다.

왠지 모르게 그녀가 무슨 말을 하려는지 알 것만 같았다. 그리고 예상은 적중했다.

"저 언니 참 예쁘지?"

"갑자기 무슨 소리냐."

설무린은 짐짓 태연한 척 말했다. 그러자 옆으로 다가온 설수진의 팔꿈치로 설무린의 옆구리를 툭 하고 쳤다. 그리고는 여전히 장난기 가득한 얼굴로 말했다.

"정말 대단하단 말이야. 여자한테 관심없는 척하더니 말이야… 아주 입가에 미소가 걸렸던데? 역시 그리된 건 저 언니 때문이겠지?"

"……"

설무린은 차마 아니라는 말을 할 수가 없었는지 아무런 대꾸도 하지 못했다. 그런 설무린의 모습에 설수진은 놀란 어조로 말했다.

"저, 정말이네? 오라버니가 아무런 말도 안 하다니."

설수진은 정말로 크게 놀랐다.

슬쩍 짐작을 하기는 했지만 설무린에게 무언의 대답을 들은 후에는 더욱 놀랄 수밖에 없었다. 이 사내가 누구인가. 여자에게는 관심도 없던 설무린이다.

설수진은 내심 당황한 듯 아무런 말도 없이 걸어가는 설무린을 향해 장난스럽게 말했다.

"휴~ 우리 오라버니한테도 봄날이 오네."

설무린이 발걸음을 멈추고 뒤를 돌아봤다. 그리고는 퉁명스레 입을 열었다.

"시끄러워."

북해빙궁의 분위기는 침울했다.

모르는 이들이야 소궁녀와 태양궁의 소궁주의 혼례에 즐겁다는 듯이 떠들어댔지만, 정작 모든 비밀을 아는 이들의 얼굴에서는 미소가 사라진 지 오래다.

야율초재가 깊은 한숨을 내쉬었다.

매여령이 드러누웠다.

지금은 강건하게 버텨야 한다고 말은 했지만 야율초재 또한 매여령의 마음을 이해한다. 남편인 설군표는 죽었다고 해도 될 상태로 빙관에 누워 있다.

설무린은 실종된 상태다. 최악의 경우 사망.

그런 지금 마지막으로 남은 설수진은 적지가 분명한 태양궁으로 보냈다.

만약 설무린이 죽었고, 설수진이 잘못된다면 매여령은 모든 것을 잃게 되는 것이다. 어찌 제정신으로 버티고 살 수 있겠는가.

야율초재가 말없이 서서 앞을 응시했다.

드러누운 매여령, 그리고 설군표의 모습을 하고 있는 북해가 이곳에 있다. 그리고 시녀들이 연신 매여령의 이마에 얹어 놓는 수건을 차가운 물에 적시고 있었다.

온몸이 불덩이다.

누워서 신음하던 매여령이 헛소리를 해대기 시작했다.

"수, 수진아, 어디 가느냐. 위험하니까 제발……."

야율초재가 안타까움을 참기 힘든지 고개를 떨궜다.

설수진의 의지가 컸기에 태양궁으로 가는 걸 말리지 못했다. 하지만 매여령은 그녀를 보낸 이후 계속해서 설수진을 막지 못한 것을 후회하고 있다.

그런 마음이 그녀의 병을 점점 더 악화시키고 있었다.

'최악이다.'

얼마 전까지만 해도 더 이상 최악의 상황은 없을 거라 생각했던 야율초재다. 하지만 그러한 생각을 비웃기라도 하듯이 설수진의 혼례 문제가 터졌고, 매여령은 드러누웠다.

의원들조차 고개를 절래절래 저을 정도로 매여령의 병은 깊었다. 아무리 명의(名醫)라도 고칠 수 없는 건 당연했다.

몸의 병이 아닌 마음의 병이었기 때문이다.

제아무리 뛰어난 명의도 마음의 병은 고칠 수 없다. 마음의 병은 스스로가 이겨내야 한다. 그것 외에는 전혀 방법이 없다.

'이겨내셔야 합니다. 이런 위급한 상황에서 안주인까지 무너진다면… 북해빙궁은 끝입니다.'

착잡해하는 것은 야율초재뿐만이 아니다.

설군표로 위장해 있는 북해 또한 마음이 갑갑했다. 그의 눈에는 지금 무너지고 있는 북해빙궁의 모습이 보이고 있다.

이렇게 가짜 모습을 하고 버티는 것도 한계가 있다.

대외적인 활동은 거의 접다시피 몇 년을 버텼다.

하지만 이제는 그것도 점점 불가능하다. 수많은 장소에 모습을 드러내다 보면 점점 의심을 받게 될 게다.

그리고 겉으로 내색하지 않을 뿐 북해 또한 연락이 끊긴 북설 때문에 밤잠을 설친 지 오래다. 이제는 북해 또한 그리 멀쩡한 상태가 아니었다.

북해와 야율초재가 안타깝게 매여령을 바라볼 때였다.

"진 대협이 안으로 드십니다!"

바깥을 지키는 무사의 외침. 둘의 눈이 뒤로 향했고, 그곳에는 북해마성 진하기가 있었다.

진하기가 조용히 다가왔다.

"상태는……?"

"차도가 없으십니다."

야율초재가 고개를 슬쩍 저으며 대답했다.

북해마성 진하기 또한 답답한지 한숨을 쉬었다. 지금 북해빙궁의 돌아가는 꼴이 영 맘에 들지 않는다.

"해결되는 일은 없고, 새로운 일들만 벌어지는군."

"……."

진하기의 말에 야율초재는 아무런 대꾸도 하지 못했다.

그때였다.

자리에 누워 있던 매여령이 슬며시 눈을 떴다. 옆에서 매여령을 간병하던 시녀가 황급히 말했다.

"의, 의원님을!"

"…가만있어라."

누워 있던 매여령이 뛰쳐나가려던 시녀를 저지했다. 그리고는 주변을 둘러보고는 이내 말을 이었다.

"아이들을 데리고 모두 나가 있어라. 잠시 이분들하고 이야기를 나눠야겠구나."

"알겠습니다."

시녀장으로 보이는 여인이 옆에 있는 시녀들을 이끌고 황급히 매여령의 방에서 빠져나갔다. 모두가 나간 걸 확인한 후 매여령이 천천히 자리에서 일어났다.

간신히 침상에 걸터앉은 매여령이 고통스러운 듯이 미간을 찌푸렸다.

야율초재가 걱정스레 물었다.

"괜찮으십니까?"

"꿈에서… 그 아이가 나왔습니다."

말을 하는 매여령의 표정이 무척이나 슬퍼 보였다. 말을 하지 않았음에도 세 명의 사내는 매여령이 말하는 그 아이가 누구인지 알고 있었다.

얼마 전 태양궁으로 혼례를 간 설수진이리라.

괴로운 표정으로 매여령이 말을 꺼냈다.

"그때 그 아이를 어떻게든 말려야 했는데… 전 그 아이의 어미 될 자격이 없는 것 같네요."

"아닙니다. 소궁녀님의 의지가 강해서 말리지 못하신 것 아닙니까. 그리 자책하지 마시지요."

야율초재의 말에 매여령이 고개를 저었다.

그건 사실이지만 어미의 입장은 그렇지 않다. 어떻게든 끝까지 지켰어야 했다. 만약 설수진의 인생이 잘못된다면 매여령은 자신을 용서하지 못할 게다.

끝내 참고 있던 매여령은 눈물을 터뜨렸다.

"내 아이… 불쌍한 내 아이들."

울음을 참기 위해 손을 입으로 틀어막았지만 눈물이 쉼없이 쏟아진다. 그 모습을 보고 있는 세 사내의 마음도 괴로움으로 가득 찼다.

너무도 슬피 우는 매여령이었기에 말릴 수조차 없었다.

야율초재는 자신의 눈시울이 붉어지는 것을 느끼며 황급히 고개를 치켜들었다.

일부러 허공을 응시하며 억지로 쏟아지려는 눈물을 참았다.

야율초재는 눈을 감았다.

'이렇게… 북해빙궁이 무너지는 것인가.'

힘이 없다.

북해빙궁을 지킬 힘이, 그리고 북해빙궁을 지탱해야 할 기둥조차 없다. 제아무리 야율초재라고 해도 더는 이 난관을 타개할 대책이 떠오르지 않는다.

초상집 같은 분위기, 그 누구도 입을 열지 못할 때였다.

황급한 걸음걸이에 진하기가 고개를 돌렸다. 그의 표정이 구겨졌다.

야율초재의 심복이 헐레벌떡 매여령의 거처 바로 앞에 이르

러 무릎을 끓었다. 야율초재 또한 좋지 않은 얼굴로 자신의 수
하를 노려봤다.

"이곳은 안주인 마님의 거처다. 혹 무슨 일이 있으면 바깥에
서 기별을 넣으라 했거늘……."

"죄송합니다. 하지만 급히 알릴 일이라 도저히 기다릴 수가
없었습니다."

심복 사내가 머리를 조아렸다.

그런 그를 바라보며 야율초재가 고개를 끄덕였다.

오랜 시간 옆에 두었던 자다. 머리가 비상하고 상황 판단이
빠르다. 그렇지 않았다면 야율초재가 이처럼 심복으로 거느리
지도 않았을 게다.

이토록 긴박하게 온 것을 보면 분명 그만한 가치가 있는 일
일 게다. 야율초재가 짧게 말했다.

"말하라."

"얼마 전 태양궁으로 혼례를 떠나신 소궁녀님께서 돌아오
셨습니다."

"그, 그게 사실이냐?"

침상에서 울고 있던 매여령조차 놀라서 화들짝 고개를 들었
다. 모두의 시선이 무릎을 꿇고 있는 사내에게로 향했다.

사내가 고개를 조아리며 말했다.

"어느 안전이라고 거짓을 고하겠습니까."

"어떻게 그런 일이……!"

야율초재가 멍한 얼굴로 중얼거렸다.

설수진은 큰 각오를 하고 갔다. 그런 그녀가 왜 돌아왔단 말인가. 야율초재로서도 선뜻 이해가 가지 않았다.

그때 고개를 조아리던 사내가 다시금 입을 열었다.

"그리고 더 큰 일은……."

"더 큰 일?"

야율초재가 긴장한 얼굴로 되물었다.

설수진이 돌아왔다는 것은 분명 태양궁과 문제가 생긴 것. 잘못하면 태양궁과 당장에라도 전면전이 벌어질지도 모른다.

사내가 입을 열었다.

"소궁주님이 함께 돌아오셨습니다."

"뭐… 라고?"

타앙!

너무나 놀란 야율초재는 들고 있던 검을 떨어뜨렸다.

그때 자리에 누워 있던 매여령이 벌떡 일어났다. 그리고는 급히 겉에 옷을 하나 걸치고는 입을 열었다.

"당장 가요. 어서!"

"아, 알겠습니다."

야율초재는 황급히 고개를 끄덕였고, 마찬가지로 북해 또한 자리에서 움직였다.

매여령을 선두로 해서 세 명의 사내는 황급히 북해빙궁의 입구로 움직이기 시작했다. 방금 전까지만 해도 누워 있던 사람이라고는 믿어지지 않을 정도로 매여령은 멀쩡해 보였다.

미친 듯이 달린 네 명이 마침내 북해빙궁의 입구에 도착했을 때였다.

열려 있는 북해빙궁의 문으로 몇 명의 사람들이 걸어 들어왔다. 그들의 모습을 확인하는 순간 그 누구도 입을 열지 못했다.

마치 꿈인 것만 같았다.

북해빙궁의 입구로 걸어 들어오던 사내가 앞에 있는 일행을 발견하고는 발을 멈추었다. 그리고는 이내 특유의 목소리로 입을 열었다.

"이거 아버지에 어머니, 야율에 북해마성까지… 환대가 너무 거창하군요. 그저 집 나갔던 아들이 돌아온 건데."

피식 웃으며 말하는 사내의 모습이 너무나 익숙하다.

그토록 기다렸던 사내다.

북해빙궁의 운명을 걸고 홀로 중원행을 떠났던 북해에서 가장 상대하기 어려운 사내.

야율초재는 자신도 모르게 왈칵 눈물이 쏟아졌다. 다 큰 어른답지 않게 흐르는 눈물이 부끄러웠는지 소매로 눈물을 닦아내며 야율초재가 말했다.

"제 이름은 야율이 아니라 야율초재입니다… 소궁주님."

북해빙궁에 그 사내가 돌아왔다.

＊　　　＊　　　＊

서역 남목림(南木林)에 있는 벽력궁은 조용했다.

커다란 장소에 홀로 앉아 있는 벽력궁 궁주 뇌운성의 얼굴에는 깊은 고독이 감돌았다.

주변에 사람을 두지 않는 뇌운성이다.

오로지 천회주만이 그런 뇌운성의 옆을 지켰던 자다. 하지만 천회주는 죽었다. 그가 사라지니 뇌운성의 옆에는 그 누구도 없었다.

뇌운성은 휘장 안에서 홀로 자조적인 미소를 지었다.

'할아범이 없으니 내 말벗 하나 없구려.'

뇌운성은 휘장을 걷고 천천히 걸어나왔다. 천회주가 죽었다는 말에 처음에는 분노만 치밀었지만 이제는 아니다.

분노만으로는 모든 걸 해결할 수 없다.

'복수를 해주지, 할아범. 설무린인지 뭔지 하는 놈을 갈기갈기 찢어줄 것이고, 북해빙궁을 무너뜨릴 것이야. 우리의 오랜 숙원을… 내가 이뤄주지.'

뇌운성의 얼굴에 잔인한 미소가 감돌았다.

비록 천회, 인회가 무너지며 많은 것을 잃었다. 하지만 뇌운성은 자신이 있었다.

그 두 세력이 없다고 한들 북해빙궁을 무너뜨릴 비책까지 생각해 내지 않았던가.

태양궁에 갇힌 설수진을 찾기 위해 설군표가 움직일 것이다.

북해빙궁 안에 있는 설군표라면 제아무리 뇌운성이라고 해도 죽일 수 없다.

북해빙궁은 강하다.

그곳에 있는 모든 무인을 뇌운성 홀로 감당할 수는 없는 법.

하지만 설군표가 북해빙궁 바깥으로 나온다면 이야기는 달라진다. 기회를 노린다면 그를 죽일 순간은 반드시 찾아온다.

설군표만 죽으면 북해빙궁은 흔들릴 것이다.

그리고 태양궁의 힘까지 이용한다면 북해빙궁을 칠 수 있다.

설군표만 없다면 뇌운성과 손을 섞을 정도의 고수는 북해에 없다.

뇌운성은 그리 생각했다.

두 명, 두 명만큼은 반드시 죽일 것이다.

설군표와 설무린을 죽일 생각에 뇌운성은 자신도 모르게 입가에 미소를 머금었다.

홀로 서서 웃음을 머금던 뇌운성의 표정이 갑자기 차갑게 식었다.

"누구냐!"

버럭 외치는 고함 소리와 함께 바깥에서 적운강이 다급하게 뛰어들어 왔다. 들어온 자를 확인한 뇌운성이 묘한 표정을 지었다.

지금이라면 적운강은 태양궁에서 북해빙궁을 건드리고 있어야 할 때다. 그래야 할 그가 왜 이곳 남목림 벽력궁의 궁으로 왔단 말인가.

뇌운성이 알 수 없다는 표정으로 물었다.

"네놈이 왜……."

"구, 궁주님."

적운강의 표정은 하얗게 질려 있었다.

그 모습에 뇌운성은 왠지 모를 불쾌함을 느꼈다. 적운강의 표정에서 무엇인가 잘못되었다는 걸 알아차린 것이다.

뇌운성의 표정이 차갑게 변했다.

"무슨 일이냐."

"실패했습니다. 소궁녀가 북해로 도망쳤습니다."

"뭐… 야?"

뇌운성의 얼굴이 마치 악귀처럼 일그러졌다. 차마 형용할 수 없을 정도의 큰 분노가 그를 휩쓸고 지나갔다. 실패할 수 없는 작전이었다. 대체 어떻게 소궁녀가 북해빙궁으로 다시 돌아갔단 말인가.

북해빙궁 소궁녀가 서역 근처까지 도달했다는 말까지 들었던 터다. 그곳까지 왔다면 계획은 이미 성공이라고 봐야 했다.

그곳에서 태양궁 무인들을 뚫고 도망은… 불가능하다.

뇌운성이 솟구치는 분노를 억지로 누르며 입을 열었다.

"…그게 말이 된다고 생각하느냐?"

"명하신 대로 하였습니다. 한데 실패했습니다. 그리고 오히려 제 아들놈이… 인질로 잡혀갔습니다."

"적사문이 오히려 인질로 잡혔다고?"

말을 하면서도 뇌운성은 어처구니가 없었다.

적운강에게 이 일을 모두 맡긴 것도 아니다. 분명 자신의 명대로 적운강은 일을 했을 것이다.

북해빙궁 무인들을 돌려보내고 소궁녀만을 태양궁으로 데리고 오는 계획. 거기에 혹시나 하는 마음에 절정고수를 배치시키게 했다.

자신의 계획대로라면 실패할 리가 없다.

뇌운성이 차갑게 식은 목소리로 말했다.

"내 명대로… 했느냐?"

"예. 한 치의 오차도 없이 명하신 대로."

"내가 고수 한 명을 배치하라고 했지. 누굴 무리에 넣었나."

"태양신마입니다."

"위태천……."

태양신마라는 말에 뇌운성은 그의 이름을 기억해 내며 중얼거렸다. 태양신마 위태천이라면 뇌운성이 생각하기에도 좋은 선택이다.

태양신마 위태천은 뇌운성도 인정하는 고수였다.

한데 그랬기에 더 이해가 가지 않았다. 위태천이 있었는데도 실패를 했다는 말은 상대방이 더 강했다는 말이 아닌가.

"북해빙궁 놈들이 눈치라도 챘던 거냐? 아니지, 설령 눈치챘다고 해도 태양신마 위태천을 상대로 그놈들이 이겼을 리도 없고……."

태양신마 위태천이라는 자. 숫자가 많다고 이길 수 있는 자가 아니다. 그런 수준이었다면 뇌운성이 인정했을 리가 없다.

뇌운성이 물었다.

"왜 실패했지?"

"누군가가 방해를 했습니다."

"그게 누구냐."

적운강이 뇌운성의 눈치를 살폈다.

처음부터 단도직입적으로 말하지 않고 이처럼 말을 끈 것은 바로 이 때문이다. 적사문이 인질로 잡혀갔다는 말에 아비인 적운강이 왜 초조하지 않겠는가.

하지만 지금 이 말을 함으로서 뇌운성이 얼마나 큰 분노를 토해낼지 적운강은 잘 알았다. 그랬기에 최대한 말하고 싶지 않았다. 그렇지만 결국 말하지 않을 수도 없는 일.

적운강이 조심스럽게 말했다.

"설무린입니다."

"…누구?"

"설무린이……."

"이이이익!"

듣지 못했을 리가 없다. 그저 자신의 귀를 의심하고 싶었을 뿐이었다. 뇌운성의 몸에서 강한 기운이 꿈틀거렸다.

파직! 파지직!

뇌신(雷神)의 기운이 사방에서 꿈틀거린다.

꿈틀거리던 뇌운성이 거친 기합 소리와 함께 그 기운을 폭사시켰다.

"으아아!"

파아악!

콰앙!

실로 경천동지(驚天動地)한 파괴력이었다. 그 기운을 견뎌 내지 못한 건물들이 단숨에 무너지기 시작했다.

콰르릉!

쾅쾅!

천장의 돌들이 떨어져 내렸고, 건물을 지탱하던 기둥들이 순식간에 무너졌다.

오랜 시간 남목림에 숨겨져 있던 벽력궁의 거점이 이렇게 무너져 내렸다. 무너지는 건물 안에서 뇌운성의 벼락같은 고함 소리가 터져 나왔다.

"설무린 이 노옴—!"

쿠릉! 쿠르릉!

무너져 버린 벽력궁, 그 안에서 뇌운성이 부상을 입은 적운강을 끌고 천천히 걸어나왔다. 피투성이가 된 적운강이었지만 아직 정신은 남아 있었다.

뇌운성이 무너져 버린 벽력궁을 바라봤다.

돌아올 곳은 없다.

이제부터는 전진뿐이다.

뇌운성이 이를 악문 채 말했다.

"놈을 죽이러 간다. 마지막 한 가지, 최후의 한 가지 방법이 남았다."

뇌운성은 설무린을 죽이러 갈 것이다.

더 이상 그에게 인내심이란 남지 않았다. 뇌운성이 이를 부
드득 갈며 말했다.
　"간다, 북해빙궁으로."

第十一章

재회(再會)

　설무린이 돌아왔다.

　돌아온 설무린은 예전과는 비교도 할 수 없을 정도로 어른스러워져 있었다. 그는 설수진을 구했고, 설군표를 치료할 해약마저 가지고 돌아왔다.

　설무린의 등장으로 북해빙궁의 내부에 있던 모든 문제들이 단번에 해결되어 버린 것이다.

　야율초재는 신이 났다.

　어찌 신이 나지 않을 수 있겠는가. 이미 해약을 가지고 진하기가 떠났고, 오랜만에 모두 한 자리에 앉았다.

　설무린의 건너편에 앉아 있는 매여령은 대견한 눈길로 자신의 아들을 바라봤다. 자신이 낳은 자식은 아니지만 항상 친자

식처럼 대해온 그녀다.

매여령은 그저 설무린이 대견스러울 뿐이었다.

"많이 컸구나."

"어머니는 어찌 된 게 예전보다 더 젊어지신 것 같군요. 나이를 거꾸로 드시는 건지 원."

"얘는……."

매여령은 장난스럽게 말하는 설무린의 말에 웃음을 흘렸다.

이렇게 마음 편히 웃어본 것이 언제였는가. 매여령은 따뜻한 눈빛으로 설수진을 바라봤다. 말없이 설수진을 쓰다듬는 매여령의 눈빛에는 인자한 어머니의 모습이 담겨 있었다.

잠시 두 자녀를 바라보던 매여령이 이내 설무린 뒤편에 서 있는 북설을 바라봤다.

짧은 만남이기는 하지만 매여령은 북설을 기억한다.

더군다나 매여령은 북설의 어머니인 당미진과도 친분이 있던 여인이다. 매여령이 북설을 바라보며 말했다.

"그간 제 아들을 도와주느라 고생 많았어요."

"그림자무사로 할 일을 했을 뿐이지요."

대답하는 북설을 바라보는 북해의 눈빛 또한 인자하기 그지없었다. 최악의 경우 다시는 못 볼 거라 생각했던 딸이다. 그런 딸을 이리 몸 성한 모습으로 돌아왔다.

평소 감정을 드러내지 않는 북해지만 오늘 만큼은 그 기쁜 마음을 숨기기 어려웠던 모양이다.

그런 북해의 마음을 알았는지 설무린이 슬쩍 말했다.

"저는 이만 제 처소로 가서 쉬려고 하는데… 설아는 오랜만에 북해도 뵈었는데 잠시 이야기 좀 하지그래."

"하지만 전 소궁주님을 따라서……."

"아아, 오랜만에 내 방에서 푹 쉬고 싶어서 말이야. 그럼."

말을 마친 설무린이 벌떡 일어나서 바깥으로 걸어나갔다. 그리고 그런 설무린의 마음을 알았는지 다른 이들 또한 웃으면서 바깥으로 걸어나갔다.

북설 또한 특별히 설무린이 북해와 자신이 대화를 나눌 시간을 만들어주려고 한 것임을 알기에 더는 따라가겠다고 우기지 않았다.

모두가 나가자 방 안에는 북해와 북설, 이렇게 두 부녀만이 남았다. 잠시간의 정적이 흘렀지만 이내 북해가 입을 열었다.

"무사해서 다행이구나."

"무사하긴요."

북설은 자신의 팔에 아직 낫지 않은 상처를 보여주며 말을 이었다.

"아직 상처들도 다 안 나았다고요."

"허허, 아직도 애구나."

"아버지 앞에서는 평생 애라도 상관없어요."

"그것도 그렇지."

북해는 따뜻하게 웃었다.

자신의 딸 북설. 참으로 마음이 여린 아이다. 설무린이 북해동에 나타나기 전까지만 해도 사람을 다치게 할까 봐 심법과

경공만을 배웠던 아이다.

그런 북설이었지만 설무린의 그림자무사가 되겠다고 다짐하고는 완전히 달라졌다. 그동안 쳐다보지도 않던 무공들을 미친 듯이 섭렵했고, 그 덕분에 북해에게 인정을 받아 그림자무사가 되었다.

그림자무사가 된 딸이 무척이나 걱정이었지만 지금 보니 참으로 대견하다.

북해가 자신의 딸 북설을 바라보며 말했다.

"중원이라는 곳, 나가보니 어떻더냐?"

"재미있었어요. 생각지도 못한 고수들도 허다했고… 그리고 꼬치라는 것도 맛있던데요."

"꼬치?"

"아버지 못 드셔보셨어요? 그 고기랑 야채를 이런 식으로 번갈아 가면서 끼는 건데……."

북해는 자신의 앞에서 무엇인가 흉내를 내는 북설을 바라보며 미소를 감출 수가 없었다.

참으로 아름답게 자랐다.

자신의 아내였던 당미진보다 이제는 더욱 아름다운 여인이 되어버렸다. 시집을 가기에 오히려 늦은 나이가 된 북설을 보며 북해는 가슴이 아팠다.

평범한 집안에서 태어났다면 북설은 좋은 남자와 혼인하여 지금쯤 평화롭게 살았을지도 모른다. 모든 것이 자신의 업보라 생각하니 북해는 마음이 아팠다.

북해가 천천히 말했다.

"그림자무사가 된 걸… 후회한 적 없느냐?"

"단 한 번도요."

"…그래."

북해는 북설을 말없이 바라봤다.

처음 북해동에서 그림자무사가 되겠다고 말했을 때와 변한 것이 없다. 대답을 하는데 한 치의 망설임조차 보이지 않았다.

확고하다.

그녀는 이제 인정할 수밖에 없는 당당한 그림자무사가 되어 버렸다.

북해는 자신의 딸 북설의 머리를 슬며시 쓰다듬었다. 두 눈을 동그랗게 뜨며 자신을 바라보는 북설을 마주보며 북해가 대견스레 말했다.

"이제는 정말로… 나를 능가하는 그림자무사가 되었구나."

"다 아버지 덕이에요. 아버지의 무공… 강하던데요."

"당연한 소리. 내 무공은 북해에서 그 적수가 없을 정도로 강하단다. 궁주님을 빼고는 말이야."

자신있게 대답하는 북해를 보며 북설이 미소 지었다. 그리고는 이내 고개를 갸웃거리며 말했다.

"이제는 아닐걸요. 소궁주님이 오셨으니까요."

"허어! 소궁주님의 자질이 뛰어나시긴 하지만 그래도 아직 이 아비도 안 죽었다."

"글쎄요. 소궁주님이 워낙 강해지셔서 아버지도 이젠 힘들 텐데…….”

장난스럽게 몇 마디를 주고받던 북해였지만 내심 궁금했던
모양이다. 슬쩍 진지한 표정을 지으며 북해가 북설에게 물었
다.

“소궁주님이 그리 강해지셨더냐?”

“예, 그러니까 이제는 웬만하면 같이 연습이라도 하자고 하
시면 피하시는 게 좋을 거예요.”

“그 정도야?”

“그럼요.”

말을 마친 북설은 신이 난 듯이 설무린에 대한 자랑을 늘어
놓기 시작했다. 그 모습은 마치 사랑하는 사람에 대한 이야기
를 하는 여인처럼 즐거워 보였다.

북해는 내심 속으로 대견하면서도 안타까웠다.

‘사랑하는 사람이 생길 정도로 커버렸구나. 하지만… 하필
이면 그분이라니.’

설무린과 북설의 신분 차이는 너무나 크다.

궁주의 아들인 설무린과 설족인 북설. 이어지는 건 불가능
하다 생각했다. 웃으면서 북설이 하는 설무린의 이야기를 듣
고 있지만 북해의 마음 한편은 왠지 모르게 시렸다.

“계십니까?”

갑작스러운 설무린의 방문에 북해는 무척이나 놀랐다.

늦은 밤, 북해의 거처에 설무린이 찾아온 것이다. 북해는 주

변을 두리번거렸고 설무린이 이내 피식 웃으며 말했다.

"근처에 아무도 없습니다. 설아도 데려오지 않았고요."

"아, 그럼 우선 안으로 드시지요."

북해는 설무린을 자신의 방으로 안내했다.

자리를 잡고 마주하자 북해가 물었다.

"이 늦은 시간에 어인 일로 오셨습니까?"

"뭐 이런저런 이야기를 나누고 싶어서 왔지요."

설무린이 히죽 웃으면서 대답했다. 그런 설무린의 모습을 보고 있자니 북해 또한 절로 미소가 입에 걸렸다.

예전이랑 변한 게 없다.

장난스럽고 건방져 보이지만 그 속내가 참으로 깊다.

설무린이 갑자기 포권을 취하면서 고개를 숙였다. 그 모습에 북해가 깜짝 놀라 소리쳤다.

"아, 아니! 소궁주님 미천한 저에게 어찌 이런!"

"감사의 뜻을 전하려고 합니다. 제 아버지를 대신해 북해빙궁을 지켜주신 점, 두고두고 갚겠습니다. 그리고 그 아이를 제게 주셔서… 감사합니다."

"그 아이라면… 설아를 말씀하시는 겁니까?"

"예, 만약 설아가 없었다면 전 중원에서 살아 돌아오지 못했을 겁니다."

"그렇습니까? 그 녀석… 정말 그림자무사가 다 되었군요."

설무린과 함께 중원을 돌면서 있었던 이야기는 들었다. 하지만 실상 북설은 북해가 걱정할 만한 일들은 빼고 하지 않았던가. 그 탓에 북설이 설무린을 구했던 일들에 대해서는 전혀 알지 못한다.

그렇지만 설무린이 이토록 말한다는 것은 그만큼 북설이 큰 일을 해냈다는 소리다.

포권을 취하며 고개를 숙였던 설무린이 다시금 의자에 앉았다. 설무린이 진지한 표정으로 입을 열었다.

"설아와 사천당문에서 잠시 몸을 의탁했었습니다."

"…사천당문에서요?"

북해의 눈이 크게 변했다.

북해빙궁과 사천당문의 사이를 잘 아는 북해다. 그리고 북설과의 관계도……. 놀라는 것은 당연했다.

설무린이 고개를 끄덕이고는 말을 이었다.

"독왕 당가위 어르신과도 이야기를 나누었습니다. 이미 설아는 자신에 관련된 모든 걸 알고 있다고 보시면 됩니다."

"그렇군요, 설아가……."

북해의 표정이 좋지 않았다.

어머니에 대해 별반 이야기를 해주지 않은 북해다. 혹여나 어머니에 대해 알면 상처를 받지 않을까 하는 걱정에서였다. 그리고 그렇게밖에 하지 못한 이 못난 아비를 미워할까 봐.

설무린은 그런 북해의 마음을 알고 있었다.

"설아가 말하지 않은 듯해서 왔는데 역시였군요."

"예, 사천당문에 대해서는 전혀 듣지 못했습니다. 왜 말하지 않은 건지 모르겠군요.”

“북해.”

“예?”

“설아는 강한 아이입니다. 모든 걸 알고서도 한 치의 흔들림
도 없었습니다. 믿고 계시면… 될 것 같은데요.”

설무린이 웃으면서 말했다.

그러한 모습에 북해는 자신도 모르게 입가에 미소를 머금었
다. 마치 서로에 대해 잘 안다는 듯이 말하는 모양새가 북설이
나 설무린이나 똑같다.

중원에 있던 시간 동안 서로가 그렇게 알아간 것일 게다.

담담하게 웃고 있던 북해의 거처에 갑작스러운 소란이 일었
다. 설무린과 가벼운 담소를 나누던 북해가 문쪽으로 고개를
돌렸다.

그리고 나타난 이는 다름 아닌 야율초재였다.

한눈에 봐도 알 정도로 야율초재의 표정은 다급해 보였다.

설무린이 자리에서 벌떡 일어났다.

“무슨 일입니까 야율?”

“구, 궁주님이… 일어나셨네!”

“아버지가요?”

설무린의 두 눈동자가 번쩍 빛났다.

빙관의 위치를 아는 이는 진하기뿐이었다. 그리고 그 누구
도 그곳에는 올 수 없다며 진하기 홀로 해약을 들고 사라졌
다.

설군표가 깨면 그때나 연락을 주겠다고 해서 기다리려 했거늘… 고작 반나절 만에 이렇게 연락이 온 것이다. 설무린의 건너에 앉아 있던 북해도 자리에서 급히 일어났다.

"가보지요!"

쉽사리 흥분하지 않는 북해조차도 다급해할 정도로 이 사건은 큰일이었다.

야율초재가 급히 고개를 끄덕이며 말했다.

"저를 따라오시지요!"

말을 마치고 야율초재는 경공을 펼치며 달리기 시작했다. 그리고 그 뒤를 설무린과 북해가 바짝 쫓았다.

야율초재가 멈추어 선 곳은 다름 아닌 설무린의 방이었다.

설무린은 문 앞에 섰다. 방 안에는 몇몇 사람들의 기척이 느껴졌다. 설무린이 방을 비운 사이 이곳으로 모두가 모인 모양이었다.

'이 안에……'

설무린은 마른침을 꿀꺽 삼켰다.

그런 설무린의 옆에 서 있던 야율초재가 말했다.

"궁주님이 일어나시자마자 소궁주님을 뵈려고 하셨답니다. 그래서 이곳으로 오셨다더군요."

그때였다.

"안 들어오고 뭐 하고 있느냐."

익숙한 목소리, 설무린이 웃었다.

정말로 가슴 깊숙한 곳에서 치밀어 오르는 웃음이란 바로 이런 것이리라. 설무린이 문을 벌컥 열었다.

그 안에는 설무린을 기다리는 사람들이 있었다.

그리고 가장 먼저 설무린의 눈에 의자에 앉은 채로 자신을 바라보는 설군표의 모습이 보였다. 마지막으로 봤을 때보다 많이 야윈 얼굴이다.

하지만 그 특유의 자신만만한 표정은 여전했다.

설무린은 가슴 한편이 아려오는 감정을 감추기 위해 오히려 퉁명스레 말했다.

"벌써 깨셨습니까? 좀 더 주무실 줄 알았는데."

"여전하구나, 그놈의 독설은."

설무린을 바라보는 설군표의 눈동자도 슬쩍 떨렸다.

설수진도 그러했지만 설무린 또한 몇 년이라는 시간 동안 훌쩍 커버렸다. 그리고 설군표는 설무린 몸에서 꿈틀대는 커다란 힘을 느꼈다.

'멋진 사내가 되었구나.'

설군표는 설무린을 보며 절로 벅차오르는 가슴을 억지로 감춰야만 했다.

말없이 설무린을 바라보던 설군표가 입을 열었다.

"…고생했다."

정말 짧은 한마디였을 뿐이다. 하지만 그 한마디에 설무린은 그간 쌓였던 모든 힘든 일들이 모두 거짓말처럼 사라져 버렸다.

설무린은 그런 자신의 마음을 감추기라도 하려는 듯이 쏘아 붙였다.

"몇 년 동안이나 죽을 고생을 해서 해약을 만들어온 아들에게 그게 답니까?"

"자식이 부모를 살리려는 건 당연한 건데 칭찬이라도 해주랴?"

"됐습니다. 아버지한테 칭찬 듣고 좋아할 어린 나이도 아니고. 그냥 저 스스로 착한 일 하나 했다 치렵니다."

설군표와 설무린, 둘은 서로가 서로에게 감정을 감추며 툴툴거렸다. 하지만 그러한 둘을 보며 그들이 진심으로 하고 싶은 말을 모르는 이는 없었다.

겉으로 표현하지 못하는 것이 이 둘의 공통점이 아니던가.

'하여튼 누가 부자지간 아니랄까 봐서는.'

매여령은 어린아이처럼 툴툴거리는 둘을 보며 어처구니가 없었는지 웃고야 말았다.

설군표가 긴 잠에서 깨어났다.

그것은 무척이나 커다란 일이었다. 물론 아직 활동하기에는 버거운 몸 상태였지만, 그래도 걸을 수 있고 말을 할 수 있다.

그것만으로도 충분했다.

설군표는 야율초재에게 그간의 이야기들을 들었다.

길다면 긴 시간 짧다면 짧은 시간 동안 잠들어 있던 설군표다. 야율초재의 이야기는 꽤나 길었다.

이야기를 모두 들은 설군표가 조용히 고개를 끄덕였다.

"많은 일이 있었군, 야율."

"예, 만약 소궁주님이 없었다면… 버티지 못했을 겁니다."

"쩝, 애송이 녀석이 많이도 컸군."

말은 그리하지만 설군표의 얼굴에는 자식인 설무린에 대한 자부심이 느껴졌다.

자신이 흡혈잠마지독에 당하기 오래전부터 설군표는 누군가가 북해빙궁을 노린다는 것을 알았다. 그리고 그것을 알았기에 혹시나 자신이 쓰러지면 북해빙궁을 책임지게 하기 위해 설무린을 더욱 혹독하게 다뤘다.

설무린은 잘 버텨냈었다.

그리고 생각대로 설군표 자신이 무너졌다.

영영 눈을 뜨지 못할 거라 생각했다. 한데 오랜 시간 잠을 자던 자신의 몸이 갑자기 이상해졌다. 무엇인가 이물질이 들어오면서 온몸에 잠들어 있던 피들이 들끓기 시작했다.

고통을 참지 못하고 벌떡 일어난 설군표는 놀랐다.

자신의 눈앞에 있는 진하기 때문이었다.

그렇게 설군표는 자리에서 일어났고 자신이 살아 있다는 것을 알게 되었다. 믿을 수 없지만 그것이 현실이었다.

"북해, 자네도 고생이 많았어."

"아닙니다, 궁주님."

북해가 고개를 숙였다.

쉽지 않았지만 설군표의 옆에서 오랜 시간 그를 지켜왔기에 가능했던 일이다. 모두를 속인 채로 설군표 흉내를 내는 것은 결코 쉽지 않았다.

말버릇, 작은 습관까지도 북해는 모두 해냈다.

이야기를 모두 들은 설군표로서는 고민에 빠지지 않을 수 없었다. 상황을 보아하면 태양궁이 일을 벌인 것이 분명하다. 하지만 태양궁이 전부가 아니다.

그 뒤에 어떠한 세력이 있다.

무슨 궁이라는 곳이라는 말만 전해 들었을 뿐 다른 건 알 수가 없다. 가만히 앉아서 생각에 잠겨 있던 설군표가 갑자기 두 눈을 번쩍 떴다.

"설마… 벽력궁인가."

설군표는 어렸을 적 벽력궁에 대해 귀가 따갑게 들으면서 자랐다. 그랬기에 설무린과 다르게 벽력궁에 대해 생각해 낸 것이다.

그리고 그것은 정답이기도 했다.

"벽력궁이라면!"

"증거가 없으니 모르는 일. 하지만 태양궁과 손잡고 북해빙 궁을 노린다고 말한다면… 그들일 가능성이 커."

"제가 미처 그 생각을 못했습니다."

야율초재는 진심으로 감탄했다.

오랜 시간 잠들어 있었던 설군표의 한마디가 야율초재에게 큰 단서가 됐다.

설군표가 나지막이 중얼거렸다.

"벽력궁의 후예가 살아 있었단 말인가. 골치 아프게 됐군."

벽력궁의 무공은 무척이나 대단했다. 그렇지 않고서야 어찌 세외의 세력들이 힘을 합쳐서야 그들을 무너뜨릴 수 있었겠는 가.

그만큼 벽력궁의 무공은 강했고, 또 포악했다.

그들은 보이는 모든 것을 찢어버리는 잔인함까지 지닌 자들 이다.

야율초재가 다급하게 말했다.

"급히 조사해 보겠습니다."

"그래, 야율, 그렇게 하게. 그러면 북해."

"예, 궁주님."

설군표의 그림자무사로 다시금 돌아온 북해가 고개를 조아 렸다. 설군표는 그런 그를 바라보며 입을 열었다.

"녀석의 거처로 가지."

"녀석이라면… 소궁주님 말씀입니까?"

"그래. 잘난 아들놈하고 대화 좀 해보고 싶군. 그리고 보고 싶은 것도 있고."

"알겠습니다, 제가 모시지요."

북해는 아직 움직임이 성치 않은 설군표를 번쩍 안아 들고 는 그대로 방을 박차고 날아올랐다.

밤은 깊었지만 아직 설무린은 잠자리에 들지 않았다.

넓디넓은 연무장에 앉은 채 설무린은 깊은 명상에 잠겨 있었다. 그리고 그런 설무린의 옆을 북설이 지켰다.

검을 등 뒤에 매고 있던 북설의 몸이 움찔했다.

동시에 번개같이 검을 뽑아낸 북설이 뒤편을 바라보며 입을 열었다.

"누구냐."

"설아, 나다."

"아……."

북설은 뽑았던 검을 급히 검집에 다시 집어넣었다.

그 순간 북해가 설군표를 안아 들고 모습을 드러냈다. 북설이 포권을 취하며 설군표에게 예의를 표했다.

북해는 내심 놀라움을 감추고 북설에게로 다가왔다.

'제법 거리가 있었는데…….'

주변에 들키지 않기 위해 기척을 죽이고 움직였다. 한데 반경 십 장 안에 들어서는 순간 이미 그녀가 알아차려 버린 것이다.

강해졌을 거라 생각은 했지만, 이건 생각 이상이다.

북해에게 들린 채로 이곳까지 온 설군표가 천천히 땅에 발을 대며 말했다.

"이거 전에는 경황이 없어서 제대로 인사도 못했어. 많이 이뻐졌구나. 그리고… 이제는 북해를 놀라게 할 정도로 강해진 듯하군."

"과찬이십니다."

"아니야, 북해가 반경 십 장 안에 들어서면서 걸릴 줄은 나도 몰랐거든."

설군표는 말을 하며 북해를 힐끔 바라봤다.

비록 말은 하지 않았지만 설군표는 북해의 마음을 거짓말처럼 알아차렸다. 속내를 들켜서인지 북해가 어색하게 머리를 긁적거렸다.

그때였다.

"이제 북해도 설아가 쉽지는 않을 겁니다."

운기를 하던 설무린은 그 한마디와 함께 두 눈을 떴다. 설군표는 천천히 설무린의 건너편에 앉았다.

설군표가 단도직입적으로 말했다.

"많이 강해졌구나."

"그럼요. 아버지처럼 잠만 자지 않았습니다."

"건방진 녀석! 그 입은 나이를 먹어도 여전하구나."

"큭큭, 그리 쉽게 바꿀 줄 아셨습니까?"

설무린이 웃었다.

설군표가 말없이 설무린의 한편에 놓여 있는 빙마몽환검을 바라봤다.

빙마몽환검의 한기는 설무린의 목숨을 부지해 준다.

한데 이토록 몸에서 떨어져 있는데도 멀쩡하다. 설군표가 입을 열었다.

"빙마몽환검을 뽑았느냐."

"예, 뽑았습니다."

"네놈은… 처음 만났던 그날부터 날 놀라게만 하는구나."

수백 년 동안 뽑히지 않았던 북해빙궁의 신물이다.

그것을 뽑아냈다는 사실은 무척이나 놀라웠지만 설군표는 담담했다.

처음 만났을 때, 설무린은 이미 빙마몽환검을 뽑았었다. 그리고 그때 느꼈다. 이 아이가 언젠가 빙마몽환검의 주인이 될 것이라고.

그래서 죽이려 했던 것일지도 모르겠다.

물론 그때 차마 죽이지 못하고 양자로 받아들이긴 했지만 말이다. 그리고 그 선택은 옳았다.

설군표가 피식 웃으며 말했다.

"처음 만났을 때, 난 널 죽이려 했지. 기억나느냐?"

"어렴풋이 납니다. 손까지 치켜드셨는데, 끝내 내려치지 못하셨지요."

설무린 또한 어렸을 때의 일을 기억하고 있다.

설군표와의 첫 만남은 결코 좋지 못했다. 설군표는 설무린을 죽이려 했었다. 하지만 이해했다. 그 누구라고 해도 그 같은 상황에서는 그런 생각을 했을 것이다.

설군표는 고개를 끄덕이며 말했다.

"후후, 그래. 그때 난 차마 널 죽이지 못했지. 위험한 놈이라는 걸 알았지만 죽일 수가 없었어. 당시엔 널 죽이지 않은 걸 후회할 거라고 생각했었는데… 이제는 네가 내 아들이라 다행이다. 넌 적이라면 가장 먼저 죽여야 할 위험한 놈이니까."

"그럴까요? 아버지는 제가 적이었어도 죽이지 못할 걸요. 그때처럼."

"큭, 큭큭큭! 그래, 네놈 말이 맞다. 난 평생 널 죽이지 못했을 게다. 왜냐하면 너는 바로 내 아들이니까. 그 누가 뭐라고 해도 너는… 내 아들이니까."

설군표가 설무린을 응시했다.

설무린 또한 고개를 피하지 않았다. 설군표의 마음을 잘 알고 있다. 비록 서로 피 한 방울 섞이지 않았지만 하늘 아래 그 누가 이토록 닮았겠는가.

속마음과 항상 반대로 말하는 둘이지만, 그 누구보다도 서로의 마음을 잘 안다. 긴 이야기는 필요없다.

설군표가 자연스럽게 화제를 돌렸다.

"그럼… 어디 강해진 아들 놈 실력이나 한번 볼까."

"아버지 몸으로는 무리일 텐데요."

"당연한 소리. 내 대신 북해가 상대해 줄게다."

"뭐 북해라면… 한판 해볼 만하겠군요."

설무린이 북해를 바라보며 대답했다. 가만히 있던 북해가 난처한 듯이 있다가 이내 고개를 끄덕였다.

"명 받들겠습니다."

"내 아들 놈이라고 봐주지 말게."

"이제는 그러고 싶어도 그러기 힘들 것 같습니다, 궁주님."

북해 또한 설무린의 실력이 예전과는 비교도 되지 않을 정도로 강해졌다는 걸 알고 있다. 겉으로 풍기는 기도만으로도 이미 예전의 설무린과는 천지차이다.

거기다가 북설에게 들은 이야기들.

이제는 모든 실력을 다해야 할 게다.

설무린과 북해가 그렇게 마주 섰다.

설무린은 오랜만에 마주 선 북해를 보며 피식 웃었다.

"이게 몇 년 만인지도 모르겠군요."

"몰라볼 정도로 강해지셨습니다."

"언젠가 이렇게 다시 한 번 싸워보고 싶었습니다. 그리고 오늘 저는 북해를 뛰어넘을 겁니다."

북해, 설군표가 인정한 북해빙궁 최고의 고수다.

설무린의 몸에서 투기가 꿈틀거렸다. 반드시 이기고 싶던 상대다. 일 년에 가까운 시간 동안 수도 없이 싸웠지만 단 한 번도 이기지 못했다.

시간이 많이 흘렀다.

설무린은 강해졌다.

둘은 검을 뽑아 들고 서로를 응시했다.

직접 검을 맞부딪치고 있는 건 아니지만 이미 싸움은 시작했다. 둘은 이미 무형(無形)의 기운을 만들어낸 채 쉴 새 없이 충돌하고 있었다.

설무린의 몸에서 새로운 기운이 흘러나오기 시작했다.

빙마무적삼초다.

차가운 한기가 일순 북해를 덮치는 듯했다. 검을 든 채로 두 눈을 지그시 감고 있던 북해는 크게 놀랐다.

태산과도 같은 천산이 무너져 내린다. 그 천산에 있는 눈들이 자신을 덮쳐 오고 있다. 그 힘은 너무나 거대해서 도저히 인간의 검으로는 막아낼 수 있을 것 같지 않았다.

무형의 기로 싸우는 싸움이지만 북해의 몸에서 식은땀이 흐르기 시작했다.

'이 무공은……!'

타앙!

북해가 검을 놓쳤다.

그리고는 마치 벼락이라도 맞은 듯이 전신을 부르르 떨었다. 이미 그는 온통 땀으로 범벅이었다.

잠시 경련하듯이 떨던 북해가 눈을 떴다.

그리고는 진심으로 승복한 얼굴로 설무린에게 말했다.

"소궁주님… 이제는 제가 연습 상대가 되어드리지 못할 것 같습니다. 설아가 소궁주님이 한번 붙자면 피하라고 하던데 이유가 있었군요."

"그동안 많이 배웠습니다, 스승님."

"허허."

스승님이라는 말에 북해는 아무런 말도 하지 못하고 웃었다.

천한 설족인 북해다. 그런 그가 북해빙궁의 소궁주에게 스승이라는 말을 들었다. 왠지 모르게 가슴이 뜨거워졌다.

설무린은 오래전부터 자신을 그리 봐왔다는 말이니까.

설아가 반할 이유가 충분한 사내다.

아직까지도 방금 전 느꼈던 여운을 잊지 못한 듯이 떨고 있는 북해에게 설군표가 투덜거리듯 말했다.

"건방진 아들 놈 기 좀 죽이려고 한 일이거늘, 오히려 좋은 일만 시켰군. 에잉."

짧게 투덜거린 설군표가 이내 북해를 바라보며 말했다.

"북해, 다시 거처로 돌아가지."

"알겠습니다."

대답을 마친 북해가 설군표를 번쩍 들어 올렸다. 북해에게 들려진 채로 설군표가 설무린에게 가볍게 인사를 건넸다.

"건방진 녀석, 언젠가 내가 혼쭐을 내주마."

"언제든 오시죠."

불만스럽다는 듯 고개를 돌린 설군표가 북해에게 안긴 채로 자신의 거처로 날아올랐다.

북해와 함께 거처로 날아가던 설군표의 얼굴에서 장난기가 걷혔다. 그리고 진지한 목소리로 물었다.

"자네가 상대가 되지 않을 줄이야."

"소궁주님은 이미 저보다, 심지어 궁주님보다도 강해지셨습니다."

설군표는 아무런 대답도 하지 않았다.

비록 상대해 본 것은 아니지만 보는 것만으로도 충분히 알 수 있었다. 설무린의 무공은 이미 감당할 수 없는 수준이 되어 버렸다.

알지만…….
"그래 봤자 그놈은 내 아들이니 까불면 혼쭐을 내줘야겠어.
설마 아비에게 손찌검은 못하겠지."
"하하! 그러시지요."
북해가 크게 웃음을 터뜨렸다.

第十二章

빙마(氷魔)

북해빙궁의 정문은 언제나 철통같이 지켜지는 곳이다.

그곳에는 수많은 무인들이 자리하고 있으며 그들의 실력은 북해빙궁에서도 빼어나다.

북해빙궁의 정문을 사수하는 자들은 모두 질풍대(疾風隊) 소속이다. 질풍대는 북해빙궁에서도 손가락으로 꼽을 수 있을 정도로 강한 곳이다.

그런 그들이 지키는 이곳 북해빙궁은 철의 요새라 불러도 손색이 없을 정도다.

한데 그런 북해빙궁의 정문으로 한 사내가 걸어오고 있다.

단신으로 걸어오는데도 느껴지는 기운이 보통이 아니다. 아직 무슨 짓을 벌인 것도 아니거늘 문을 수호하는 질풍대의 무인들이 하나 둘씩 모여들었다.

무인의 감각이 말하고 있다.

지금 다가오는 저자는 위험하다고.

중년의 사내는 붉은 피풍의를 입고 있었다. 사내의 기운 때문이었을까?

피풍의조차 섬뜩한 기운을 내뿜었다.

마치 피로 물든 것이 아닐까 하는 착각이 들 정도였다.

순식간에 질풍대의 무인들이 문을 막아섰다.

그리고 질풍대 무리에서 대주인 섬전창(閃電槍)이 앞으로 나섰다.

"누구신지 모르겠으나 이만 멈추시는 게 좋을 것이오."

섬전창의 말 때문이었을까. 지척까지 다가온 중년의 사내가 멈추어 섰다.

붉은 피풍의가 북해의 차가운 바람에 펄럭였다.

섬전창이 자신의 병기인 창을 뽑아 들어 사내를 겨누며 입을 열었다.

"풍기는 기도가 참으로 도발적이오. 마치 우리 북해빙궁에 도전하는 것 같은데……."

"북해빙궁주를 만나러 왔다."

"목적은?"

섬전창의 물음에 중년의 사내가 웃으면서 답했다.

"목적은 하나지. 설군표를 죽이러 왔다."

"미친 새끼… 죽여!"

더는 이야기할 것도 없었다. 섬전창은 그대로 뒤편에 있는 질풍대 무인들과 함께 중년의 사내에게 달려들었다.

이십에 달하는 무인들이 한 명을 향해 달려든다.

하나같이 일류나 절정고수들. 하지만 그 달려드는 자들을 상대하려는 사내의 얼굴에는 긴장이 느껴지지 않는다. 오히려 그가 비웃음을 흘리며 손을 들어 올렸다.

"어리석긴."

동시에 사내의 손에서 무서울 정도의 뇌기가 터져 나왔다.

"크아악!"

일격에 질풍대 무인들의 몸이 새까맣게 변해 버렸다.

쿠웅!

창으로 간신히 몸을 지탱한 섬전창이 무섭게 사내를 노려봤다. 간신히 버티고 있다는 것을 한눈에 봐도 알 수 있을 정도다.

후들거리는 두 다리. 하지만 섬전창은 쓰러지지 않았다.

"기세는 좋군. 하지만… 상대가 안 좋았어."

퍼억!

사내가 주먹을 쥐는 순간 섬전창의 머리통이 깨져 버렸다.

잔인한 손속, 그리고 압도적인 무위. 사내가 북해빙궁의 정문으로 걸어 들어갔다. 그리고 이미 외인의 침입을 알아차린 북해빙궁에 커다란 종소리가 울리기 시작했다.

북해빙궁으로 걸어 들어간 사내가 시끄러운 종소리를 들으며 기분 좋다는 듯이 입을 열었다.

"환영이 참으로 과하군."

이미 수십에 달하는 무인들이 또다시 중년 사내의 앞을 막아서고 있다.

이번에 막아선 이들은 빙혼십삼전대(氷魂十三戰隊)다.

숫자가 많았지만 사내는 그런 것을 전혀 의식하지 않았다. 이 정도의 무인들로는 결코 그를 막을 수 없었다.

벽력궁주 뇌운성!

이미 그의 무공은 하늘에 닿았다.

뇌운성이 버럭 소리쳤다.

"설군표! 부하들을 죽이고 싶지 않다면 당장 나와라!"

"놈을 막아!"

"와와와!"

수십 명의 무인이 고함 소리와 함께 달려들었다. 뇌운성의 손이 벼락처럼 움직였다.

퍼엉!

수십 개의 장력이 쏟아지며 빙혼십삼전대를 덮쳤다.

짧은 순간에 수십 명의 무인 몸이 터져 나갔다. 피가 튀는 잔혹한 전장에서도 뇌운성은 눈 하나 깜짝하지 않았다.

아니, 오히려 피를 보니 뇌운성의 기분이 점점 들뜨기 시작했다.

'죽인다, 모두!'

그가 미친 듯이 달렸다.

눈에 보이는 자들을 족족 죽이면서 미친 듯이 날뛰고 있었다. 뇌운성이 노리는 건 이 같은 햇병아리들이 아니다.

설군표, 그리고 설무린.

이 두 부자를 죽여야 한다.

둘이 죽지 않으면 북해빙궁은 무너지지 않는다.

비록 기습으로 이토록 많은 자들을 쓰러뜨리기는 했지만 정면대결이라면 북해빙궁은 버거운 상대다.

미친 듯이 북해빙궁 무인들을 베어 넘기던 차였다. 누군가의 머리통을 으깨려던 뇌운성이 허공을 박차며 뒤로 피했다.

파악!

뇌운성이 있던 자리에 한 자루의 검이 틀어박혀 있었다. 뇌운성이 피풍의를 한 손으로 잡아채며 상대를 바라봤다.

차가운 표정의 사내가 자신을 응시하고 있었다.

뇌운성이 사내를 바라보며 물었다.

"너는?"

"진하기."

"북해마성이로군."

북해마성 진하기라면 고수다. 북해빙궁에서 손으로 꼽는 절정고수. 그리고 북해마성 진하기의 뒤로 그림자처럼 무인들이 모습을 드러냈다.

나타난 이는 여덟 명밖에 되지 않았지만 그들의 기운은 여태까지 상대했던 자들과는 차원이 달랐다.

뇌운성은 그들을 바라보며 재미있다는 듯이 말했다.

"북황검위대로군."

북해빙궁 최고의 무인들이 모인 곳이다. 뇌운성은 처음으로 검을 뽑아 들었다.

'방심하면 위험해.'

뇌운성은 쉽지 않은 싸움이 될 거라 직감했다.

그때 진하기가 손을 들어 뒤편에 있는 수하들을 잠시 멈추게 했다. 그는 고개를 돌려 수하들을 바라보며 입을 열었다.

"내가 상대한다."

진하기의 한마디에 그 누구도 자신의 의사를 표시하지 않았다. 그만큼 대주인 진하기의 명령은 절대적이었다.

진하기 홀로 걸어나오자 뇌운성이 도발적인 언사를 내뱉었다.

"혼자서는 무리일 텐데……."

"그건 해보면 알겠지."

진하기가 이토록 홀로 나온 것은 이유가 있다.

바로 북황검위대의 피해를 줄이기 위해서다. 설군표를 지키는 것이 바로 북황검위대의 임무다. 지금 비록 설군표가 자리에서 일어나기는 했지만 모든 것이 원래 자리로 돌아가려면 족히 몇 달은 걸린다.

이런 상황에서 북황검위대는 궁주의 힘이다.

그런 힘을 조금이라도 잃게 하고 싶지 않았다.

북해마성 진하기 홀로 덤빈다는 말에 뇌운성이 비웃음을 섞었다.

북해마성 진하기, 물론 강한 자다.

하지만…….

진하기가 움직였다. 빛과도 같은 빠른 움직임. 하지만 이미 그 움직임은 뇌운성에게 들켰다.

'나와는 급이 달라.'

진하기가 뇌운성을 벴다. 한데 그것은 잔상에 불과했다.

'이형환위!'

다급히 진하기가 위를 쳐다봤다. 허공에는 아무도 없었다. 진하기는 직감적으로 몸을 날렸다.

동시에 허벅지에 불에 지진 듯한 고통이 찾아왔다.

"크윽!"

"제법 영리한데?"

자신의 검을 피한 것이 놀랍다는 듯이 뇌운성이 웃고 있었다. 진하기는 분한 듯 다급히 일어났다. 하지만 상대의 실력이 자신보다 위라는 것은 단 한 번의 격돌로 알아냈다.

'움직임을 쫓을 수조차 없다.'

진하기는 착잡했다.

이정도로 차이가 나는 상대를 마주해 본 적이 없기 때문이다.

믿을 수 없을 정도로 빠른 움직임이다.

진하기는 다시금 검을 움켜쥐었다. 어떻게든 여기서 막아야 한다. 조금 더 안으로 들어가면 북해빙궁의 중심부까지 타격을 받는다.

어떻게든 상대를 쓰러뜨리기 위해 진하기가 달려들려고 할 때였다.

"모두 멈추십시오!"

내공이 실린 고함에 움직이던 모두가 멈추어 섰다.

심지어 뇌운성조차 몸을 멈추고 소리가 난 곳을 바라봤다. 그곳에는 야율초재가 있었다.

야율초재는 이어 내공을 실은 목소리로 소리쳤다.

"궁주님께서 상대는 강하니 괜한 피해를 줄이라 하셨습니다! 덤벼들지 마십시오!"

야율초재의 말을 듣고 있던 뇌운성이 이상하다는 듯이 말했다.

"그 말은 꼭 내가 누구인지 아는 듯한 말투로군."

"궁주님께서는 네가 누구인지도, 올 것도 아셨다."

야율초재가 차가운 목소리로 말했다. 아무렇지 않게 내던진 한마디였지만 듣는 입장에서는 조금 달랐다.

뇌운성은 크게 놀랐다.

자신의 정체도, 찾아올 것도 알았다니.

뇌운성이 낮게 웃음을 흘렸다.

"큭큭!"

광인처럼 웃음을 흘리던 뇌운성이 두 눈을 번쩍이며 야율초재를 바라봤다.

"너희들의 궁주에게 안내해라!"

"네가 그리 말하지 않아도 그리하라 하셨다. 날 따라와라."

"야율초재! 궁주님은……."

진하기가 무엇인가 말하려고 소리칠 때였다. 야율초재가 진하기를 바라보며 입을 열었다.

"궁주님의 명입니다."

"……."

진하기는 아무런 말도 하지 못했다.

말을 마친 야율초재가 발을 옮겼다. 그러자 그 뒤편으로 뇌운성이 뒤쫓았다. 그리고 그 뒤로 멍하니 서 있던 북해빙궁의 무인들도 움직였다.

사방에서 무인들이 모여들기 시작했다.

북해빙궁의 모든 무인들이 한곳에 모였다. 그리고 그곳은 바로 넓디넓은 연무장이었다.

그리고 연무장의 끝자락, 높은 단상 위에 한 사내가 앉아 있었다. 사내의 정체는 바로 북해빙궁의 궁주 설군표였다.

설군표를 보는 순간 뇌운성은 바로 달려들려고 했다.

하지만 그것은 쉽지 않았다.

막 발을 옮기려는 순간 설군표의 앞에 한 사내가 모습을 드러냈다.

북해다.

'북해마성보다 강한 놈이 있었단 말인가.'

뇌운성은 달려들려던 맘을 잠시 멈췄다.

오히려 아래에 선 채로 설군표를 노려보았다. 설군표 또한 단상에 앉은 채로 뇌운성을 바라봤다.

뇌운성은 설군표를 바라보며 입을 열었다.

"북해빙궁 궁주 설군표."

"벽력궁 뇌운성."

"…내 이름을 알다니 대단하군."

"뭐 그게 대단한 일이라고."

놀리듯이 말하는 설군표의 어투가 뇌운성의 심기를 건드렸다. 뇌운성은 손을 들어 올리며 살기 어린 말투로 말했다.

"죽고 싶나?"

"애초부터 죽이러 온 거 아니던가?"

"크하하! 그래, 그 말 대로지. 애초부터 난 네놈을 죽이러 왔다."

뇌운성의 자신만만한 말에 주변에 있던 북해빙궁 무인들이 이를 갈았다. 감히 이곳 북해빙궁에 들어와서 궁주를 죽이겠다고 지껄이고 있다.

그 누가 그런 모습을 그냥 보고 있겠는가.

그런 그들의 마음을 알아서일까? 설군표가 손을 들어 올려 소란스러워지는 그들을 막았다.

뇌운성이 그런 설군표를 향해 말했다.

"기억하느냐? 네놈이 예전에 한 말을."

"……?"

"흡혈잠마지독을 네놈에게 사용했던 날. 스스로 말하지 않았더냐. 네놈과 비무를 해서 이기는 자에게는 북해빙궁을 주겠다고! 그래서… 받으러 왔다, 북해빙궁을!"

뇌운성이 버럭 소리쳤다.

뇌운성의 말은 파장은 작지 않았다. 주변에 있던 무인들은 다시금 술렁이기 시작했다.

분명 설군표는 흡혈잠마지독에 중독당할 때 그 같은 말을 했다. 물론 그것은 오히려 시간을 끌기 위해 한 말이었다. 당시에는 설군표 자신이 이토록 살아날 것이라고 생각하지 못했기 때문이다.

설무린에게 강해질 시간을 준 것뿐이었다.

한데 그래서 뱉은 말이 지금은 오히려 귀찮은 일이 되어버렸다.

이미 내뱉은 말이니 지켜야 한다.

하지만 그 시기가 지금은 아니었다. 세외삼궁의 회합이 있을 때 하겠다 했으니, 그것은 아직 몇 년 후의 일이다.

"그건 몇 년 후의 일인데……."

"조금 일찍 찾아온 것뿐이야. 왜? 몇 년이라도 더 궁주자리에 있고 싶은가? 원한다면 그리해 주지. 하지만 그동안 내가 무슨 짓을 할지는 몰라. 네놈의 소중한 것들을 하나씩 부수고 있을지도."

잔인한 미소를 지으며 뇌운성이 말했다.

설군표는 잠시 아무런 말도 하지 못했다. 지금 자신의 몸 상태는 최악이다. 거동이나 간신히 하는 수준이거늘 싸운다는 건 무리다.

더군다나 상대의 무공 실력은 보통이 아니다.

진하기조차 쉽사리 상대했다고 한다. 몸이 성했다고 해도 설군표보다 강한 자다.

하지만 이대로 뇌운성을 돌려보낼 수도 없다.

뇌운성은 위험한 놈이다. 지금 기회가 왔을 때 모든 은원의 고리를 끊어야 한다.

'어떻게 한다……'

잠시 설군표가 고민에 빠졌을 때다.

무리 사이에서 시큰둥하니 걸어나오는 한 사내가 설군표의 눈에 들어왔다. 순간 설군표의 두 눈에서 이채가 돌았다.

"대낮부터 시끄럽게……"

무슨 일이 벌어졌는지 모를 리가 없다.

한데 너무나 담담하게 나타난 사내. 설무린이었다.

설무린의 갑작스러운 등장에 많은 이들이 다시금 수군거리기 시작했다. 한동안 북해빙궁을 떠나 중원을 떠돌던 설무린이다.

돌아왔다는 사실을 모르는 이는 없었지만 이렇게 공적인 자리에 모습을 드러낸 것은 처음이다.

뒤쪽에서 나타난 젊은 사내의 모습을 가만히 바라보던 뇌운성의 얼굴이 점점 일그러지기 시작했다.

젊은 한 쌍의 남녀.

처음 보는데도 불구하고 오래전부터 알아온 것처럼 익숙하다. 뇌운성은 바로 상대의 정체를 알아차렸다.

"설… 무린?"

분노가 치밀었다.

바로 저놈이다. 저놈 하나 때문에 벽력궁주 뇌운성 평생의 모든 계획이 무너져 버렸다.

그리고 그의 수하들까지 모두 잃었다.

설군표를 봤을 때와는 전혀 다른 감정이 고개를 치켜들었다.

분노와 복수심. 그것은 도저히 참을 수 없을 정도로 거대했다. 반드시 죽인다, 죽이고야 만다.

"…만나고 싶었다. 항상 꿈꿨거든, 네놈을 갈기갈기 찢어 죽이는 날을."

평범하게 하는 말 같았지만 그 목소리에는 짙은 살기가 담겨 있었다. 그 살기가 얼마나 짙었는지 주위에 몰려든 북해빙궁의 무인들은 절로 움찔했다.

하지만 막상 당사자인 설무린은 아무렇지 않다는 듯 어깨를 으쓱했다.

그때 단상 위에 있던 설군표가 자리에서 일어났다.

"뇌운성, 네 말대로 싸워서 지면 북해빙궁을 주지."

"네놈이 만인 앞에서 지껄인 말인데 당연하지."

"하지만 하나, 싸울 상대는 내가 아니다."

"무슨 개소리를……."

"내 아들이 너를 상대하지."

말을 마친 설군표가 설무린을 바라봤다.

그 눈빛이 마치 설무린에게 괜찮냐고 물어보는 듯했다. 설무린은 조용히 고개를 끄덕였다.

반면 뇌운성은 미친 것 아니냐는 표정이었다.

북해빙궁이 걸린 싸움이다. 비록 설무린이 무위가 대단하다는 건 알지만, 그래도 자신이 아닌 아들을 내보낼 거라 생각은 하지도 못했다.

하지만 오히려 잘됐다.

지금 뇌운성이 당장에라도 찢어 죽이고 싶은 건 설무린이었으니까.

뇌운성이 단상에 서 있는 설군표를 향해 말했다.

"좋다, 그 제안 받아들이지. 하지만… 너도 살 거라 생각은 하지 마라."

"네가 내 아들을 이긴다면."

설군표가 피식 웃으면서 대답했다.

하지만 그런 설군표의 제안이 달갑지 않은 자들도 있었다. 그들은 바로 북해빙궁의 무인들이었다.

있을 수 없는 일이다.

진하기조차 어린아이처럼 가지고 놀던 상대다. 그런 자를 설무린에게 맡긴다 했다. 그것도 북해빙궁이 걸린 싸움에서 말이다.

"궁주님, 미치지 않고서야 이게 무슨 짓이십니까!"

버럭 소리를 지르고 나선 자는 저번 설수진의 혼례 때도 문제를 일으켰던 빙파무쌍이었다. 늙은 노인인 그가 카랑카랑한 목소리로 소리쳤다.

　그러자 내심 이 일에 불만을 품고 있던 다른 무인들도 하나 둘씩 목소리를 크게 내기 시작했다.

　그때 조용히 단상 위에 서 있던 설군표의 몸에서 짙은 패기가 흘러나왔다. 그동안 어쩔 수 없이 참아왔다. 하지만 지금마저도 이 같은 말을 지껄이는 놈들을 용서할 수가 없었다.

　설군표의 패기에 눌려서인지 시끄럽게 떠들던 자들이 모두 움찔했다.

　그들을 바라보며 설군표가 무섭게 으르렁거렸다.

　"지금 이곳에서 내 아들을 제하고 벽력궁주와 손을 겨룰 수 있는 사람이 있을 것 같으냐? 있다면 나와라! 그자에게 북해빙궁의 운명을 맡겨줄 테니!"

　설군표의 고함에 모두가 움찔했다. 하지만 빙파무쌍은 용기를 내서 앞으로 나서며 말했다.

　"소궁주님이 강하신 건 알지만 상대가 좋지 않습니다. 상대는 진 대주조차도 어찌하지 못한 자입니다. 그런 자를 어찌 소궁주가……."

　"이보시오, 빙파무쌍."

　빙파무쌍은 자신을 부르는 설무린의 목소리에 고개를 돌렸다. 설무린이 천천히 검을 뽑아 들면서 말했다.

　"궁금하다면 당신이 먼저 내 검을 받아보겠소?"

　파아악!

　날카로운 예기가 빙파무쌍을 베고 지나갔다.

빙파무쌍이 움찔하고는 식은땀을 흘리기 시작했다. 무서울 정도로 날카로운 기운이 전신을 훑었다. 자신도 모르게 빙파무쌍이 뒷걸음질 쳤다.

겁에 질린 빙파무쌍을 향해 조롱 섞인 미소를 한번 보여준 설무린이 몸을 돌렸다. 그곳에 벽력궁주 뇌운성이 있었다.

"소궁주님……."

뒤편에 있던 북설이 걱정스레 설무린의 옷소매를 잡았다.

설무린이 북설을 바라보며 조심스레 어깨에 손을 얹었다. 그리고는 그 어느 때보다 환한 미소를 지으며 말했다.

"금방 끝내마."

"…조심하세요."

북설의 한마디에 설무린은 고개를 끄덕였다.

상대가 상대인지라 북설은 은근히 걱정이 되는 모양이었다.

북설을 뒤로한 채 설무린이 연무장 가운데로 걸어나갔다. 그곳에서 벽력궁주 뇌운성이 기다리고 있었다. 뇌운성은 다가온 설무린을 향해 이죽거렸다.

"마지막 인사는 끝났나?"

"그건 네가 해야지. 아, 딱히 인사할 사람도 없는 것 같군. 나라도 들어줄까? 원한다면 들어는 줄 수 있는데 말이야."

"아직까지는 까불 힘이 남아 있나 본데… 조금 후에도 그럴 수 있나 보자. 네놈은 살려달라며 나에게 빌고 있을 게야."

"어디서 개가 짖나……."

설무린이 귀가 가렵다는 듯한 행동을 취하는 순간 뇌운성이 움직였다. 그리고 그것을 기다렸던 설무린 또한 빙마몽환검을 움켜잡았다.

카앙!

단숨에 팔 하나를 베어버리려 한 공격이었다.

하지만 설무린이 자신이 움직임을 읽어내자 뇌운성은 흠칫 놀랐다. 진하기조차 쫓지 못한 뇌운성의 신법이었지만 설무린 에게는 통하지 않았다.

"느려!"

설무린의 검에서 하얀빛이 터져 나왔다.

상대가 상대이니만큼 설무린은 처음부터 빙마무적삼초의 첫 번째 초식인 월파를 사용했다. 모든 것을 베어버리는 월파 였지만 뇌운성 또한 강했다.

콰앙!

화들짝 놀라며 월파를 피해낸 뇌운성의 얼굴이 변했다.

단숨에 연무장을 반으로 갈라 버린 위협적인 일격이었다. 조금만 늦었다면 잘려 나간 것은 연무장 바닥이 아닌 자신의 몸이었을 것이다.

설무린의 위협적인 일격에 주변에서 걱정스레 둘의 싸움을 바라보던 북해빙궁의 무인들이 환성을 내질렀다.

"와아아!"

소문으로만 듣던 설무린의 무공이다.

소궁주가 강하다는 말은 들었지만 실제로 그의 제대로 된 무공을 본 이는 없다. 하지만 지금 이 자리에 모인 북해빙궁의 모든 무인들은 똑똑히 보게 됐다.

북해빙궁의 소궁주, 설무린의 무공을.

뇌운성이 손바닥을 움직였다. 빠르게 모이기 시작한 뇌신의 기운이 이내 빛줄기가 되어 쏘아져 나갔다.

어마어마한 뇌기가 담긴 장법이다.

우레와도 같은 소리를 내며 장법이 설무린을 노렸다. 그리고 지지 않겠다는 듯이 설무린 또한 월파의 초식을 사용했다.

커다란 힘 두 개가 충돌했다.

쿠우웅!

어마어마한 떨림과 함께 연무장을 이루고 있던 돌들은 순식간에 가루가 됐다. 그리고 그 충돌 사이에서 두 사내가 서로를 향해 몸을 날렸다.

'죽인다! 대정파천황검(大正破天荒劍)!'

순식간에 수십 개의 검신이 뇌기를 담은 채로 설무린을 덮쳤다. 날카로운 검이 설무린의 온몸을 베고 지나갔다. 하지만 검을 휘두르는 뇌운성은 입술을 깨물었다.

'젠장! 전부 아슬아슬하게 피해냈어!'

동시에 둘의 몸이 튕겨 나갔다.

쾅!

둘 모두 연무장 끝에 처박혔다. 그리고 약속이라도 한 듯이 동시에 돌들 사이에서 튕기듯 일어났다.

뇌운성은 소매로 입가를 훔쳤다.

붉은 피풍의에 무엇인가가 묻어 나온다.

'피?'

스치듯 서로 지나치면서 서로가 한 방씩 주고받았다. 뇌운성은 주먹에 가슴을 강타당했고, 설무린은 발에 어깨를 내리찍혔다.

북해빙궁의 무인들은 숨소리조차 죽인 채 둘을 바라보고 있다. 둘의 속도가 워낙 빨랐기에 대부분의 무인들은 그 움직임조차 쫓지 못했다.

눈 깜짝할 사이에 상처들만 늘어난다.

설무린과 싸우고 있는 뇌운성으로는 미치고 팔짝 뛸 노릇이었다. 지금 자신이 무엇을 하고 있단 말인가.

겨우 이런 애송이 하나와 호각지세다.

당장에 찢어 죽이고 싶은 상대이거늘 오히려 그런 자에게 자신이 위축되고 있다. 그런 사실을 뇌운성은 인정하고 싶지 않았다.

"으아아!"

버럭 고함과 함께 그의 몸에서 미칠 듯한 뇌기가 분출됐다.

콰콰쾅!

어마어마한 힘에 북해빙궁이 흔들렸다.

뇌기에 휩싸인 채로 뇌운성이 이를 갈았다.

"죽인다! 죽이고야 만다!"

광기에 전 뇌운성을 바라보며 설무린이 나지막이 중얼거렸다.

"아직도 헛소리군."

설무린이 검을 고쳐 잡았다.

그의 몸에서 방금 전과는 다른 기운이 풍겨져 나왔다. 그 상태 그대로 설무린이 나직이 중얼거리기 시작했다.

"진정한 차가움은 뜨거움에서 나온다. 차가움은 뜨거움에서 나온다."

이 싸움을 시작하면서 점점 보이기 시작한 무엇인가가 결국 그 문을 넘으려고 하고 있다. 그리고 설무린은 그 깨달음이 무엇인지 알고 있다.

빙마무적삼초 마지막 삼초 설화(雪花).

설무린의 단전 부분에 있는 태양지체의 기운이 꿈틀거리기 시작했다. 그리고 그 기운이 강하게 폭발하듯이 터져 나갔다.

동시에 설무린의 몸이 움직였다.

─진정한 차가움은 바로 뜨거움으로부터 비롯되는 것이다.

반류허쇄악활극(反流許碎惡活極).

요결이 머릿속에서 하나로 뭉개진다.

동시에 설무린의 검이 꿈틀거렸다.

'얼어붙어라. 하늘도 땅도… 그리고.'

검을 들고 서 있는 설무린은 하나의 산이었다.

북해빙궁이 있는 천산. 설무린의 검에서 모든 것을 얼려 버릴 듯한 눈보라가 휘몰아쳤다.

쾅아아!

거대한 폭음이 천산을 뒤흔들었다. 그리고 이내 천산에 고
요한 침묵이 감돌았다.
천년만년 얼음으로 덮여 있는 천산.
천산의 북해빙궁.
그곳에는 얼음의 마귀가 살고 있다. 그리고 그 마귀가 이제
북해의 전설이 되었다.

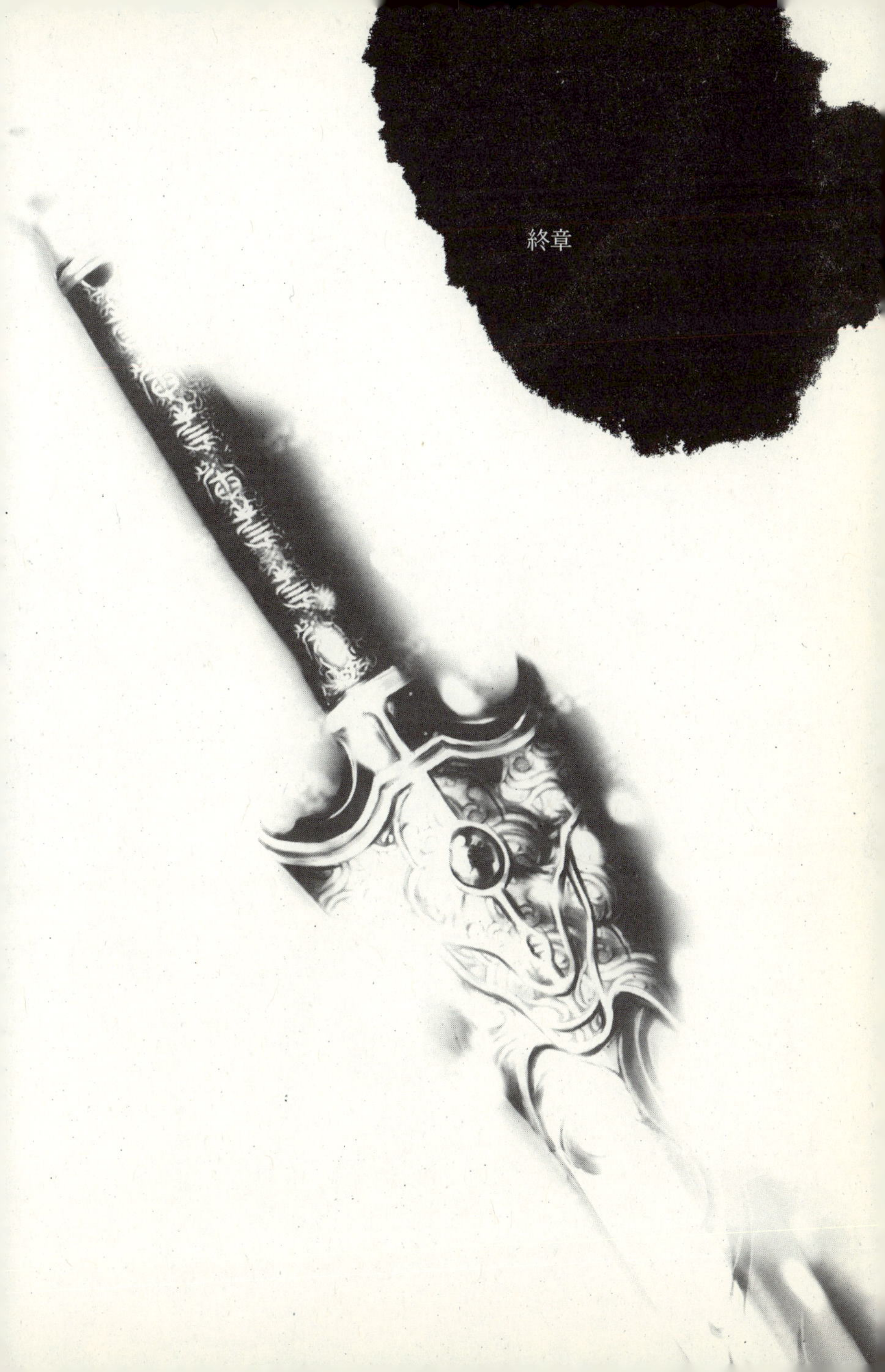
終章

終章

　천산의 초입(初入)에 세 사람이 서서 누군가를 기다리고 있
었다.

　한 쌍의 젊은 남녀와 중년인의 표정은 극히 달랐다.

　젊은 남녀는 여유가 있는 반면 중년인의 표정은 딱딱하게
굳어 있었다.

　여인은 무척이나 아름다웠다.

　마치 이곳 천산에 살고 있는 선녀라고 해도 믿을 수 있을 정
도로 아름다움을 뽐냈다. 새하얀 눈같이 깨끗하고 하얀 피부
에 흑요석 같은 눈동자. 긴 흑단 같은 머릿결은 여인을 더욱
아름답게 만들었다.

　여인은 옆에서 바짝 굳어 있는 중년의 사내를 보며 입을 열

었다.

"아버지, 긴장하셨어요?"

"기, 긴장은."

"설아 말대로 긴장하신 거 티 다 납니다."

"그, 그렇습니까?"

말을 더듬거리는 중년의 사내, 그는 다름 아닌 북해였다. 그리고 아름다운 한 쌍의 남녀의 정체는 설무린과 북설이었다.

설무린의 말에 북해는 애써 깊이 심호흡을 했다.

사람을 만나는 일에 이토록 긴장을 해보는 것이 처음이다.

북해가 안절부절못하는 것을 보며 설무린과 북설이 피식 웃었다. 그리고 이내 멀리서 한 노인이 모습을 드러냈다.

노인의 모습이 보이자 북해는 아주 딱딱하게 굳어버렸다.

돌이라도 된 것마냥 굳어 있는 북해의 모습이 참으로 어색했다.

노인은 바로 독왕 당가위다.

독왕 당가위에게 씻지 못할 죄를 지었다고 생각하는 북해로서는 고개조차 들지 못했다. 그를 속이고 당가위의 하나뿐인 딸과 함께 도망친 북해다.

독왕 당가위가 천천히 다가오더니 이내 북설을 향해 환하게 웃었다. 하지만 이내 설무린과 북해를 보며 당가위는 표정을 팍 하고 구겼다.

"쯧."

당가위가 혀를 차는 순간 북해가 앞으로 나서 무릎을 꿇었다.

고개를 숙이며 북해가 입을 열었다.

"죄인 북해, 어르신을 뵙습니다."

"……."

독왕 당가위는 말없이 무릎을 꿇은 북해를 바라봤다.

참으로 많이 미워했던 사내다. 하지만 이제는 그 모든 것을 잊기로 했다. 그렇게 미웠지만 자신의 딸 당미진이 선택했고 사랑했던 사내다.

"많이 늙었군."

"세월이 많이 지났으니까요."

"그래, 그만큼 오랜 시간이 지났지."

말을 마친 독왕 당가위가 손을 뻗어 북해를 일으켜 세웠다. 그리고는 북해의 두 눈을 마주보며 입을 열었다.

"미진이를 생각해서라도 자네를 미워하지 않기로 했네. 내 미움을 견디느라 고생했어."

"아, 아닙니다."

북해는 놀라 고개를 저었다.

설무린과 북설에게 당가위가 자신을 용서했다는 말은 들었지만 이토록 다정하게 말해주는 그를 보니 왈칵 감정이 복받쳤다.

지난 세월이 머리에 떠오른다.

북해는 죄송스러운 마음에 다시금 고개를 숙이며 말했다.

"거짓말을 하면서 어르신의 여식을 아내로 맞이한 죄를 어찌 용서받을 수 있겠습니까. 그저 그렇게 생각해 주시는 것만으로도 저는 충분합니다."

　오래전 설군표가 사랑하는 두 연인을 이어주기 위해 당미진을 자신의 아내로 맞이하겠다고 거짓말을 했던 일을 이야기하는 것이다.

　사랑에 미쳐서 벌인 일이지만 정말 큰 죄라는 걸 알고 있다.

　북해빙궁에도 큰 누를 끼쳤고, 사천당문에도 말로 형용하기 힘든 죄를 지었다.

　그때였다.

　당가위가 곁눈질을 하며 말했다.

　"아니, 늦기는 했지만 거짓말은 아니게 됐지."

　"예?"

　"늦었지만 약속을 지키고 싶다고 말했거든, 저기 있는 놈이."

　당가위가 설무린을 가리켰다.

　무슨 말인지 도통 알아들을 수 없다는 듯 북해가 고개를 갸웃거렸다. 그러자 독왕 당가위가 다시 확답을 듣기라도 하려는 듯이 소리쳤다.

　"북해빙궁과 사돈이 되는 게 그리 내키지는 않지만… 네놈이라면 특별히 이해해 주지!"

　"그, 그게 무슨……."

　북해가 놀라 더듬거리며 물었다. 하지만 놀란 것은 비단 북해뿐만이 아니었다.

　북설은 더욱 놀란 얼굴로 멍하니 서 있었다.

　그때 설무린이 멍하니 있는 북설 앞으로 다가갔다. 설무린이 북설의 두 눈을 바라보며 입을 열었다.

“내 옆에 있어줬으면 좋겠는데… 그림자무사가 아닌 여자로.”

“저, 저는…….”

갑작스러운 청혼에 북설의 얼굴이 새빨갛게 변했다.

쉽사리 말이 나오지 않았다. 비록 사천당문의 피가 반쯤 섞였다 하지만 북설은 설족이다. 천한 자신에게 북해빙궁의 소궁주는 어울리지 않았다.

꿈에서나 일어날 법한 일이 지금 북설에게 현실로 다가온 것이다.

북설의 두 눈가에 촉촉한 습기가 차올랐다. 어찌해야 할지 모른 채 눈물이 맺힌 그녀의 눈가를 설무린이 가볍게 닦아주며 말했다.

“내가 그렇게 싫으냐? 설령 그렇다고 할지라도… 나는 절대 너를 놓지 않을 것이다.”

설무린의 달콤한 한마디에 북설은 두 주먹을 꽉 움켜쥐었다. 그 한마디가 북설에게 용기를 내게 만들었다.

그녀가 설무린을 똑바로 마주보며 입을 열었다.

“당신의 곁에서… 언제까지나.”

말을 마친 북설이 눈물 맺힌 눈으로 환하게 웃었다.

(終)

작가 후기

오랜만에 지면으로 인사를 드립니다.

원래 항상 후기를 쓰게 되면 작품에 대한 이야기부터 했었는데 이번에는 죄송하다는 말씀 먼저 드려야 할 것 같습니다.

빙마전설 완결권인 7권을 이제야 내놓게 되었네요. 6권이 작년 여름에 나왔으니 무려 일 년이나 되는 긴 시간이 걸렸습니다.

처음엔 글이 잘 안 돼서 슬럼프인가 보다 하고 한두 달 잠시 쉬어도 봤습니다. 그렇게 마감일이 지나 버리니 점점 짐이 무거워지기 시작했습니다.

그게 실수였던 듯싶네요.

나름 글을 써보겠다며 노트북 하나 들고 산으로, 바다로 다녀도 보고 했지만 슬럼프가 도저히 극복이 안 되더군요. 그렇게 오랜 시간 방황하다 결국 이렇게 마음을 잡고 완결권을 내게 되었습니다.

너무 늦어버린 완결권에 독자 분들께 죄송하다는 사과 말씀 드립니다.

기다려 주신 많은 독자 분들, 죄송하고 또 감사합니다.

늦은 상황에도 불구하고 질책보다는 격려의 말씀들을 많이들 보내주셔서 그것들을 보고 힘을 내서 다시 일어날 수 있었던 것 같습니다.

힘들었던 만큼 많은 것을 배운 일 년이었습니다.

글에 대해 더 많이 생각해 보고, 힘든 상황에서 많은 경험도 해 봤습니다. 지금 당장은 어떨지 몰라도 이 경험들이 언젠가는 제 글에서 좋게 묻어나오겠지요.

아무것도 못한 일 년이 아닌, 많은 것을 배운 일 년이었다고 그리 생각하기로 했습니다.

작년에 낼 계획이었던 후속작은 이번 8월에 나오게 될 것 같습니다. 작년부터 제 후속작을 기다렸던 독자 분들께도 죄송하다는 말씀 전하며 이만 줄일까 합니다.

빙마전설이 이렇게 늦었던 만큼 더 좋은 작품과 부지런한 출간 주기로 독자 분들을 찾아뵙겠습니다.

여기까지 함께 달려주신 모든 독자 분들… 정말로 감사합니다.

더운 여름 날,
사탕을 빨면서 요도(妖刀)가.

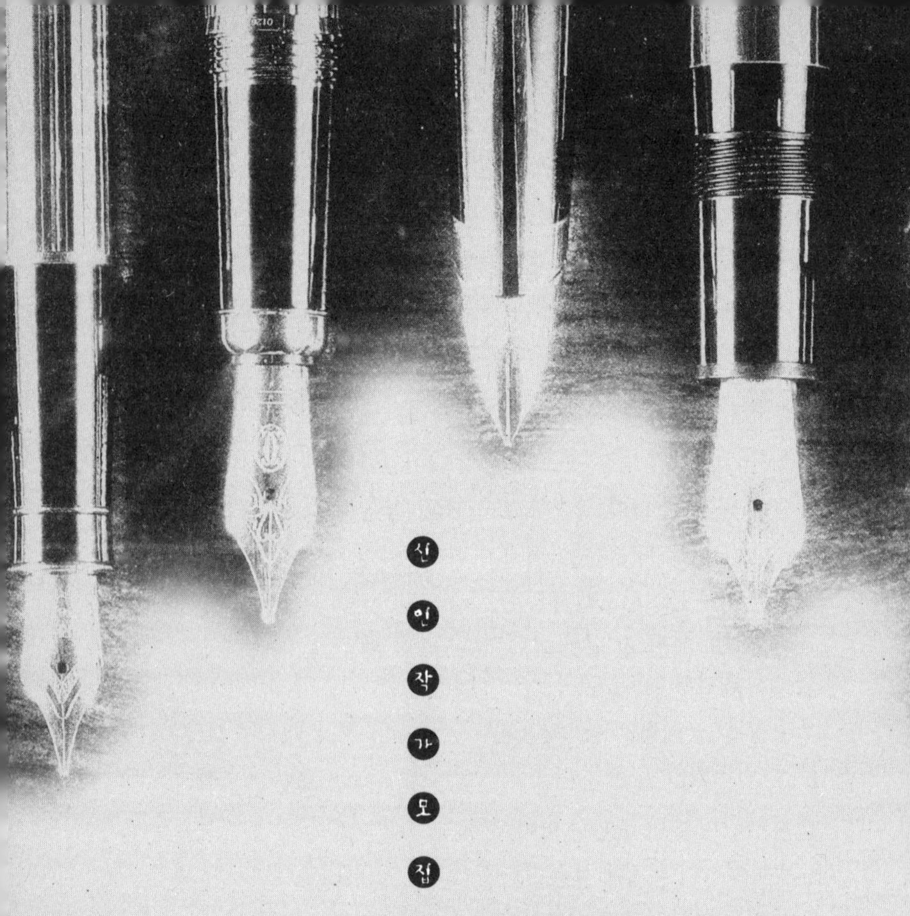

신
인
작
가
모
집

시작이 반이라고 했습니다.
작가의 길에 대한 보이지 않는 벽을 과감히 깨뜨리십시오!
청어람은 작가 지망생 여러분들의
멋진 방향타가 되어드리겠습니다.

저희 도서출판 청어람에서는
소설 신인 작가분들을 모집합니다.
판타지와 무협을 사랑하시는 분들의 많은 참여를 바랍니다.
소정의 원고(A4용지 150매)를 메일이나 우편으로 보내주시면
검토 후 출판 여부를 알려드리겠습니다.

주소:경기도 부천시 원미구 심곡1동 350-1 남성B/D 3F 우편번호420-011
TEL:032-656-4452 · FAX:032-656-4453
http://www.chungeoram.com
e-mail:chungeoram@chungeoram.com

少林棍王

소림
곤왕

한성수 新무협 판타지 소설

감동의 행진을 멈추지 않는 작가 한성수!

**구대문파 시리즈의 두 번째 이야기 『소림곤왕』!!
그 화려한 무림행이 펼쳐진다**

"너는 지금부터 날 사부님이라 불러야만 하느니라.
소림사의 파문제자인 나, 보종의 제자가 되어서 앞으로 군소리없이 수발을 들고 모진
고통을 이겨내며 무공 수련을 해야만 한다."

잡극계의 천금공자 엽자건!
소림의 파문제자 보종의 제자가 되다!!

역사와 가상.
실존의 천하제일인과 가상의 천하제일인에 도전하는 주인공!
이제부터 들어갑니다. 부디 마음껏 즐겨주시기 바랍니다.
– 작가 서문 中에서.

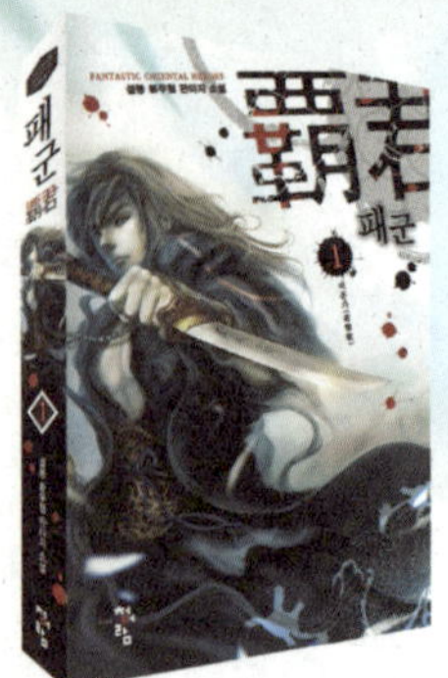

覇君
패군

覇君

패군

설봉 新무협 판타지 소설

**무협계를 경동시킨 작가, 설봉!
그가 다시금 전설을 만들어간다!!**

수명판(受命板)에 놓고 간 목숨을 거둔 기록 이백사십칠 회!
생사를 넘나드는 전장에서 매번 살아 돌아오는 자, 계야부.
무총(武總)과 안선(眼線)의 세력 싸움에 끼어들다!

"죽일 생각이었으면 벌써 죽였다. 얌전히 가자."
"얌전히. 그 말…… 나를 아는 놈들은 그런 말 안 써."
무총은 그를 공격하지 않는다. 공격할 이유가 없다.
다른 사람들은 그의 존재조차도 알지 못한다.
오직 한 군데, 안선만이 그를 안다.
필요하면 부르고, 필요치 않으면 버리는
철면피 집단이 다시 자신을 찾아왔다.

나, 계야부! 이제 어느 누구에게도 휘둘리지 않겠다!!

유행이 아닌 자유추구 –
WWW.chungeoram.com
Book Publishing CHUNGEORAM